芝居の面白さ、教えます

井上ひさしの戯曲講座

日本編

井上ひさし

作品社

芝居の面白さ、教えます　井上ひさしの戯曲講座　日本編　目次

装幀＋本文フォーマット　山田和寛＋佐々木英子（nipponia）
装画　やべみつのり

芝居の面白さ、教えます

井上ひさしの戯曲講座

日本編

真山青果

一九九八年十一月八日

青果の中に流れる二つの血

真山青果という人は小説家、劇作家、そして考証家、この三つの顔をもっています。近世以降の日本の劇作家の名前を非常に荒っぽく挙げていくと、近松門左衛門、鶴屋南北、河竹黙阿弥と来て、ちょっと時代を下って、大正から昭和にかけては真山青果と岸田國士[*1]。その後に続くのが、久保栄[*2]、三好十郎[*3]、真船豊[*4]、森本薫[*5]……ということになります。森本薫という人はご存じのように『女の一生』を書いた人ですね。で、戦中から戦後にかけては木下順二[*6]さん、それから安部公房さん、三島由紀夫さんというふうに大きな山がいくつもありますが、その中でも黙阿弥と並んで真山青果は抜きん出て高い山であるということは、わたしも芝居を書きますので断言できます。

ただし、この人は最初は自然主義の小説家なんです。真山青果が生まれたのは、明治十一（一八七八）年九月一日、ご当地仙台の裏五番丁の三番地――仙台ホテル（二〇〇九年末に閉館）の辺りです。お父さんは当時の外記丁《げきちょう》小学校、いまの上杉山《かみすぎやま》

＊1　一八九〇〜一九五四。劇作家、小説家、評論家、翻訳家、演出家。一九二八年、第一書房より演劇雑誌『悲劇喜劇』を創刊。三七年、久保田万太郎、岩田豊雄（獅子文六）と三人で、劇団文学座を創設。代表作に『チロルの秋』『牛山ホテル』他多数。

＊2　一九〇〇〜五八。北海道生まれ。劇作家。代表作に『火山灰地』『日本の気象』など。

＊3　一九〇二〜五八。佐賀県生まれ。劇作家。代表作に『斬られの仙太』『炎の人』など。

＊4　一九〇二〜七七。福島県生まれ。劇作家。

通《どおり》小学校の先生です。お母さんは、東六番丁の元武士、遊佐勘太夫《ゆさかんだゆう》の次女です。この二人を両親として生まれたわけですが、真山家というのは非常に古い家柄らしいですね。

　真山家はもともとは信濃の諏訪神社の神官の一族で、長野県から仙台にやってきました。宮城県には真山家が八つありますが、その分家のひとつですね。お父さんの真山寛という人はなかなか血の気の多い人だったそうです。幼い頃から秀才の誉れ高く、明治八（一八七五）年にできた小学校教員伝習学校で教師の資格を取って小学校の先生になるのですが、ちょうどその頃西南戦争が起きます（一八七七年）。それに対して宮城県では騎馬巡査隊を組織するのですが、お父さんはその巡査隊に自分から志願して、有名な田原坂《たばるざか》の戦いで負傷する。

　その後仙台に戻ってきて、外記丁小学校に復職しますが、その頃には、仙台にも自由民権運動が波及してきていて、青果のお父さんは自由民権運動の一方の旗頭になるんですね。それで、いまでいう教育長などをさんざんつるし上げ、学校というのは、お上があれを教えなさい、これを教えなさいというやり方でなくて、学校の先生たちが生徒の質や様子を見て、自分たちで教科書を選び、カリキュラムを決める、あくまでもその学校の教育の責任は教員と生徒に任せるべきだ、という運動をやる。

　これは当時としてはすごく先鋭的な運動です。文部省（現・文部科学省）が教科書

主な作品に『鼬《いたち》』『遁走譜』『中橋公館』など。

＊5　一九一二〜四六。大阪生まれ。劇作家。一九四一年に文学座入座。ウェルメイドな作風で知られる。主な作品に『華々しき一族』『女の一生』ほか。

＊6　一九一四〜二〇〇六。劇作家、英文学者。一九四七年、山本安英らと「ぶどうの会」を結成。代表作に『夕鶴』『子午線の祀り』『神と人間とのあいだ』ほか。

を決めて検定をしたりしているのは日本だけですね。ぼくがよく知っている例でいいますと、オーストラリアは各学校全部教科書が違います。みんな学校の責任で、この子どもたちにはこういう教え方をしたいというふうに先生方が自主的に教科書も時間割も決める。羨ましいのは、一クラス大体三十人くらいで、必ず先生が二人ついている。しかも、必ず男性の教師と女性の教師がペアになって三十人以下の小学生を教えている。ですから女性の先生が黒板で教えているときに、後ろのほうで男の先生が勉強の後《おく》れている子どもに教えている、そういうふうな教育をやっているわけです。

真山青果のお父さんの真山寛は、そうした非常に先鋭的な運動を自由民権の波に乗って仙台で実行したわけです。そうすると、宮城県の教育担当者たちが辟易《へきえき》して、彼を懐柔して抱き込もうとする。どうしたかというと、それほどいうなら県の視学官になれ、と。視学官というのは文部省の行政官で、各地の学校を視察しては「あの教え方はけしからん」といったりする役目で、お父さんはそれを受け入れる。つまり、百八十度の大転向をしたわけです。そのため各方面から批判を浴びます。

明治十九（一八八六）年、青果が仙台の東二番丁小学三年生のとき、お父さんがこの小学校の校長先生になる。当時の東二番丁小学校というのは東北最大の小学校です。後年、真山青果が書いた「二種の血」という随筆がありますが、その中で、「自分の祖父は学問の為めに倒れた。自分にもたしかにその血が通つて居る。然《しか》し父は一種の政治家で、廉直な硬議硬論の人ではあつたが、学問は寧《むし》ろ嫌《きらひ》である。〔中略〕母系の出世間的な宗教的な真摯な血と、父系の世間的な、パツとした、英雄肌の血と、この二ツが常に巴のやうになつて自分の血管をめぐり、頭を支配し、行為を支配した」*7と、自己解剖しながら書いています。

　要するに、お父さんの派手で、大向こうを気にした英雄肌な部分と、実に生真面目でコツコツと地道に歩んでいくという二つの血が青果の中に入っているのだ、と。本人がいうとおり、真山青果の生涯にはこの二つがときどき交替で現れる。もしわたしが真山青果の生涯を芝居にしようとすると、ここが一番のポイントですね。青果の人生のいろいろをいまから振り返ったとき、ドラマティックな局面がいくつかありますが、すべてではないですけれど、このポイントでかなり解けていくような気がします。

　とくに真山青果の若いときはお父さんの血が非常に強く現れてきます。そして原稿二重売り事件――これについては後ほど詳しくお話しします――くらいからお母さんから受け継いだ、生真面目でひっそりと世間から一歩も二歩も後ろに退いて、自分の信じることをしっかりやっていくという血が強く出てくる。真山青果の人生をそういうふうに見ていくと非常にわかりやすいと思います。

＊7　野村喬『評傳　眞山青果』（リブロポート、一九九四年）より。

東二番丁小学校を卒業した青果は東華学校という同志社系のミッションスクールに入ります。当時仙台には男子系のミッションスクールは二つあり、もうひとつはプロテスタントの長老派系の東北学院です。青果が東華学校に入ったのは明治二十四(一八九一)年ですが、学校ができてちょうど五年目です。ところが二年生になる明治二十五年の春に廃校となり、宮城県尋常中学校に編入されるんですね。

宮城県尋常中学校は宮城県で初めての尋常中学校(旧制中学)で、東華学校はそっくりそこに吸収されたわけです。この尋常中学校はのちに旧制仙台一中になります。そうして青果は尋常中学校に編入したわけですが、同じときに吉野作造、[*8]千葉亀雄[*9]も入ってくる。つまり、真山青果と吉野作造と千葉亀雄は宮城県尋常中学校の同級生なんです。ところが、ここでお父さんの利かん気で派手好きの血が現れて、青果は途中で学校をやめてしまいます。

わたしはこの歳になっていろいろな義理がありまして古川市(現・宮城県大崎市)の吉野作造記念館の名誉館長をしていますが、旧制仙台一中は戦後仙台一高になり、わたしはそこへ入るわけです。これも不思議な縁ですね。ともかく、宮城県で最初の尋常中学校に片や真山青果がいて、片や吉野作造がいた。そして校長先

＊8　一八七八〜一九三三。宮城県生まれ。政治学者。デモクラシーに「民本主義」の訳語を考案。普通選挙制と政党政治の実現を主張、大正デモクラシーの代表的論客となった。井上ひさし作『兄おとうと』は、吉野作造の評伝劇。

＊9　一八七八〜一九三五。山形県生まれ。新聞記者、文芸評論家。「新感覚派」の命名でも知られる。『サンデー毎日』では大衆文芸募集の選者を務めた。

生は、皆さんご存じの『言海』をつくった大槻文彦[*10]です。この人は教師陣に大変力を入れて、各地から優秀な人材を引き入れています。たとえば服部誠一（撫松《ぶしょう》）。[*11]この人は明治七（一八七四）年に『東京新繁昌記』というたいへんなベストセラーを書きました。ジャーナリストですが筆がよく立つ。『東京新繁昌記』は岩波の新日本古典文学大系（明治編1『開化風俗誌集』）にも入っていますから、いつか機会があったら読んでいただきたいと思います。この人は漢文がよくでき、漢文の先生として招《よ》ばれたわけです。しかも宮城県初の中等教育機関ですから、吉野作造をはじめ優秀な人たちがここから巣立っていく。

調べてみると、吉野作造は熱心な投稿少年なんですね。小学生の頃から投稿を始めて、尋常中学校に入ってからは、いろいろな雑誌に投稿して、懸賞文で一等に入選したこともあった。当時、中学生のあいだで投稿が流行っていて、真山青果も投稿していたようですが、吉野作造よりは入選率はグーンと下がる。吉野作造はひょっとしたら作家になるんじゃないかというくらい、あちこちの雑誌で文章が採用される。

こういうのがありますよね。ぼくらの年代ですと、『螢雪時代』というのがありました。『螢雪時代』は受験生が読むべきものというのでぼくも読んでいたのですが、英語のテストで全国でいつも三位以内に入っている四国の少年がいました。大江健三郎さんです。彼が三十番くらいに下がると、「ああ、下がった」とみんなが驚

＊10　一八四七〜一九二八。国語学者。明六社会員。一八七二年、文部省に入省。七五年に国語辞典の編纂を命じられ、日本初の近代的国語辞典『言海』を十七年かけて完成。

＊11　一八四一〜一九〇八。戯作者、ジャーナリスト。二本松藩の儒官の家に生まれる。文明開化の世相を諷刺した寺門静軒の『江戸繁昌記』にならい、『東京新繁昌記』は大いに評判になった。

くくらい、大江健三郎という英語のよくできる生徒が四国の松山東高校にいるというのは、よく知られていました。

和田誠さんというイラストレーターがいますよね。イラストレーターを超えて、「和田文化」という感じで、多方面で才能を見せています。かつて、『少年朝日』という雑誌がありました。山形県の片隅のわが家でもこの雑誌を取っていたのですが、おふくろは朝日新聞信者で、朝日新聞はなんでもかんでも正しいと思っている困った人なんですよ。で、昭和二十二（一九四七）年くらいの『少年朝日』には、和田誠という東京の小学六年生の漫画が毎回載っている。ぼくも漫画を描いて出すのですが、一度も載ったことがない。だから、小学校時代には漫画のうまい東京の和田誠がいて、高校になると英語のよくできる四国の大江健三郎がいたわけですが、同じように、いつも入選していた吉野作造は全国の投稿少年によく知られていたんですね。

真山青果も投稿するのですが、こちらはあまり入選しません。それどころか、三年生のときに落第してしまうんです。頭はいいはずなのですが、何をやっていたのでしょうね。で、息子が落第したとなると校長先生としての沽券《こけん》にかかわりますから、お父さんがものすごく怒る。一説によると、お父さんに「辞めてしまえ！」といわれて、「はい」と辞めたという話です。

先ほど申し上げたように、青果のお父さんの真山寛は仙台の教育界の重鎮です。

ですから、各地からお父さんを頼っていろいろな人が真山家を訪れています。その中の一人に、陸羯南《くがかつなん》*12が主宰していた新聞『日本』の記者だった桜田文吾*13という人がいます。明治十年代から二十年代にかけて、世界では帝国主義国の植民地再編成という大きな動きがありました。その余波は日本にも及び、文明開化で一度世界に開けた日本ですが、このままうかうかしていると日本は欧米の帝国主義諸国の属国になってしまうという危惧から、明治二十年代には急速に国粋主義・保守主義が強まっていく。そういうただならぬ動きの中で「日本人」とか「日本」という名前を冠するものがたくさんあったのですが、新聞『日本』もそのひとつですね。

尋常中学を退学した青果は東京へ出奔しますが、そのときに頼ったのが桜田文吾でした。桜田は、陸羯南と親しい杉浦重剛《じゅうごう》*14に相談して、杉浦が校長をしている日本中学（前身は東京英語学校）へ青果を入れてもらいます。青果はそこでものすごく勉強して、第二高等学校の医学部に合格する。この第二高等学校医学部は後に仙台医学専門学校、つまり、現在の東北大学医学部です。仙台医学専門学校時代には中国から魯迅が留学しています。

そこに真山青果は入るのですが、これまた二年生の後半くらいから学校に行かなくなって小説本を読み始める。これはしようがないですね。ぼくもよくわかります。つまり、医者になるために勉強しても、同級生たちにはとうてい敵《かな》わない。でも、小説ならこいつらよりできるというのがだんだんわかってくるわけです。

*12　一八五七〜一九〇七。陸奥国（現在の青森県）生まれ。一八九八年、日刊紙『日本』を創刊し、社長兼主筆を務めた。病床の正岡子規を支え続けたことでも知られる。

*13　一八六三〜一九二二。ジャーナリスト。日本新聞社に入社後、東京、大阪の貧民街を取材。その後、京都通信社を創設して名を馳せる。

*14　一八五五〜一九二四。教育家、思想家。国粋主義を唱えた。一八八五年に東京英語学校（後の日本中学校）を創設。国学院学監、東宮御学問所御用掛、東亜同文書院院長などを歴任した。

実は、それが学校の仕事なんですね。学校がみんな一様に勉強をよくできるようにするところだというのは大間違いで、それでは子どもが可哀相です。子どもにはいろいろな可能性があって、一人として同じ子どもはいないわけですから、集団で暮らすルールを教える以外は学校の仕事ではないのですね。

ぼくの仙台一高時代に藤川先生という地学の先生がいましたが、その先生に「君ね、一学期だけすべての教科を必死でやりなさい」といわれて、ぼくは真《ま》に受けて必死にやりました。そしたら一所懸命やったにもかかわらず、数学、地学は全然だめでした。数字が入ってくるとだめなんですね。漢文はまあまあで、国語がちょっと良くて。そうやって一所懸命やった結果、自分の中でよくできる科目とできない科目が出てくる。

次の二学期が始まるときに、藤川先生が、この学期は悪い点を取った科目だけを必死になってやれ、と。これまた先生のいうことを聞いて、地学や数学を必死でやったのですが、辛いだけで全然点数が上がらない。すると先生が、「井上君、わかったろう。君の未来はこっちにはないんだ。でも、君が勉強すればするほど点が上がり、勉強するのが楽しいというほうに君の未来はあるのだ」と。これは偉い先生でしたね。

そこでぼくは「将来映画監督になりたいので、いまたくさん映画を観たい。だから授業をサボッて映画を観てもいいですか」といったんです。すると先生は、しようがなくて「いいよ」といってくれた（笑）。それでわたしは、一年間に映画を三百六十五本観るということを始めたんです。藤川先生はずっと担任でしたけれど、偉かったですね。朝、映画館に入っていると補導が来るんです。高校生は授業があるはずなのに、朝から映画館にいるのはおかしい、と。

「仙台一高の生徒です。先生が許可しています」

「そんな先生がいるはずはない」

「藤川先生という人に電話してください」

それで学校に電話を掛けると、藤川先生が「その子は映画を観るのが授業ですから」と答える（笑）。

それはともかく、青果は解剖学の授業にほとんど出なかった。解剖学が嫌いだったみたいですね。結局、進級できず、小学校の代用教員に出たりしているうちに、仙台市の東南部にある南小泉村という小さな村の病院の代診医として雇われます。代診医というのは、医者の代わりに、ちょっとお腹が痛いとか、熱が出た程度のことを診て薬をあげる、そういう仕事です。このときのことがやがて『南小泉村』[*15]という小説になるのですが、青果はそこで働いているときに医者を断念する。なぜ断念したかは、『南小泉村』を読むとわかります。

農民というのはいかに見栄っぱりでズルくて、意地汚くて、意地悪であることか……、自分が医者になったときこういう奴らを診るのはいやだ、となってしま

＊15　『新潮』一九〇七年五月号に発表。以後断続的に書き継がれ、一九〇九年十月、今古堂書店より刊行。青果の農村での代診医の経験をもとに書かれた小説。《百姓ほどみじめなものは無い、取分《とりわ》け奥州の小百姓はそれが酷い、襤褸《ぼろ》を着て糅《かて》飯《めし》を食つて、子供ばかり産んで居る。……》という出だしで始まる。

った。つまり、真山青果は医者に向かなかったんです。

「原稿二重売り事件」

医者になるのを断念した青果は、今度も桜田文吾を頼って東京に出ます。そして徳冨蘆花《ろか》のもとを訪れたりいろいろしますけれど、明治三十七（一九〇四）年の年末に小《お》栗《ぐり》風葉《ふうよう》という作家の門下に入ります。当時の文壇状況でいいますと、前年の明治三十六年に尾崎紅葉が亡くなっています。幸田露伴は書かなくなってきて、夏目漱石はイギリスから帰国しましたが、まだ小説は書いていません。当時は文壇イコール尾崎紅葉の「硯友社」[*16]という感じでしたから、尾崎紅葉が亡くなって一種混乱している時期ですね。そのとき「小説家四天王」といわれたのが徳冨蘆花、小杉天外、泉鏡花、そして小栗風葉です。真山青果はその四天王の一人の門下に入ったわけです。

その頃の日本はエミール・ゾラを筆頭とするフランスの自然主義文学が入ってきて、世の中のさまざまな人の苦しみ、貧しさを観察してそれを書く、それが小説だというのが主流になりつつあった時期です。小栗風葉は、日本の自然主義文学の初期の小説家です。その門下生となった青果は、小栗風葉の代作をしていました。小栗風葉は売れっ子ですからどんどん仕事がくるので、その注文を全部受

＊16　一八八五年二月、尾崎紅葉、山田美妙、石橋思案、丸岡九華がつくった文学結社。機関誌『我楽多文庫』を発刊した。

けて弟子に書かせるわけですね。

師匠の代わりに弟子が代作するというのは、近代社会のオリジナリティとか著作権の考えから見るとおかしいことですが、別の側面から見れば、師匠が弟子を食べさせるというのは麗しい話ですよね。弟子を食わせるために師匠がたくさん仕事をとってきて、それを弟子たちに書かせる。弟子たちはそれで勉強をするわけです。小栗風葉は自然主義文学のさきがけで、一所懸命勉強もしていますから、青果がその弟子になったというのはけっこう大きかったと思います。

というのも、明治四十（一九〇七）年から青果が書き始めた連作小説『南小泉村』は自然主義文学というと必ず引き合いに出されるほど自然主義文学の名作になったわけですから。しばらくは順風満帆の時代が続くのですが、有名な「原稿二重売り事件」で文壇から退かなくてはいけなくなります。

このいわゆる「原稿二重売り事件」は二回起こります。一回目は明治四十一（一九〇八）年、彩雲閣という版元が出していた家庭雑誌『趣味』の一月号に載った「妹」と、博文館の総合雑誌『太陽』の二月号に載った「弟の碑」が同じ原稿だったんです。続いて明治四十三年の暮れ、『太陽』十二月号の「子供」と春陽堂の文芸誌『新小説』四十四年一月号の「枷」が、やはり同じ原稿だった。

ことに二回目は、春陽堂と博文館という老舗出版社が関わっていたので、大きな問題となりました。博文館は樋口一葉の全集を出していますし、有名なのは日記です。いまも「博文館日記」というのがありますが、その頃は日本人が日記をつけ始めるようになった時期に当たっていて、博文館の日記は百万部以上売れた人気商品でした。いま文房具屋さんに行くと、いろいろなスケジュール帳や日記が出ていますが、あれが全部博文館の商品だと思えば、博文館の売上がいかに大変なものだったかおわかりになると思います。春陽堂も、尾崎紅葉、幸田露伴、森鷗外、夏目漱石といった明治文壇の中核をなす人たちの著作を出していた老舗の大きな出版社です。真山青果は、この二つの出版社で問題を起こしたわけです。『南小泉村』で、一躍「真山青果あり！」と名を馳せ、注文がどんどん来るようになる。同時に、青果を慕って地方から文学青年がやってきます。やってくるのはいいのですが、みんな貧乏ですから、たいてい帰りの電車賃がない。仕方ないので、青果はそういう青年たちを内弟子にして、そばに置いておくわけです。

二回の「原稿二重売り事件」は、最初も二回目も実に単純な構図なんです。ある雑誌から四十枚くらいの小説を頼まれますね。続いて、別の雑誌からも四十枚くらいの原稿を頼まれる。真山青果は最初に依頼が来た原稿をまず書く。あの人はものすごく筆が遅いんです。ぼくなんか問題じゃないくらい（笑）、筆が遅い。当時、作家の筆が遅いというのは、いまと違って、それほどよく推敲しているのだと、かえって感心されていたんです。

ほぼ同時に二つの雑誌から注文が来た青果は、まず先に注文が来たほうの原稿を書く。当時の作家はみんな下書きを書きますから、その下書きを弟子が清書して、出来上がったものを編集部に届ける。続いて、次の雑誌の原稿を書かなくてはいけないのですが、筆が遅いからなかなか書けない。そのとき、最初に渡したほうの原稿は印刷中でまだ世の中には出ていない。そこで、先に書いた原稿の下書きをもとに清書したものを別の編集部にもって行ってごまかすわけですね。「一応できていますけれど、気に入らないので二、三日のうちに書き直しますから」と、いわば見せ金みたいなものです。それで新しい原稿と差し替えればいいわけですが、青果は結局締め切りまでに書けない。その結果、同じ原稿が二つの雑誌に出てしまう——それだけのことなんです。

これは出版社のほうも悪いんですよ。真山青果は何度も、二重売りになるので原稿を返してくれというのですが、出版社はもう印刷所に回ってしまったから駄目だといって、突っぱねる。そこには出版社同士の競争があって、妙にねじけてもいるんですね。結局、春陽堂と博文館が共同して「真山青果の作品・小説は二度と買わない」という不買同盟をつくるんです。その不買同盟に付和雷同した出版社がたくさんあって、その中で中央公論社と新潮社だけはそれに加わらなかったのですが、これによって青果は袋だたきに遭います。とくに東京朝日新聞などは青果を「純然たる法律の罪人」であると断罪します。

劇作家・真山青果の誕生

この事件を境に、真山青果はお母さんの生真面目な血にパッと変わって、表舞台から引っ込んでしまう。原稿の注文は多少ありますけれど、昔のことを調べたりする考証事をしながら自分がどうすればいいかを考える。

三年くらい考えているうちに、青果の書く芝居が好きだという新派[*17]の喜多村緑郎[*18]という俳優さんが接触してくる。当時の松竹の社長は大谷竹次郎[*19]ですが、この人が新派は少し飽きられてきていたので、それを立て直そうとして真山青果を新派の座付き作者に迎えるわけですね。最初は見習い作者です。皆さんご存じのように歌舞伎には座付きの狂言作者が控えている「作者部屋」というのがあります。メインの立作者《たてさくしゃ》を筆頭に、二枚目、三枚目、四枚目、五枚目、六枚目……、大体六、七人の狂言作者が部屋に控えています。

立作者というのはいわばプロデューサーで、支配人や役者と相談して「夏はやっぱりお化けでいきましょう。『四谷怪談』を新しく書き換えましょう」というような方向を打ち出す。それを作者部屋にもち帰って、弟子たちと一緒にプロットをつくる。主要なところは立作者が書いて、その他を弟子たちに書かせる。だから、歌舞伎は脚本があがるのが早い。黙阿弥が生涯に三百六十本もの狂言を書いたというのですが、これは一人で全部書いていたら絶対ありえない。要するに、

＊17　演劇改良運動が明治三十年代にもたらした日本演劇の形態のひとつ。歌舞伎の刷新を試みたために「新派」と呼ばれたが、新劇とは一線を画した。

＊18　初代。一八七一〜一九六一。東京生まれ。新派を代表する女方俳優。花柳章太郎ら後進も育てた。

＊19　一八七七〜一九六九。京都生まれ。興行師、実業家。一九〇二年、兄の白井松次郎と松竹《まつたけ》合資会社を設立し、後に松竹合名社とする。二〇年には松竹キネマ合名会社を設立し、映画製作を始めた。現在の松竹を築きあげた。

黙阿弥とその弟子たちが共同で書くわけです。そして自分が書いたものと弟子たちが書いたものを合わせて、さらに黙阿弥が手を入れるわけです。たとえば、弟子たちに一週間後にこの一幕を全部書いてこいといって、上がってきたものに自分の手を入れる。それが黙阿弥の作品としていま残っているんです。われわれが見ると、黙阿弥が書いたところとそうでないところはわかりますが、そういう仕立てだったんです。

それでも明治になると、オリジナリティとか著作権の意識が出てくるので一人で書くことが多くなったのですが、真山青果も文壇から干されたままでは生活できないので、大谷社長の口利きで松竹の座付き作者になります。一年後には部屋の責任者になって、そこから劇作家・真山青果が始まるわけです。青果は原稿二重売り事件の前に『第一人者』[*20]（一九〇七年）という戯曲を書いていますが、松竹に入ってから本格的に大劇作家が誕生するわけです。

なかでも『元禄忠臣蔵』[*21]（一九三四〜四二年）は、最敬礼するほどの大変な名作です。なぜかというと、それまでの日本の演劇は〈観る〉ものだったんですね。もちろん、役者のせりふ回しを聴くとか、義太夫の調子を聴くことはある。でも、主体は〈観る〉です。歌舞伎くらい観るためのいろいろな工夫を凝らしている演劇は珍しいんです。たとえば、「引き抜き」とか「ぶっ返り」とか、一瞬のうちに着物がパッと変わっちゃう手法や、いきなり幕が下りてくる「振り落とし」や上

＊20　青果の最初の戯曲。『中央公論』一九〇七年十月号に掲載。

＊21　一九三四年二月、東京劇場で上演した「大石最後の一日」（脚本は雑誌『日の出』に「大石内蔵助」として発表）が大好評となり、二世市川左團次と松竹の大谷竹次郎社長の懇請により、「元禄忠臣蔵」の総外題で雑誌『キング』一九三五年一月号から四二年一月号まで断続的に連載。

から落ちてきた幕が舞台を覆う「振りかぶせ」など、とにかく目を楽しませる。いまでも、派手な演出を売り物にしている芝居がありますよね。ただ、役者も何も全部どこかに飛んでしまって演出家が「どうだ、すごいだろう」とやるのは、ぼくは演劇ではなくて見世物だと思っているんですけどね。まあ、それも演劇であり、それが面白いという人もいるわけですが。

ともあれ、歌舞伎は要するに目で楽しむものです。歌舞伎の衣装は、外国人が見てびっくりするくらい、デザインがすごいでしょう。それから『四谷怪談』の「戸板返し」[*22]なんかも派手な演出ですよね。そういう〈観る〉〈見せる〉が日本の演劇の主流だったのですが、真山青果の芝居はまったく違う。〈聴かせる〉芝居なんです。役者のせりふ回しを聴かせるのではなくて、日本語のすばらしさを聴かせる芝居を書く人が初めて現れたのです。黙阿弥の中にも多少そういうところがある作品がありますけれど、全面的に日本語のせりふを観客に聴かせることを意識してやった人が、初めて出てきた。これが青果の戯曲の最大の素晴らしさです。

それからドラマツルギー――なんだか恐ろしげな言葉ですが、要はドラマのつくり方のことです――の面でも、それまでの日本の芝居は、好き合った男女がこの世では一緒になれないから二人共に死にましょうとか、理不尽な理由で親子が別れるとか、そういう感情的な理屈抜きの愛情みたいなものを扱うのが多かった

＊22 『東海道四谷怪談』の第三幕「隠亡堀《おんぼうぼり》の場」で用いられる早変わりの手法。民谷伊右衛門が流れてきた杉戸を引きあげると、そこにはお岩が、戸板をひっくり返すと小《こ》仏《ぼとけ》小平《こへい》が現れ、その直後、小平は骸骨に変わる。

んですね。親子が引き裂かれるといった悲劇で涙を絞る、そういうドラマツルギーが主流だったのですが、真山青果は違います。

新派に頼まれて書いた作品にはそういうものもありますけれど、『玄朴と長英』[*23]（一九二四年）などは、ある考え方をもった人間とそれとはまったく考えの違う人間とがガップリ組んで論理的に相手を説得しようとする。しかし、一人として同じ人間はいないわけですからいくら説得しようとしてもうまくいかないという、非常に論理的な見せ場をつくる、これも日本では珍しい。

『元禄忠臣蔵』にしてもそうです。登場人物を非常に批判的に書いています。溝口（健二）さんの映画[*24]ももちろんいいのですけれども、映画にすると真山青果の本当にいいたかったことは飛んでしまうんですね。青果の芝居には、吉良上野介《こうずけのすけ》は本当にそんなに悪い奴だったのか、浅野内匠頭《たくみのかみ》はそんなに忠義を尽くすべき主君であったろうかとか、いままで誰も考えつかなかったことがチラチラと出てくるんです。大石内蔵助《くらのすけ》に対しても、「お前、非常時にだけ目立ってもしようがないだろう」という批判がある。つまり、内匠頭を社長と考えれば、社長がヘマすると会社はつぶれるわけですから、そういう危ない社長がいたら、重役たる者は普段から注意をしていなければいけない、と。

事件の発端になる、江戸城の松の廊下での刃傷《にんじょう》が起きたのは、いまでいうと四月のよく晴れた日の午前十時四十五分くらい。そのときどういうふうに日光が射

＊23　『中央公論』一九二四年九月号（単行本は、新潮社、一九二五年六月）。火災によって伝馬町の牢から解き放たれた伊東玄朴と高野長英との相克を描く。この作品が好評を博し、青果は劇作家として文壇に復帰する。

＊24　一九四一年十二月に前編、翌年二月に後編が公開。前編は浅野家のお取り潰しが決定し、幕府に赤穂城を明け渡すまで、後編は討ち入り後の赤穂浪士を描く。

し込んでくるのかを復元された松の廊下で実際にやったのを見たことがあります。前日が、その時間にあの長い松の廊下を歩くと光がチラチラと目に入ってくる。前日には、京都から来る天皇のお使いをもてなすために城内で朝から晩までお能をやっているのですが、浅野内匠頭は饗応役ですからそれにずっと立ち会っていなければならない。で、内匠頭は生来短気で癇《かん》が強い。浅野家に残っている処方箋などを見ると、いまでいう精神安定剤をガバガバ飲んでいるわけです。京都からの勅使を迎える三日間というのは饗応役の重要な仕事ですから、このときに殿様が発作を起こしてはいけないと、藩医は浅草に行っていろいろな生薬《しょうやく》の材料を買い、気が鎮まる薬を調合して家来に預ける。内匠頭はそれを二時間おきくらいに飲んでいるわけですよ。

ぼくの説では、最後の三日目に「やれやれこれでおしまいか」と思ったときに、松の廊下に光が射し込んで、それが目に入って発作が出たのじゃないか、と。そういう人を日頃からちゃんとしておけよというのが、ぼくの意見なんですけどね（笑）。

ぼくが生まれたのは山形県の米沢の近所で、吉良の息子の上杉綱憲《つなのり》が米沢藩の藩主（第四代）でしたから、米沢は吉良上野介の天下なんです。だから、ぼくらが子どもの頃は『忠臣蔵』はいっさい禁止でした。浪曲語りが『忠臣蔵』を演《や》れないのは、三河の吉良郷と米沢地方くらいですね。ぼくらは吉良上野介がどれくらい名君であったかをたくさん勉強しましたし、教わりました。

世界一周できるほど骨組みががっしりしている『元禄忠臣蔵』

何の話かわからなくなってきましたが（笑）、とにかく真山青果のすさまじい調べぶりというのは大変なものです。後の時代にわたしたちが青果の作品をちゃんと読むと、そうしたことが引き出せるようになっているわけです。従来通り大石内蔵助を恰好良くは書いているのですが、そこに「忠義《ちゅうぎ》」とは一体どういうことなのかといった大きな問題をきちんと、しかも論理的に書いている。骨格のしっかりした、それでいて面白いという初めての芝居を真山青果はつくり出したんです。

いまから考えると信じられませんが、『元禄忠臣蔵』は当時の講談社の大衆娯楽雑誌『キング』に載るんですよ。原稿が書き上がるたびに雑誌に載せていく。講談社の当時の社長の野間清治さんは、青果という作家を支持していたんです。『真山青果全集』（全十八巻、補巻五、別巻二。一九七五～七八年）が講談社から出たのもそういう縁です。一人の劇作家を支持する出版社、演劇人がたくさんいた、いい時代ですよね。

『元禄忠臣蔵』は芝居としてもたいへん面白いですから、機会があったら、映画ではなくてぜひ舞台で観てほしい。観れば、真山青果という人がいかに日本には珍しい論理的でカッチリした構造で芝居を書く人か、そして彼の書く日本語がいかにすばらしいかということがよくわかります。日本語というのは情緒的で論争ができないとよくいわれますけれど、それはむしろ使うわたしたちの問題であって、真山青果の登場人物に関するかぎり、論理的な論争をきっちりできます。

小山内薫[*25]は、劇作家というのは船をつくる技師だといいました。つまり、材料から形から考えて、どういう船をつくるのかの設計図を引いてコツコツ船をつくっていくのが劇作家である、と。演出家は、できた船の船長さんで、俳優は船長さんといっしょに働いている航海士で、裏方さんは機関室で船の運航を支えている。

遠洋航海で世界各地の面白い場所へお客さんを連れて行くという船もあります。商業演劇などはそうかもしれませんね。それから、小さいけれどものすごいスピードの出る船が好きだという人もいます。いろいろですね。大きな船は大きな船なりのノウハウや素晴らしさがあるし、快速船には快速船の良さがある。お互いに勉強しながらより良い船をつくることが、わたしたち劇作家の仕事なんですね。

ところが、お客さんを乗せた瞬間になんとなく船足が重くなるどころか、湾内で静かに沈んでいく、そういう戯曲も現にあるわけです。船長がものすごい有能で役者さんたちもすごい人たちだからなんとか沈没しないでいるけれど、よく見

＊25　一八八一～一九二八。広島生まれ。劇作家、小説家、演出家。一九〇七年、文芸雑誌『新思潮』を創刊。〇九年、市川左團次（二代目）と自由劇場を結成。二四年には土方与志らと築地小劇場を創設。

ると半分沈みながら走っている船というのは意外に多いんですよ。

その点、真山青果の船は、堂々と世界一周の航海ができるくらい骨組みががっちりしています。材料もいいし、設計のミスがない。劇作家たる者、もし、この船にお客さんを乗せたら沈むと思った場合、その脚本《ほん》は破棄しなくてはいけない。これは悪口ではなくて客観的にいうのですが、お客さんが沈もうと沈むまいととにかく出さないと損をするから出しちゃえ、という芝居も実はあるんですね。でも、真山青果は造船技師としてはとんでもなく素晴らしい人です。

芝居のもうひとつのむずかしさは、最初のせりふを誰かがいいますね、次のせりふは最初のせりふから引き出されてこないと駄目なんです。そして二番目のせりふが三番目のせりふを引き出す。次の次のせりふを引っ張り出すせりふを書かないと次のせりふにならないという、これが戯曲の恐ろしいところなんです。

そうでないものもありますよ。「こんにちは、いっしょにどこかに行きましょう」「いいな、いいな」という学芸会みたいなのがあるでしょう（笑）。あれは無邪気でいいんですけれど、きちっとした芝居というのは一行目のせりふが二行目のせりふを引き出し、二行目のせりふが三行目のせりふを引き出す……。結果、一行目のせりふが一番最後のせりふを引き出さないといけないことになるわけです。

なおかつ、隣り合っているせりふ同士がお互いに引き出し合っているほかに、三番目のせりふが四百五十八番目のせりふにくっついているとかいうこともある。

ひとつの芝居に千二百くらいのせりふがありますけれど、その千二百のせりふがお互いに相手を引っ張り出したり、引っ張り出されたりしながら、最初のせりふと最後のせりふが必然的につながっていないといけない。そうでないといい芝居にならない。だからむずかしいんです。

小説はもっと自由な形式です。松本清張さんの小説の文体というのは、文章がとてもしっかりしていて、日本語の文章としては読んでいて気持ちがよくて正確だ、と。それは、日本の文学者たちが営々として積み重ねてきた文章を清張さんがさらにつくり直して、いろいろな事件を書くからなんですね。でも、司馬遼太郎さんはちょっと違う。司馬さんの小説というのはかなり文体的な実験がおこなわれていて、ほとんど話し言葉に近い書き言葉です。

実は、司馬さんは名文の書ける人なんです。初期の作品はものすごい名文で書いてあるのですが、自分の考えていることを読者にすっと受け入れてもらうためには、文体を工夫しなくてはいけない。それには談話体だ、と。しゃべっている感じの文章を書きたいというのが司馬遼太郎さんの文章なのではないか、とぼくは見ています。

いま『週刊朝日』に司馬さんの講演録が載っていますが、あれがとてもいい例です。いい作家というのは、目立たないけれど、それまでにないものをつくるんです。司馬さんの場合は、いろいろなものを流し込むために、文学的に洗練された文章では入れにくい「これは余談だが……」という言葉をあえて挟んでいく。司馬さんの談話体は、それを入れても文章として質は落ちていない。そういう言葉を入れれば、自分がいいたいことは全部いえる文章を考え出されたのだと思います。

というふうに、いい作家、いい劇作家というのは自分の文体をもっているんですね。真山青果の場合は、硬いけれど素晴らしい日本語です。なおかつ論争ができる。お互いに自分の全存在をかけて相手を説得する。相手もそれを受け止めながら、さらに説得し返す。『元禄忠臣蔵』を読むと、論争するために日本語がこれほど有効であったかということを気づかされて感動します。

わたしたちにとって一番大事なのは、自分は一体なんのために生まれてきたのかを考えて進んでいくことであろうと思います。そのためにゆっくり前に進む、そして手を携えるときは、自分の意見で相手を塗りつぶすとか相手の意見に全部従うということではなくて、ある目標に対してそれぞれが異なる意見をもちながら、目標に合わせて忍ぶところは忍びながら進んでいくということだろうと思います。そのときに使う日本語は、ひょっとしたら真山青果の『元禄忠臣蔵』のせりふではないかと思うくらい、ぼくはあちこちに赤線を引っ張ってノートに写しています。

たとえば、大石内蔵助がいっしょについている従僕に「静かに月光を踏んで帰ろう」というところがあります。こんなきれいな日本語はないですね。「月の光の中を帰ろうか」というのが普通のベタッとした日本語ですけど、「月光を踏んで帰ろう」というのは、もしかしたら和歌や俳句のなかにある表現かもしれませんが、そういうせりふでいっぱいです。そういう手を使って観客を飽きさせないというのは、素晴らしいと思います。

真山青果はずっと心臓が悪い人でしたが、昭和二十三（一九四八）年に心臓マヒで亡くなります。戦争が終わったばかりのまだ混乱期ですから、当時の新聞には小さくしか扱われていませんが、こんな大きな仕事をした人を忘れたままにしてはいけませんね。とくに仙台の皆さん、ぼくも仙台人の片割れというくらいの感じですので、この人の作品をぼくなりに受け継いでいかなければいけないと思っています。今回、改めて読んでみてほんとうに感動しました。この中で『元禄忠臣蔵』をお読みになった方、いらっしゃいますか？　案外少ないですね。でも、これを読まないのは、道に十万円落ちているのに拾わないで生きているのとほとんど同じですよ（笑）。とにかく面白いです。

わたしも真山青果の『元禄忠臣蔵』に匹敵するような芝居が書きたいと思いながら芝居を書いています。真山青果の調べ方というのは尋常ではありませんから、その意味でも真山青果はぼくの隠れたお師匠さんですね。

なおかつ、わたしの高等学校のずうっと上の先輩です。吉野作造しかり、千葉亀雄しかり。千葉亀雄のこと、皆さんご存じですか。大正の末から昭和初期にかけての文芸評論家です。『サンデー毎日』の編集長をやって、そこからたくさんの作家を育てた人です。井上靖、源氏鶏太、海音寺潮五郎、山手樹一郎、佐々木味《み》津三《つぞう》……みんな『サンデー毎日』の別冊の文芸特集で新人としてデビューして大きくなった人たちです。戦後はみんな大作家になりますけれど、そういう人を育てた人が真山青果と同じ学校にいました。

真山青果は原稿二重売り事件の後、横浜の本牧《ほんもく》あたりに引っ込んで芝居を書き始めるのですが、その頃に吉野作造との友情が復活する。その辺は芝居にできそうですね。この青果、作造、亀雄という東華中学校、尋常中学校の三人組は面白いですね。

ということで、別の機会があれば二日間くらいかけて、じっくり作品論をやりたいところです。皆さんにも作品を読んできていただいて、どんなところが素晴らしいのか、そもそも芝居とは一体なんなのか、いろいろな作家がいるけれど、その中で真山青果はどんな位置にいるのかということを詳しくお話ししたいのですが、今日は概論ということでご勘弁いただきます。

たとえば『玄朴と長英』などは一幕《ひとまく》もので短いですから、それを徹底的に分析する。そうすると、さっきいいましたように、このせりふは前のせりふがないと絶対出てこない、それが絶対必要な次のせりふを引っぱってくるというのがよくわかりますので、そういうこともやらせていただきます。そのときはぜひまたお集まりください。

宮沢賢治

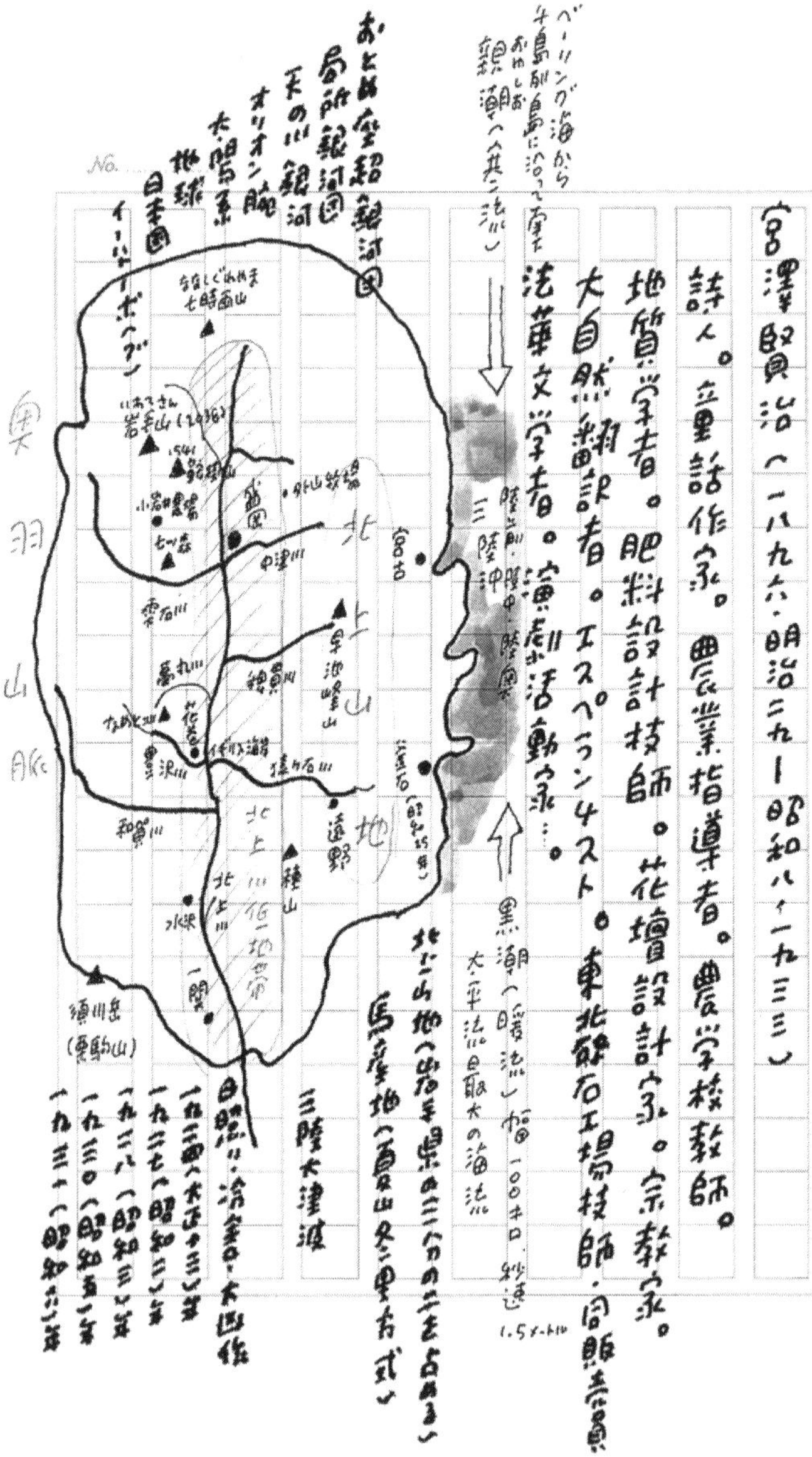

宮澤賢治（一八九六・明治二九－昭和八・一九三三）

詩人。童話作家。農業指導者。農学校教師。

地質学者。肥料設計技師。花壇設計家。宗教家。

大自然翻訳者。エスペランチスト。東北砕石工場技師・販売員

法華文学者。演劇活動家…。

ベーリング海から千島列島に沿って南下 親潮《おやしお》（寒流）

黒潮（暖流）幅100キロ、秒速1.5メートル

太平洋最大の海流

北上山地（岩手県の三分の二を占める）

馬産地（夏山冬里方式）

三陸大津波

日照り・冷害・大凶作

一九二四（大正十三）年

一九二七（昭和二）年

一九二八（昭和三）年

一九三〇（昭和五）年

一九三一（昭和六）年

おとめ座超銀河団

局所銀河団

天の川銀河

オリオン腕

太陽系

地球

日本国

イーハトーボ（ブ）

①講座当日配付されたレジュメ「岩手県地図」

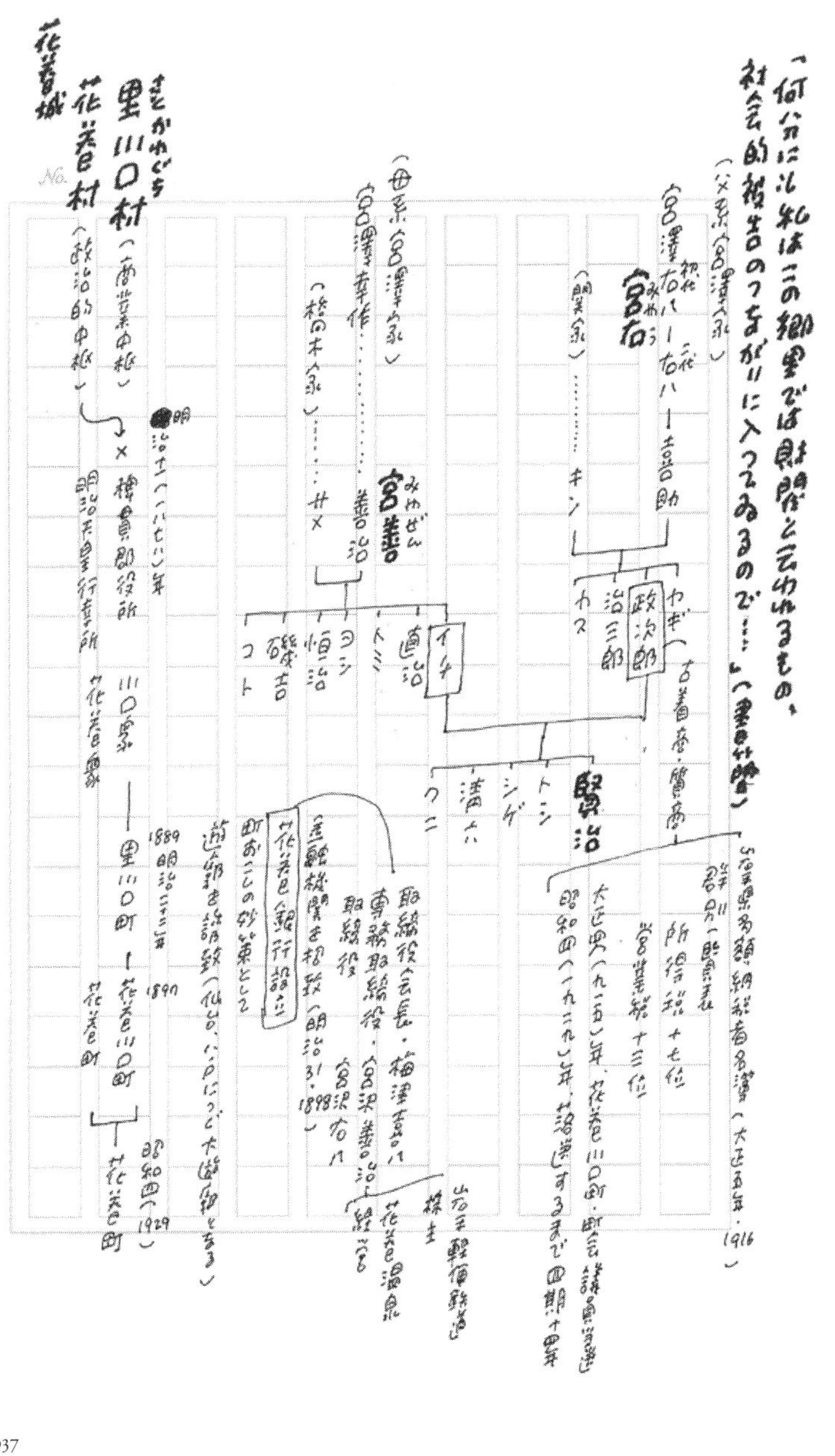

②レジュメ「宮沢家系図」同前

稗貫《ひえぬき》郡立稗貫農学校教諭時代（一九二一・大正一〇・十二月 一九二六・大正一五・三月）

（一九二三（大正一二）年 県立花巻農学校に昇格）

化学 代数 英語 土壌学 肥料設計 農産製造

気象学 水田稲作実習

開校式の記念行事に自作劇を上演。

『植物医師』（英語劇）

『バナナン大将』『飢餓陣営』

『種山ヶ原の夜』

『ポランの広場』

同僚の堀籠文之進と一関行。途中の会話すべて英語を用ゆ。

一関で上演中の歌舞伎を見物。一〇時を過ぎて汽車なく、月夜を

幸い歩いて帰る。途中、平泉駅の待合室で仮眠。一番列車で

花巻へ（大正一二・一九二三年 三月四日日曜日）

「東京大歌舞伎」を観に盛岡行。午後一〇時了。帰り四〇キロを歩き

翌朝七時花巻着。学校の宿直室で一時間仮眠。教室に出る（五月初旬）

左肩を斜めに高く上げ、右腕を大きく振って歩く。

教科書は使わない主義

2

「本統の百姓になります。そして小さな農民劇団を利害なしに作ったりしたいと思ふのです」（知人への手紙）

法華経の精神に立ち、科学者としての知識を生かして農民の幸福のためにつくす。

内部にコスモスを持つ人間は世界のどんな辺境にいても地方的存在から脱する。内部にコスモスを持たない人間はどんなに文化の中心にいても、常に地方的な存在だ。

大きな世界は人間も動物も草も木も星もみんなひとつにする愛の力にしてしまふ世界だ。

まさしきねがいに　いさかふとも
銀河のかなたに　ともにわらい
なべてのなやみを　たきぎともしつつ
はえある世界を　ともにつくらん
「ポランの広場」のおしまいの若者たちの唄

羅須《らす》地人《ちじん》協会時代（一九二六、大正十五年八月ー昭和三／一九二八年八月 発熱、両側肺浸潤の診断。十二月、急性肺炎ーまで）

綿シャツ　破れた肘の穴を縫わず、穴が上になるよう反対にはく

④同前

3

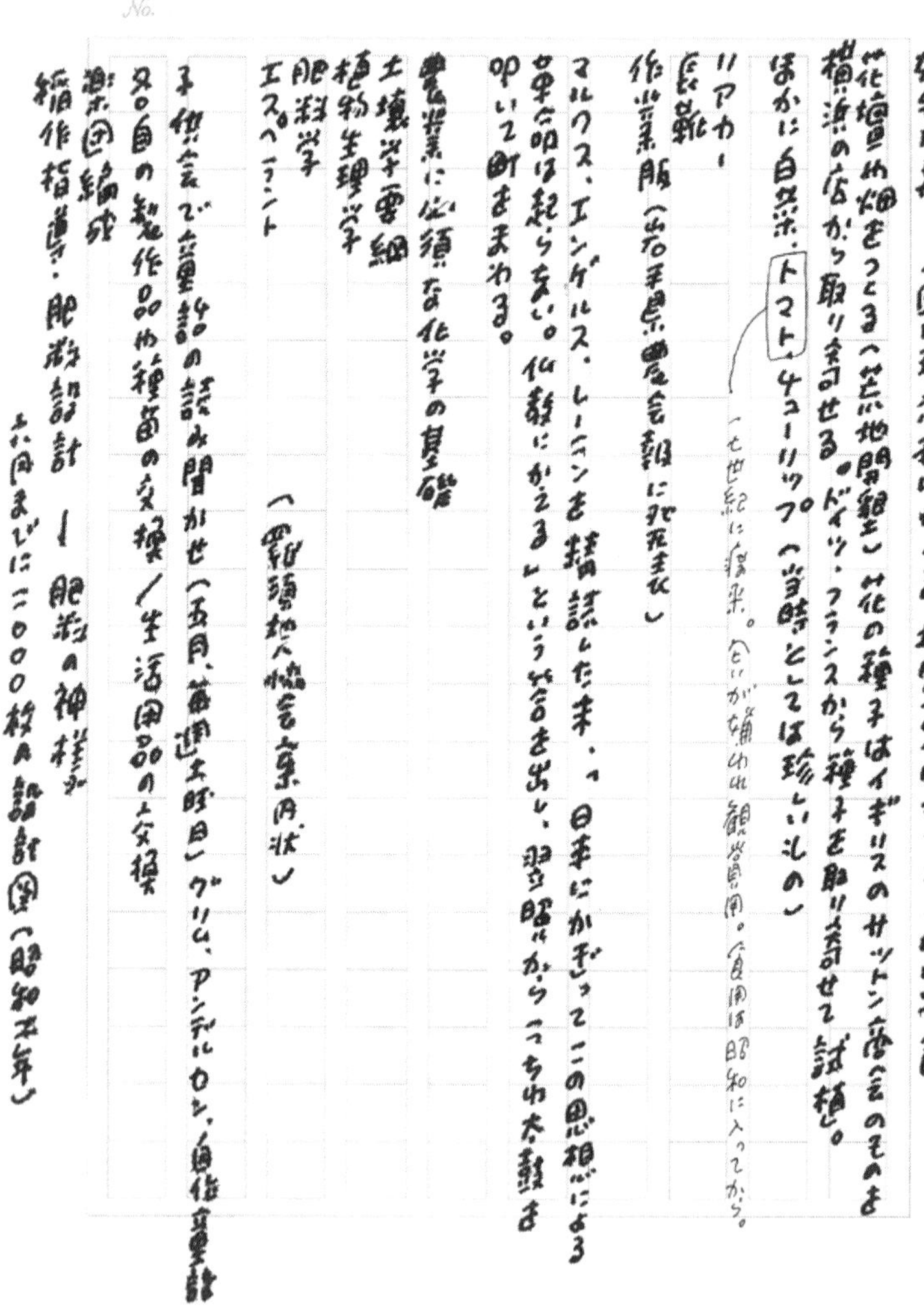
No.

好物は茄子 一回に五、六本はたべる。井戸のまつべにザル。その中に冷飯《ひやめし》・トマト。
花壇や畑をつくる(荒地開墾)花の種子はイギリスのサットン商会のものを
横浜の店から取り寄せる。ドイツ・フランスから種子を取り寄せて試植。
ほかに白菜・トマト・チューリップ(当時としては珍しいもの)
(一七世紀に渡来。はじめは観賞用。食用は昭和に入ってから。)
リアカー
長靴
作業服(岩手県農会館に現存する)
マルクス、エンゲルス、レーニンを精読した末、「日本にかぎってこの思想による
革命は起らない。仏教にかえる」という結論を出し、翌昭和からうちわ太鼓を
叩いて町をまわる。
農業に必須な化学の基礎
土壌学要綱
植物生理学
肥料学
エスペラント
(羅須地人協会案内状)
子供会で童話の読み聞かせ(五月、毎週土曜日)グリム、アンデルセン、自作童話
各自の製作品や種苗の交換/生活用品の交換
楽団編成
稲作指導・肥料設計 ー 肥料の神様か
六月までに二〇〇〇枚の設計図(昭和三年)

⑤同前

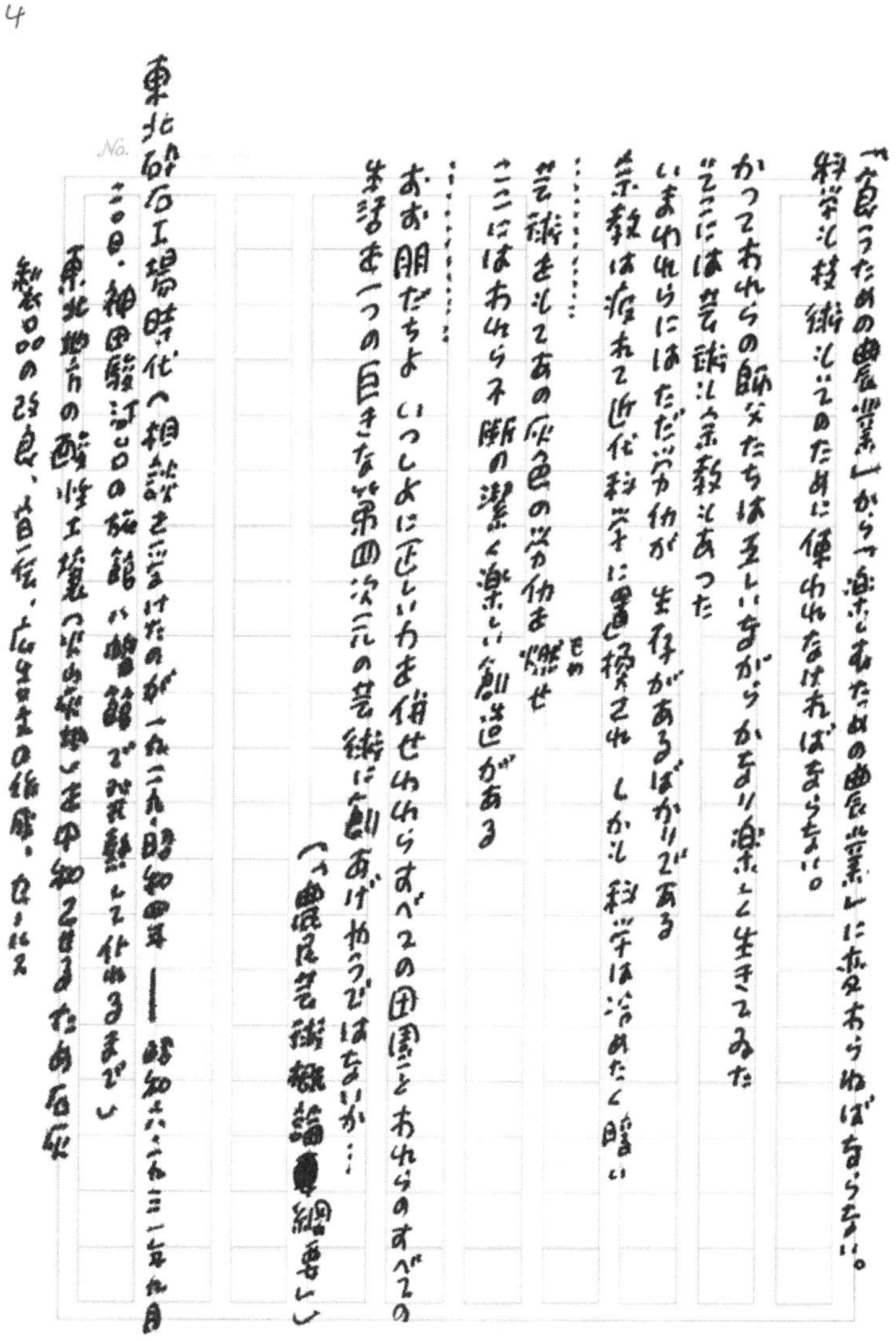
4
「食うための農業」から「楽しむための農業」に変わらねばならない。
科学も技術もそのために使われなければならない。
かつてわれらの師父たちは乏しいながらかなり楽しく生きていた
そこには芸術も宗教もあった
いまわれらにはただ労働が 生存があるばかりである
宗教は疲れて近代科学に置換され しかし科学は冷めたく暗い
芸術をもてあの灰色の労働を燃《もや》せ
ここにはわれら不断の潔く楽しい創造がある
おお朋だちよ いっしょに正しい力を併せわれらすべての田園とわれらのすべての
生活を一つの巨きな第四次元の芸術に創りあげようではないか……
（「農民芸術概論綱要」）
東北砕石工場時代へ 相談を受けたのが一九二九・昭和四年 ―― 昭和六・一九三一年九月
二〇日・神田駿河台の旅館・八幡館で発熱し倒れるまで
東北地方の酸性土壌（火山灰地）を中和させるための石灰
製品の改良、宣伝、広告文の作成・など

⑥同前

5

東北各地の組合に五〇〇〇通のたより文を送る

県をトランクにつめて農会や産業組合を巡回／歴史的な恐怖時代

販売店獲得のため、県をつめた四〇キロの大トランクを持って上京……

「冷害が心配で視察に行くところです。いま岩手県を救う道はモラトリアムをやることです。岩手県は借金だらけです。この借金を返させないことです」（昭和六年七月一〇日。花巻駅で知人に）

最後（昭和八年・一九三三／九月二〇日午後一時三〇分）この年は豊作。

「原稿は迷いのあと、適当に処分してください」（父に）

「ありがたいほとけさんの教えを、いっしょけんめいに書いたものだんすじゃ。だはんていつかはきっと、みんなでよろこんで読むようになるんすじゃ」（母に）

「みんなおまえにやるから、もしどこかの本屋が出したいといってきたら、どんな小さな本屋でもいいから出版してくれ」（弟清六に）

⑦同前

［一日目］二〇〇四年四月二十四日

厳しい風土から生まれた宮沢賢治

おはようございます。こんなにたくさんの人たちに来ていただいて、宮沢賢治さんの人気はすごいですね。

まず、宮沢賢治さんて一体何者か、ということで、資料を書いてみました（三六～四二頁）。でも、ここに書いてあることだけではまったく納まりません。納まらないということで、改めて大変な人だということを実感しました。それでも、ひと口で宮沢賢治がどういう人といえるかを一所懸命考えたのですが、まあ、「農民と一緒に歩いた人」ですね。皆さんご存じのように、明治の初期は日本の七〇パーセントほどが農民です。賢治さん――いかにも親しそうにいっていますが（笑）、今日は「賢治さん」と呼ばせてもらいます――が生きていた当時でも人口の半分以上が農民ですね。ですから、農民と一緒にいた人、農民のことばかり考えていた人、つまり、人口の半数以上を占める人たちが、どうしてこんなに不幸なんだろうと考えたわけです。いま流行りの自己責任ではなくて、世の中の仕組みが世の中の大部分の人を不幸にしているわけですね。では、どうしたら皆が幸せになれるだろうか、ということを生涯かかって懸命に考えた人、というのが定義としては一番当たっているような気がします。

でも、これでは漠然としていますよね。もう少し別の言い方をすれば、「人びとと一緒に人びとの悩みを自分の悩みにした人、人びとの幸せを自分の幸せと考えた人」ということになると思います。では、どうしてそういう人が岩手県に生まれたのだろうか。本日はまず、そのことを考えたいと思います。

皆さんにお渡しした地図（三六頁）をご覧ください。紙の余白の関係でちょっと細長くなってしまい、実際の岩手県にあまり似ていませんが、岩手県と思ってください。皆さんにとっては隣の県ですからよくご存じのように、岩手県の北から南へ北上川が流れていますが、この流域に沿って低地帯が広がっていて、そこは北上川低地帯と呼ばれています。ここに人が集まる町が生まれるわけですね。北のほうからいうと、盛岡、日詰《ひづめ》（現・紫波町）、花巻、水沢、一関となります。その西側が奥羽山脈で、東側には岩手県の三分の二を占める平均標高一〇〇〇メートルの北上山地があり、そのさらに東に三陸海岸がある。

で、わたしはその三陸海岸沿いにある釜石という町に二年半いました[*1]ので、この辺りの地理がなんとなく体で理解できるのですね。資料の脇に書いておきましたが、陸前・陸中・陸奥、この三つにわたる海岸なので三陸、その沖のほうを三

＊1　一九五三年、上智大学文学部ドイツ文学科入学。夏休みに母の住む釜石に帰省して休学。国立釜石療養所の公務員などを務めつつ二年余りを過ごした。

陸沖といいます。この三陸沖は、とても不思議なところです。フィリピンや台湾辺りから、幅一〇〇キロメートルもある太平洋でも最大級の暖かい海流、黒潮ですね、それが秒速一・五メートル――人間が歩くよりちょっと速いくらいですかね――で北上してくる。なぜ北上するのかというのは、もう地球の自転とかの関係で……その辺のところを突っ込まれるとぼくも弱いんですけど(笑)。

ともかく、黒潮が南から上がってくる。そして、北のベーリング海のほうから千島列島に沿って寒流――こちらは親潮といいます――が南下してきて、この二つの大きな潮流がぶつかるのが三陸沖なんです。ですから三陸沖というのは、その年の寒流と暖流のぶつかる時期やぶつかり具合によって気候が変化するわけで、青森県の八戸辺りから岩手県まで常に気候が不安定で、同じ夏でも日照りになったり冷害になったりする。「サムサノナツハオロオロアルキ」という賢治さんの名文句がありますが、賢治さんが生きていた昭和の初期は、寒い夏が普通だったのですね。その寒さも一定していればまだいいのですが、年によっては、猛烈な暑さになったり、人間の力ではとても把握できないくらい複雑な気候となる、日本で一番不安定なところです。

稲というのは、もともとは熱帯の植物ですが、篤農家の工夫でどんどん改良されて徐々に北のほうでも育つようになってきた。賢治さんの頃は陸羽一三二号が冷害にも強いということで、岩手辺りでも米が穫れるようになってきたわけです。

それでも熱帯の植物ですから、少しでも寒いとすぐやられてしまう。それに、さきほどもいいましたように、三陸地方はたえず飢饉や日照りや冷害に襲われて凶作になるという、大変不幸なところです。この不安定な農業のほかに、岩手県の産業に何があるかというと、海岸と北上川のあいだに大きな北上山地があるので、その山地を利用して馬を飼う。南部駒といって有名ですが、冬の寒い時期は人里に集めて、柳田國男の『遠野物語』で有名な曲屋《まがりや》で、人間と一緒に育てる。春になると北上山地に放して、放し飼いをするわけですね。

頭のところでいいましたが、ぼくは釜石の国立療養所というところに昭和二十八（一九五三）年から二年半いたのですが、花巻と釜石を結ぶ釜石線が全線開通したのが昭和二十五年です。釜石と遠野のあいだに仙人峠という難所があり、長いことその難所を越えることができず、ようやく昭和二十五年に釜石線全線が繋がるんですね。ぼくが釜石に住み始めたのは昭和二十八年ですから、花巻と釜石が繋がったというお祝いの気分がまだ残っていました。今日は賢治さんの話でぼくの話ではないのですが、一応（笑）。

地図の花巻の右の猿《さる》ヶ石川《いしがわ》のところに「イギリス海岸」と書いてありますが、これは地図の書き間違いで、猿ヶ石川というのは賢治邸の上に豊沢川があって、この二つの川がそれぞれ北上川と合流する辺りがイギリス海岸です。イギリス海岸とは、賢治さんが勝手に名前を付けたもので、イギリスに行ったこともないのに感覚で付けるわけですね。それで賢治さんが生まれた年に有名な三陸大津波が[*2]あり、とくに釜石は徹底的にやられる。たしか、岩手県だけで二万人近い死者が出て、この辺りにあっては大事件ですから、賢治さんも小さい頃からずっとそのことを聞かされていたらしい。

いろいろ申し上げましたけれども、この三陸地方は明治から昭和初期にかけてたびたびの凶作に見舞われていて、そのことと賢治先生——突然先生になりましたが（笑）——の家が金貸しで古着屋さんで質屋であるというのがポイントなんですね。それは後でまとめていいます。

たとえば、大正十三（一九二四）年には冷害、昭和二（一九二七）年、三年、五年、六年……と、ほとんど毎年のように凶作で、ことに昭和六（一九三一）年は大凶作です。どれほどの凶作だったかといいますと、子どもが学校に弁当をもってこないのは当然で、学校に行かずに木の根っ子かなんかを食べていたわけです。花巻には東北本線が通っていますが、東北本線の汽車が通るときにこの辺の子どもたちが線路の脇に立って、乗客が投げてくれる空《から》弁当を待っている。それくらいひどかったんです。空弁当をなぜ待っているかというと、当時の乗客もやっぱり慈悲深かったんですね。弁当を食べるときに少し残すんです。とくに蓋にくっ付いているご飯粒を普通なら一粒ずつ取って食べるんですが、わざと蓋に付いたのを食べないで投げてやる。下に子どもたちがずっと並んでいますから、そこへ投げ

＊2　明治三陸大津波。一八九六（明治二十九）年六月十五日午後七時三十二分に釜石東方沖でマグニチュード七・六の地震が発生。釜石町（当時）では、津波によって人口六千五百人のうち死者四千人以上、全戸数約一千百戸のうち約九百戸という甚大な被害を受けた（いわて震災津波アーカイブ）。

てやる。それくらいひどかったんですね。いまは新幹線ですから投げようにも投げられない（笑）。

そういうところからしか、ああいう人は生まれません。グアム島のように、手を伸ばせばバナナが採れるというところからは生まれない。別に南のほうの人を馬鹿にしているわけではなくて、「白河以北《しらかわいほく》一山百文《ひとやまひゃくもん》」[*3]と言われるような貧しい東北、その中でも、岩手という、これといった大きな産業のない貧しい県からしか、ああいう人は生まれない。そこに宮沢賢治を理解する第一の手掛かりがあると思います。貧しいところに生まれた人が、その貧しさを見つめていくうちに、ここから立ち直る手掛かりが何かないかと、それは宗教か科学か芸術か、それを一所懸命探した人ですね。

以上が、今回の講座の概論です。

財閥に生まれて

賢治さんが、ある手紙[*4]の中で「何分にも私はこの郷里では財ばつと云はれるもの、社会的被告のつながりにはひつてゐるので」と書いているのは、皆さんはご存じでしょう。賢治さんの家は花巻では財閥です。この財閥であるということは、賢治さんから見ると社会的被告なんです。裁判のときに、悪いことをやった人を

＊3　白川から北の地域、つまり東北地方は「一山百文」くらいの価値しかないという意味。この蔑称に対して東北人の反撥心は強く、東北を代表する新聞『河北新報』はあえて「河北」とし、旧盛岡藩出身で平民宰相といわれた原敬は「一山」と号した。

＊4　一九三二（昭和七）年六月十九日～二十一日、母木光（藤本光孝）宛。

被告というように、つまり、財閥は悪者だという感覚を賢治さんがもっていたということを念頭に置いて、この系図（三七頁）を見てください。

系図の脇に花巻町の変遷が書いてあります。北上川から豊沢川と猿ヶ石川の二つの川が分かれるところに大きな町が発達するわけですが、もともとは花巻村と里川口村の二つに分かれていました。花巻村には郡代、代官がいる花巻城というお城がありました。つまり政治的中枢ですね。一方の里川口村は商業地域です。文字通り河口にある里で、石巻辺りから川を通して物が運ばれてきて、それを受け取って町に売りさばくという商業が盛んな村です。

この二つの村が隣り合っているわけですが、互いに相手のことを川口衆、花巻衆といい合って大変仲が悪い。明治天皇が二度この地に来ていますけれど、二度とも花巻村のほうに泊まった。どっちに泊まってもよさそうなものですが、当時の人たちにとって、天皇がどこへ泊まるかというのは、大変なことだったんでしょうね。それでも、里川口村は商業でお金がどんどん蓄積されるので、政治的な力を発揮して、明治十一（一八七八）年に稗貫《ひえぬき》郡の役所がここにできる。

そして、明治二十二（一八八九）年に里川口町になりますが、このときの町起しとして遊廓《ゆうかく》を誘致する。遊廓って、皆さんご存じでしょう。でも、昭和三十三（一九五八）年からなくなりましたから——表向きは——、若い方はわからないかもしれませんね。ぼくはそっちの道にまったく疎いんですけど（笑）、当時は女郎屋さんの町並みをつくるというのが町起こしになっていたわけです。東北の遊廓では、なんといっても仙台が一番で、二番目が漁師町の八戸、三番目が花巻です。そして、明治三十一（一八九八）年に今度は花巻銀行が設立される。

ここでちょっと銀行の話をします。明治九（一八七六）年、政府は金禄公債《きんろくこうさい》を発行します。江戸時代には「旗本八万騎」と言われるほど旗本・御家人がたくさんいたわけですが、明治維新によってこの人たちの職がなくなってしまう。そこで政府は、退職金とか一時金とか、とにかく彼らに何か渡さないといけない。ところが政府には金がない。そこで金禄公債という一種の国債証券ですね、それを発行して三十年以内に償還することにした。つまり、政府が本来支払うべきお金を士族たちから強制的に借り受けて、最初は利息のみを支払って、三十年後には全額支払うという約束の債券です。

三十年間じっと待っていれば、利息が付きますからかなりの額になるのですが、みんな職を失ってすぐにもお金がほしいから、待ちきれずに百円の額面の公債を三十円かそこらで売ってしまう。将来の百円よりも当座の三十円が欲しい。そうすると、お金持ちのところに公債が集まっていくわけです。そういう動きを見た政府は、いろいろ考えて銀行の開設を奨励する。ヨーロッパやアメリカでは、社会の潤滑油といいますか、お金の流れを堰き止めたり良くしたりするという機能を銀行が果たしている。そういう役割を担わせようと、欧米の銀行制度を取り入れるわけです。

銀行を設立する際には、最低五万円の資本金が要るのですが、現金ではなく金禄公債でいいということで、続々と銀行が誕生する。第一銀行から始まって、第二、第三、第四、第五……最後は百六十くらいまでできるんですね。[＊5] 仙台の七十七銀行はそうやってできた銀行です。第十五銀行は、徳川家などの華族たちが金禄公債を原資にしてつくった銀行で、「華族銀行」と呼ばれていました。つまり徳川家とか有力大名家の人たちが金禄公債を集めてつくった貴族の銀行ですね。

ともあれ、銀行をつくれつくれという国策の時代ですから、ちょっと遅れましたが、花巻にも賢治さんが生まれた二年後の明治三十一年に、花巻銀行が設立された。そこの役員名簿を見ますと、取締役会長が梅津喜八。この人は花巻最大の金持ちです。そして専務取締役に宮沢善治《よしはる》、取締役に宮沢右八《ゆうはち》という名前があります。この宮沢善治という人は、岩手軽便鉄道——花巻から遠野を経て仙人峠まで結んでいた鉄道ですね——の大株主で賢治さんの母方の祖父です。そして、花巻温泉というのはこの宮沢善治さんが開発して経営していました。そのずいぶん後にロッキード事件で有名になった小佐野賢治さんが経営することになりますけど、やっぱり賢治さんつながりなんですね（笑）。温泉には、花巻電鉄という鉄道が通っていましたが、その社長が宮沢善治で、取締役が宮沢右八です。

もう一度系図を見て下さい。賢治さんの父方は、京都から来た公家の家系だと

＊5　正確には第百五十三銀行まで。

かの噂がありますが、その真偽は不明です。系図の最初に出てくるのが初代宮沢右八。二代目もこの名前を継ぎます。その後に喜助さんがいて、この喜助さんに関家からキンさんがお嫁さんに来て、二人のあいだに四人の子どもが生まれます。長女がヤギで、長男が政次郎《まさじろう》。この政次郎さんが賢治さんの父親ですね。母方も、やはり宮沢家です。そこの宮善《みやぜん》（宮沢善治）、つまり、花巻銀行の専務取締役で大変な金持ちの宮沢家の当主の長女イチが、賢治のお母さんです。賢治さんが手紙の中で「何分にも私はこの郷里では財ばつと云はれるもの」といったのは、こういうことだと思います。

では、古着商と質屋を営んでいた政次郎さんがどの程度の金持ちだったのかと調べてみると、「岩手県多額納税者一覧表」というのがあって、大正五（一九一六）年を見ると、稗貫郡では十四位、花巻では十一位。大正四年、賢治さんが盛岡の高等農林――いまの岩手大学農学部です――農学部に合格した年に、政次郎は町会議員の選挙に出て当選し、以後昭和四（一九二九）年に落選する――これには賢治さんが影響していると思います――まで、四期十四年間町会議員をやっていたというから、やはり名家なのでしょうね。ただ、この花巻の金持ちたちは銀行をつくるのはともかくとして、町を栄えさせるために遊廓を誘致もしている。当時としては普通なのですが、そういう金持ちであったということは、賢治さんに相当大きな影響を与えたろうと思います。

つまり、これまで述べてきたさまざまな状況が、賢治さんという人をつくっていったわけですね。三年に一遍どころか二年に一遍ぐらいの冷害、日照りに襲われ、時には大凶作になってしまう貧しい土地柄にあって、金持ちの長男として生まれる。そして、宮沢家の家業が古着商・質屋というところがポイントです。この仕事は、凶作になればなるほど儲かるんです。凶作になると、小作農はもちろん、自作農まで田んぼを質に入れて金を借りなくてはならない。そして次の年も凶作になると、借金を返せずに田んぼを取られてしまう。そうやって、金持ちはどんどんどんどん自分の田んぼを増やしていき、大地主になっていく。そのもっとも極端な例は太宰治の家です。明治の始まりの頃はなんということもない家だったのが、凶作のたびに抵当に取った田んぼや畑でどんどん財産が増えていって、最後は青森県第四の大地主になっていく。

それと同様に、古着商・質屋もまた人の不幸で成立するわけです。ぼくも学生時代には、ほんとうに質屋にお世話になりました。人が見ていないかと辺りを窺いながら、スッと質屋に入って、着ている上着を預けるとか、夏場に冬の上着を預けて利子を払いながら秋口に請け出すとか、ほんとうに惨めですね。そういう人びとの惨めな様をじっと見ていた少年がいる。しかも、ここでお金を借りられないと家族が食べていけなくなるという、命がけの人たちが毎日のように店にやってくるわけです。何も悪いことをしてないのに、「や、四円しか貸せない」「そこをなんとか五円で」と、土間に這いつくばってお願いしている。

そういうのを見ているうちに、賢治少年は、自分の家の商売はなにか変だと思い始めるわけですね。長男ですから、家業を継がなくてはいけないのですけれど、自分にはとても継げないと考えるようになる。そこから賢治君――今度はさんから君になりました（笑）――の生涯をかけた闘いが始まるわけですね。それを具体的にこれからお話ししようと思います。

大自然翻訳者

賢治さんの家は（浄土）真宗東本願寺派で、お父さんの政次郎さんは熱心な信徒です。当時、行政に文化振興課はありませんので、町のお金持ちが罪滅ぼしを兼ねていろいろな催しをやるんです。たとえば、映画好きの金持ちの青年たちが映画会を開くとか、音楽好きの連中ならレコード鑑賞会をやるとかですね。商売というのは、お客がいないと成り立たないわけですから、お客からふんだくるだけふんだくって儲けを独り占めにすることは許されない。儲けは、必ず社会に還元する。この頃の企業はそういう意識があまりないようですけれど、カーネギー財団は、世界じゅうに二千五百以上の図書館をつくるという社会奉仕をしています。アメリカの企業の場合、大体、利益の二パーセントから四パーセントは必ず社会に還元している。有名なカーネギーがおよそこんなことをいっています。「もし原始時代に鉄をつくっていても売れなかったであろう（それはそうですよね。原始時代に鉄をつくれたわけないんですから）。もし製鉄所があって大量の鉄をつくり出しても売れなかったろう（つまり買うお客がいなかったからです）。しかし十九世紀から二十世紀にかけて鉄が必要となって、わたしたちがつくった結果、大変売れました。わたしたちだけの儲けではありません（それは買い手がいたからです）。鉄を買ってくれた方々、鉄を必要とする人たち、それから鉄の上で生活する普通の人たちみんなのお陰です。ですから会社としては必ず、毎年利益の五パーセントを財団を通して社会に戻します」といったような宣言をするわけですね。

日本でも、明治・大正・昭和の初期ぐらいまでは、そういう傾向がありました。たとえば東大の安田講堂は安田財閥の安田善次郎の寄付によるもので、三井財閥はあちこちに生活困難者のための慈善病院をつくっているし、三菱もいろいろな文化活動や福祉事業を手がけている。政次郎さんも、やはり自分の店で上がった利益を仏教講習会に使うのですね。夏場、中央から有名な仏教家・宗教家を呼んで、奥さんの実家がやっている花巻温泉を貸し切りにして、そこで三日間とか長いときは一週間ほど仏教講習会をやる。賢治さんも根がやさしい人ですから、お父さんの影響もあり、そうした講習会に参加するようになる。

ここでとっておきの発見を申し上げます。ここでいってしまうのは惜しいんですけれど、黙っていられなくて（笑）。賢治さんが大勢の人と一緒に写っている写真があるでしょ。実は、一枚の例外を除いてすべて賢治さんは前列左の端のほうにいるんです。一番端っことというのは逆に目立つので、すべて前列の左から二番目か三番目に座っている。写真を撮りましょうというとき、必ず真ん中に来たがる人がいますけど（笑）、賢治さんは必ず最前列あるいはその後ろの列の左から二人目か三人目なんですね。例外はあるんです。花巻農学校での卒業記念のときに校長先生を入れて七人の教員が最前列に並んでいる有名な写真がありますが、そこでは右から三番目にいる。これは唯一の例外で、決して真ん中には行かずに、必ず左側の前のほうに小さく小さく写る癖がある。これは賢治さんの性格を解明する大きな手掛かりだと思いますが、わたしが知る限り、このことに気がついている人はいません。皆さんにそっとお教えします（笑）。

話を戻します。賢治さんが十歳のときに、暁烏《あけがらす》敏《はや》*6という当時の大宗教家が、政次郎さんの夏期仏教講習会に講師として来ました。いまの五木（寛之）さんみたいな大変人気のある宗教家なのですが、賢治さんはこの人の侍童《じどう》、お付きのボーイさんを務めたわけです。その後の賢治さんの宗教に関する考えに、この暁烏は大きな影響を与えたといわれています。その頃の賢治さんに影響を与えたもう一人が尋常小学校の三、四年生の担任だった八木先生*7です。この八木先生は大変すぐれた先生で、よく童話の読み聞かせをしてくれて、賢治さんは童話への興味を

＊6　一八七七〜一九五四。石川県生まれ。真宗大谷派の僧侶、仏教学者。師の清沢満之《まんし》と共に、親鸞の『歎異抄』の再評価、紹介、普及に努めた。賢治自身も、父の政次郎宛の手紙で「歎異鈔の第一頁を以て小生の全信仰と致し候」（一九一二年十一月三日）と書いている。

＊7　八木英三（一八八七〜一九五八）。一九〇五年、花巻川口尋常高等小学校に代用教員として赴任。三年生の担任となり宮沢賢治と出会う。〇七年に退職して早稲田大学へ入学。その後『花巻新聞』を発行するなどした。三五年、賢治と再会した。

喚起されたんです。*8

この先生が授業はそっちのけでいろいろな面白い話を生徒にしてあげていたことは、資料からはっきりしていますが、尋常小学校のまだ幼い賢治に、たくさんお話をしてくれる教師がいたということは大きかったですね。つまり、世の中にはたくさんの物語があって、物語の一つひとつが世界の見方を教えてくれるわけですね。それをたくさん手に入れたということはほんとうに重要です。

子どもたちに本を読んでほしいのは、別にいい子にさせるためではなくて、世の中にはたくさんのお話のスタイル、パターンがあるのだと、とくに民話は、決まったかたちがないと民話にはなりませんから、そういうことを知ってもらいたいからなんですね。悪いことは決して長くは続けられない、必ずお終いに不幸が来る。あるいは、善いことをしている人間は、途中つらくとも最後はご褒美をもらえるんだとか、成長するためには旅が必要で、旅から戻ってきたときには成長しているとか……そういう話をたくさん聞くことによって、人生、つまり人間が生きていくには、こういういろいろなことがあるんだということを知っていく。これも重要なことです。

ですから、八木先生というのはかなり大きいですね。暁烏敏、八木英三という人たちに会ったこの辺から、賢治さんの中で何かが動いてくるわけです。

同じ頃、賢治さんは鉱物採集に夢中になる。男の子ってのはほんとうに石ころ

＊8 《私の童話や童謡の思想の根幹は、尋常科の三年と四年ごろにできたものです。その時分先生（八木）は「太一」のお話や、「海に塩のあるわけ」などいろいろのお話をしてくださったじゃありませんか。その時私はただ蕩然として夢の世界に遊んでいました。いま書くのもみんなその夢の世界を再現しているだけです。》（堀尾青史『年譜 宮澤賢治伝』中公文庫、一九九一年）

が好きなんですね。「石コ賢さん」というあだ名が付くくらい、盛岡近辺で賢治さんに叩かれなかった石はひとつもないという（笑）、後年の地質学者としての芽は、この辺から出てきています。そして大変勉強ができる子だったので、県内きっての県立盛岡中学に入る。ご存じのように、ちょっと前には（石川）啄木が同じ中学を出ていますし、盛岡中学はなかなか面白いですね。

盛岡では、自彊寮《じきょうりょう》という寄宿舎に入寮するのですが、その頃の賢治さんのいろいろな逸話が残っていて、「色白で、猫背で、ちょっと太り気味で、そしてかん高い――声変わりしていなかったんでしょう――、時々妙に上手に小さな声で歌を歌う」[*9]という証言もあります。

戦前・戦中に宮沢賢治は、全然知られていなかったという話が広まっているようですが、そうではありません。実は、戦中の教科書には「雨ニモマケズ」が載っていたし、昭和十（一九三五）年には三巻本の全集[*10]が出ているし、昭和十四年からは六巻本のちゃんとした全集[*11]が出始めている。ぼくなぞも家《うち》にあったその全集を読んでいたし、学校では「雨ニモマケズ」を暗誦させられたのをよく覚えています。ただし、「一日ニ玄米四合ト」のところは、配給に合わせて「一日ニ玄米二合三勺ト」に変えたという話もありましたけれどもね（笑）。どうしてあぁいう姑《こ》息《そく》なことをするんですかね。だから、戦中から賢治さんはけっこう有名だったんです。で、戦後にブームになったときには、盛岡中学の同級生たちがまだ生きて

＊9　堀尾青史『年譜宮澤賢治伝』（前掲）

＊10　『宮澤賢治全集』全三巻、文圃堂書店、一九三四～三五年。

＊11　『宮澤賢治全集』全六巻、別巻一、十字屋書店、一九三九～四四年。

いて、その人たちが一斉に賢治さんの思い出を語っています。

プリント（三六頁）に「大自然翻訳者」って書いてありますね。賢治さんは大自然を人間の言葉に翻訳した人なんです。このことは、おそらく今日初めていわれることだと思います。いや、そんな偉そうにいうことではなくて、別なかたちではたくさんいわれていることです（笑）。賢治さんには、擬声音・擬態音が多いということが指摘されていますが、別の角度からいうと、賢治さんは、風の音とか景色とか雨の音といった大自然の動きをそのまま同時通訳のように、人間の言葉に変えた人なんです。つまり、自然と人間社会の中間にいて、大自然のさまざまなことを人間の言葉に同時通訳したという不思議な人でもある。だから、石に話しかけたり、木に呼びかけたり……客観的に見ればほとんどおかしい人なんですけれど、こういうおかしさが大事なんですね。

後年の話ですが、賢治さんが農民になろうと思って、下根子桜《しもねこさくら》（現在の花巻市桜町）の畑で野菜をつくるのですが、売る方法がない。しようがないのでリヤカーを買う。当時の花巻では、みんな荷車を曳いたり背中に籠を背負って歩いていたわけですから、リヤカーといえば、ベンツみたいなものですよ（笑）。それに、なぜかあの人は仕事するとき作業衣を着たがる。自分でデザインした作業衣を着て、長靴――長靴といったって、みんな草履や裸足の時代ですから、テストーニ[*12]の靴みたいなもの――最高級の靴ですね――を履いている。つまり、テストーニの靴

＊12　ア・テストーニ。イタリア・ボローニャの高級靴ブランド。

を履いてベンツに乗って野菜を売りに来ているようなものですから、恥ずかしくて野菜を買って下さいといえない。だから売れ残って、自分の知り合いのところに置いてくることになる。農民仲間としては許せないですよね、これ。一銭でも高く売ろうとして一所懸命つくっているのをただでやってしまうというのは、ルール破りでしょ。

結局、傍目には金持ちのお坊ちゃんの道楽にしか見えない。だから、変人・奇人と見られていたわけですね。でも、変人・奇人が一番大事なんです。いま、その変人・奇人のお陰で花巻は食っているわけですから(笑)。ちょっと先走りましたが、賢治さんが周囲から変な人だなと思われ始めたのは、盛岡中学の寮に入ってからです。

ということで、ここで休憩にします。

盛岡中学でのエピソード

今日、午前中からなんか話しづらい話しづらいと思って、おかしいなと思っていたんですね。何といったらいいでしょうね……ヒトラーがナチス党員を集めて演説しているとしますね、その中に刺客が一人混じっているという感じでしょうか(笑)。

えー、ご紹介します。原子《はらし》朗《ろう》先生です[＊13]（拍手）。図書館に『宮澤賢治語彙辞典』という、こんな分厚い本があるでしょ。宮沢賢治が使った言葉ひとつひとつについて、どこに出典があって、それが地質学の用語なのか化学の用語なのか、と詳細に書かれている。これによって宮沢賢治の研究が変わったといわれるすごい本を書かれた、賢治さんに関する日本で最高峰の先生です。そして、花巻の宮沢賢治イーハトーブ館の館長さんでもいらっしゃった。誰かよせばいいのに、井上ナニガシが仙台文学館で賢治を語るというのを伝えて、じゃ、聞いてみようかというので、いらっしゃったんですね（笑）。これからわたしは、ビクビクしながらお話ししなければいけない。これはほんとうに大変なことになったと、明日もいらっしゃるそうで、なんとも（笑）。

わたしは、原先生がお書きになった本はもちろんのこと、宮沢賢治に関する資料をたくさん読んだのですが、今日はその中からぼくが面白いなと思った賢治さんのエピソードをご披露します。

賢治さんは、一度泣き出すと手に負えないぐらいで、いつまでも泣きやまない。意志が強いというか、そういう子どもで、犬をたいへん怖がったらしい。十三歳で盛岡中学に入りますが、合格者は百三十五名です。一年生の学年末の成績は、百四十三人中――百三十五人の合格者がいて、一年の末に百四十三人というのは八人増えてるわけですが、きっと転校してきたんでしょうね――五十三番。ま、

＊13　一九二四〜二〇一七。詩人、日本近代文学研究者。宮沢賢治研究の第一人者としても知られた。九三年、画期的な賢治研究として名高い『宮澤賢治語彙辞典』（東京書籍、一九八九年）で宮沢賢治賞を受賞。

上位三分の一ぐらいのところにいるという感じです。それから二年生の学年末の試験では、百三十五人中四十八番。ちょっと上がった。それから三年生の学年末は、百二人中――ここで一気にグンと減っちゃったわけですが――四十番。真ん中からちょっと上ぐらいでしょうか。四年生の学年末、九十人中四十二番。それから五年生の学年末、これで旧制中学が終わりますが、八十八人中六十番。成績はどんどんどんどん下がっています。

そして、さっきいいました自彊寮。白い校舎は白亜城と呼ばれていて、それに対して壁の黒い自彊寮は黒壁城と呼ばれていました。その黒壁城には、五、六十人の寮生がいて、賢治さんもそこに寄宿している。苦手は数学と体操。体操は苦手そうですね(笑)。ここではほとんど勉強しなかったようです。これには家の問題が少し関わっています。盛岡中学というのは、当時の岩手県の最高学府ですから、商家の若旦那なんか、ここで勉強はお終いです。つまり、ここを卒業すると賢治さんは家業を継がなきゃいけないわけです。それがいやなものだから、勉強せずに哲学書を一所懸命読んだり、『中央公論』を愛読していたようです。当然、成績がどんどん落ちていく。

その他にもいろいろなエピソードが残っています。まず、汚れものは自分で一切洗わない。全部押し入れに溜めこんで(笑)、帰省するときにもって帰る。ということは、下着をたくさんもっていたということですね。いいとこのお坊ちゃんですから、下着がたくさんあって、汚れたものは押し入れに突っ込んで、花巻に帰ったときにお母さんならお母さんに洗濯してもらっていた、ということになります。ある同級生の話では、あいつは猫背でがに股で、跳び箱は跳べず、器械体操ができなかった、と。跳び箱はコツさえわかれば跳べるんですが、結局、勇気がないんですよ。ぼくも跳べなかったから、よくわかる（笑）。ご存じのように、手を着いて跳ぶときに、何かに任せてしまわないといけないのに、任せられないんですね。自然法則に任すことができない。自分を放下《ほうげ》するというか、自分の心を捨てて大自然の法則にポンと任せれば、すぐ跳べるはずなのに、それができなかった。

鉄棒はただぶら下がっているだけで、ソヨとも動かない（笑）。当時の渾名《あだな》はエンジンです。色が白くて丸々と太っていた。背丈はクラスの平均値。髪の毛は薄く、声がとてもきれいで、歌が大好きで、よく小鳥のように歌っていたという証言が残っています。強情なところもあって、変なところで頑張る。「誰だって漆にかぶれるんだよ」といわれると、「いや、おれは絶対負けない」といって、漆の小枝を切って、そこから出る汁を顔じゅうに塗り付けて、あくる日、真っ赤に腫れ上がってしまった（笑）。それで花巻に帰って志戸平《しどたいら》温泉――花巻温泉郷にある温泉のひとつです――で療治をして十二日間、学校を欠席した（笑）。だから、臆病で、跳び箱を跳ぶ勇気がない意気地なしかと思っていると、突然、頑張る。そういう子どもだったという証言があります。

　ぼくは『イーハトーボの劇列車』[*14]という芝居を書きましたが、「イーハトーボ」というのは、原先生の『語彙辞典』を見ますと、イエハトブ、イーハトヴ、イーハトーブ、イーハトーボとか何通りかの書き方をしていて、ぼくは「イーハトーボ」というのが合うので、それを使ったわけですが、これは岩手県のことですね。賢治さんはエスペラントを勉強しますが、盛岡をモリーオ、仙台をセンダードとか、東京をトキオ――沢田研二よりずっと早くトキオっていっていたわけですね（笑）――とか、エスペラント風な名前で呼んでいました。

　それはともかく、ぼくの芝居の根本は、仏教によって賢治は父親と闘うという仮の設定をつくったわけです。さきほどいいましたように、お父さんは仏教者を招《よ》んで、毎夏、仏教講習会をやるような真宗の熱心な信者です。仏教では、普通に生きていれば、死んでから西方浄土か極楽浄土か知りませんが、とにかく大往生できる。だから生きているうちにいろいろな不都合があっても――ここからはぼくの曲解ですが――、生きているうちに多少辛かろうと、社会に矛盾があろうがどうしようが、一所懸命に生きていれば、死んでからいいことがありますよってことを訴えるわけです。でも、死んでから社会の矛盾がどうなるのか、あちらから戻ってきて報告してくれた人なんて誰もいないのだから、ほんとうにそうなのかはわからない（笑）。

＊14　一九八〇年十月、三越劇場・五月舎の制作、木村光一の演出で初演。父との対立、挫折をくり返しながら農民とともに歩もうとする宮沢賢治の評伝劇。

つまり、なんの確証もない。そこに日蓮宗が出てくる。日蓮はこの世の矛盾は生きてるうちに解決しようというわけです。現世利益《げんせりやく》というか、この世で報われないでどうするんだという教えが登場して、賢治さんはこっちに立つわけです。賢治さんと日蓮との関係はもっと深いところにありますが、少し変形して簡単にいえば、お父さんは南無阿弥陀仏で、結局この世で善果を積めば死んで西方浄土に行けるということで生きている。本気になっているかどうかはともかく、生きているわけです。ところが賢治さんは、お父さんを負かすために、「そうではない、生きているうちに社会の矛盾や人の不幸が解決されなければいけない」といって、日蓮宗を信じていく。

ぼくの芝居では宗教問答の場面があって、お父さんが「日蓮宗は駄目だ」と。「おまえの方の題目の南無妙法蓮華経は、(指折り数えて)ナ・ム・ミョ・ウ・ホ・ウ・レ・ン・ゲ・キョ・ウで、十一字だ。それに引きかえ、わしの方の南無阿弥陀仏の称名念仏は(指を折って)ナ・ム・ア・ミ・ダ・ブ・ツで、わずかの七字。四字もおまえの方が長い。どうだ、ひと息しか残っていない瀕死の病人には、短い念仏の方がずっと唱えやすかろう。〔中略〕まだあるぞ。ナムアミダブツの念仏は、閉じる音、内《うち》に引きこもる音が多かろう。〔中略〕声が内《うち》へこもるのにつられて心も内へ内へと向う。そう、内省心、ないし反省心が生れる。〔中略〕これに反し南無妙法蓮華経はありゃなんぢゃ。〔中略〕まことに下品な開放音ばっかりだぢゃい」――。

そういう掛け合いで、お父さんと息子が闘うシーンを書いたんです。お父さんを演《や》ったのは佐藤慶《けい》[*15]という人で、これはほんとうに面白かったですね。これは思想の表側の見方なのですが、賢治さんはそうやってお父さんの支配から抜け出すために闘ったのだと思います。実力では敵《かな》わないわけですよね。お父さんは実に商売上手ですし、経験もありますし、子どもとしては宗教で闘うしかなかった――というのが、ぼくの解釈です。

年表によれば、一九一三年、大正二年、賢治さん十七歳。三学期に自彊寮の黒壁城の舎監の排斥運動というのが起こる。かつ、前年の二学期の成績が平均点七十一点、四十点以下の学科もあって代数・幾何・化学は要注意の成績。岩手県で一番の中学ですから、もちろん頭はいいのですが、勉強しないのでこうなってきた。そして、舎監排斥運動の罰として全員退寮処分を受けるわけです。次の年、十八歳の賢治さんの学業成績は、さらに下位に落ちて操行は丙《へい》となります。その間ちょっと曹洞宗の禅宗のお寺に下宿して、また別のお寺に下宿を移したりしますが、この頃からロシア文学を読み始める……。

ということで、なんだかこの辺の賢治さんは勉強する気力はないし、こんな大人しい人が舎監排斥運動なんかに参加するし、大量処分になった上にグジャグジャになっていくわけですね。で、卒業してからも鼻を悪くしたり、ここで有名な

＊15　一九二六〜二〇〇一。俳優。俳優座養成所を出たのち、映画・テレビ・舞台で活躍。『イーハトーボの劇列車』の演技で紀伊國屋演劇賞個人賞（一九八〇）。

同い年の看護婦さんに片思いして歌なんか歌ったり、結婚を考えたりする。[*16] 一方では、そういう普通並みのことを考えながらも鬱々としてる。そんな賢治さんを、お父さんがきっと見かねたんだと思います。お父さんから、盛岡高等農林学校へ行ってもいいという許可が出る。そこで賢治さんは猛然と勉強し始めて、トップで合格します。

この頃のエピソードをいろいろな資料から拾うと、大変に英語のできる学生だったようです。恩師の関豊太郎という土壌学の教授の授業では、答案を英語で書いたりしている。勉強ができたことは確かですね。これも友人の証言ですが、先生の授業を聴きながら筆記していくのですが、それがものすごく速いんです。後年、賢治さんは東京へ出てからガリ版の仕事をするのですが、賢治さんの字にはガリ版の影響がありますね。ぼくの経験的な感想では、どうもガリ版を切ったことがある人は何かカキカキした字になるのですが、賢治さんの字は柔らかくて、しかも横線が生きている。溝に任せてガリ版を切りますから、そのせいでしょうか。ともかく、講義の筆記は速くて、しかも正確であった、と。

それに農林学校ですから、いろいろな実習がある。たとえば縄綯《なわな》いの実習。藁を撚《よ》って、その縄で草鞋《わらじ》をつくりますよね。賢治さんは止め方がどう教わってもわからない。だからずうっと編んでいるだけで、妙に長い草鞋になったという証言があります。〝仁王様の草鞋〟といって非常に有名だったようですね。畝《うね》作りの

＊16　盛岡中学卒業後の一九一四年四月から五月、肥厚性鼻炎の手術のため岩手病院に入院。賢治は同病院の看護婦高橋ミネに恋をし、彼女を想う多くの短歌を残した。

実習でも、賢治さんがつくるとどうしても曲がってしまう（笑）。なんか、普通の人が普通にできることができない。それでいて、普通の人ができないことをやっちゃうわけですから、損得なしということですね（笑）。その頃に、「私の町は汚ない町であります　私の家も亦その中の一分子であります[＊17]」なんていうことを手紙に書いている。

実習は駄目ですけど、首席入学で何年も特待生で、月謝免除というものすごく良い成績を取っていきますから、中学時代とは違って、本腰を入れて勉強し始めたわけですね。ここでも、大変に温厚で親切で、色白、中肉中背ということを友人たちはいっています。つねにノートを常備していて、シャープペンシルを提げている。当時のシャープペンシルは、譬《たと》えればモンブランの万年筆とかペリカンの万年筆みたいなもので、それをいつも提げていた。後年まで、常に銀のシャープペンシルを提げて手帳をもっていたそうです。

「小岩井農場[＊18]」という詩を読むと、歩きながら書いている。この人は、机の上では書いていないんですよ。大自然の森や林を歩きながら、自分自身がカメラになって、目に見えたものをすべて写していく。その典型的な詩が「小岩井農場」で、最初の駅からずうっと歩いていく。目の前に人がいたり、後ろから人が来たり、周りの様子すべてを、歩きながらでしか書けないような、そういう詩です。常にシャープペンシルを提げて手帳をもって、何かにつけて書き付けるという習慣か

＊17　一九一五年八月十四日、高橋秀松宛。

＊18　《わたくしはずゐぶんすばやく汽車からおりた／そのために雲がぎらつとひかつたくらゐだ／けれどももつとはやいひとはある／化学の並川さんによく肖《に》たひとだ／あのオリーブのせびろな

ら生まれた新しい詩の書き方だといっていいと思います。
そして、夜十時以降は一切勉強しない。理由は「おれは体が弱いから」と（笑）。体が弱いからといいながら試験のときはちょっと勉強するわけですね。そのときにラッキョウをたくさん買い込んで、ラッキョウをガリガリ齧《かじ》りながら「こいつはなかなか頭を使う時はいいもんだ」と、いかにも賢治さんらしいせりふですけれども、なんかひとつのことを信じちゃうと——ラッキョウを齧ると頭が良くなると誰かからいわれたのかもしれませんが——徹底する。試験のときは必ず三十分早く席に着いて、一心にお経を唱えていた（笑）。そして本を読むのがものすごく速かったらしい。斜めにパパパーッと読んで、大事なところはゆっくり読む。そういう本の読み方だったようです。

それから、賢治さんはよく歩いていたというのは皆さんご存じだと思います。さきの地図でいいますと、北上川低地帯から奥羽山脈にかけて、とくに盛岡から岩手山の間、七ツ森、小岩井農場、鞍掛山《くらかけやま》、岩手山といった辺り。それから花巻では豊沢村の近辺、この辺を非常によく歩いていた。たとえばこういう日もあります。土曜の午後に汽車で日詰駅へ行く。日詰駅は盛岡と花巻の間にあって、当時は馬車運送が中心ですから馬車の継ぎ立て場として賑やかだった町です。その日詰駅から早池峰山《はやちねさん》まで歩く。徹夜で登るんです。そして日曜の夕方に帰ってくる。往復三十里、百二十キロくらい。

どは／そつくりおとなしい農学士だ／さつき盛岡のていしやばでも／たしかにわたくしはさうおもつてゐた／このひとが砂糖水のなかの／つめたくあかるい待合室から／ひとあしでるとき……わたくしもでる／馬車がいちだいたつてゐる／馭者がひとことなにかいふ／黒塗りのすてきな馬車だ／光沢《つやけ》消しだ／馬も上等のハックニー／このひとはかすかにうなづき／それからじぶんといふ小さな荷物を／載つけるといふ気軽《きがる》なふうで／馬車にのぼつてこしかける〔後略〕》（「小岩井農場」冒頭）

ほんとうに歩くのが好きで、歩くときにはいつもポケットにビスケットを入れていたそうです。当時、ビスケットといえば、舶来ものというか新しい食べ物ですよね。農家の子どもが食べるものといえば、よくてもお握りに味噌をつけたやつくらいで、ビスケットなんか見たこともなかった時代に、そのビスケットを常にポケットに入れて、ハンマーをもって、そこらじゅうの石をパーンと叩いていく。さっきいいましたよね、盛岡近辺で賢治さんに叩かれなかった石はないって(笑)。叩いた石が欠けたりすると、「ホホーッ」と奇声を上げたらしい。二十万年ものあいだ、陽の目も見ずにいたので石が驚いている、と。この時間の感覚も独特ですね。賢治さんは、そうやって時間を掘り出してしまうんです。この石は二十万年くらい前に噴火かなんかでできたとして、それがポカッと割れた瞬間に二十万年ぶりにお日様を浴びて喜んでいるという……時間の捉え方がちょっと違うんですね。

ガリ版切りと布教

高等農林在学中から賢治さんは、やっぱり自分は家業の古着商・質屋をどうしてもやれないということで、将来自分が生きていく方法をいろいろ考え出す。年表にもありますが、木材の乾留《かんりゅう》をするとか精油業をするとか薬をつくるとかいろいろ考えている。その当時というのは、日本が大きく変わるときなんですね。どういうふうに変わるかというと、基本的に戦争は儲かるという考えになってくるんです。いま紀伊國屋サザンシアターで再演している『太鼓たたいて笛ふいて』[*19]という芝居で、それについて徹底的にやったんです。つまり、日清戦争から太平洋戦争まで日本を動かしていた大きな力というのは、目には見えませんが、実は、戦争は儲かるという物語なんです。

日清戦争の場合、当時の国家予算の四倍のお金が清国から賠償金で入ってきた。当時、日本はまだ金本位制を布《し》いていなくて、銀本位制でした。しかし、決済方法は世界じゅうほとんどが金本位制ですから、銀本位制ではなかなか貿易がうまく進まない。でも、金本位制を布くには金《きん》を買うお金《かね》が必要なんです。そこへ、国家予算の四倍もの賠償金が手に入ったお陰で、待望の金本位制を布くことができた。夏目漱石がイギリスへ留学できたのも清国の賠償金のお陰ですから、戦争というのは、国家の事業としても非常に有望で、いってみれば、巨大な公共事業なんですね。その後の日露戦争では賠償金を得られずに日比谷の焼き討ち事件(一九〇五年)が起こったりしましたけれど、第一次世界大戦では、ヨーロッパへの輸出が増大したことでそれまでの借金国から金貸し国に変わる。ここでも、戦争は儲かるという神話が生きていく。結局、戦争をして儲かるという神話が、日中戦争を経て太平洋戦争までそのまま生き続けてしまうんですね。

＊19　二〇〇二年七月、こまつ座の制作、栗山民也の演出で初演。ここで言及されているのは、二〇〇四年四月の紀伊國屋サザンシアターでの再演。『放浪記』で人気作家となり軍に協力したが、戦後は懸命に反戦小説を書き続けた林芙美子の評伝劇。

大分遠回りしましたけど、日本に初めてサラリーマンというのが誕生するのが、ちょうど賢治さんが自立を図っていた頃です。そこで賢治さんは、手紙の中にも出てきますが、新しく生まれた大量のサラリーマンの服装に目を付ける。サラリーマンはみなネクタイをしているから、ネクタイを留めるネクタイ留めとかカフスボタンなども必要になる。ネクタイ留めやカフスボタンには人造の宝石が使われていて、その人造宝石をつくる仕事なら自分にもできそうだと。「一九一九年、大正八年。人造宝石業を計画する」と年表に書いてあるのは、そういうことです。人造宝石などをコツコツつくって身を立て、自分の好きな勉強をしよう、あるいはものを書いたりしよう、そういう計画を立てたりするのがちょうど二十三歳です。

これはどなたもいいますが、賢治さんの年譜で面白いのは、二十五歳、三十歳、三十五歳というふうに、五年ごとに大きなことが起きている。賢治さん自身が気がついていたかどうかわかりませんが、ぼくが見るところ、賢治さんには八回くらいの精神的な危機の波があった。そのたびに家出してみたりいろいろなことをやるのですが、いずれも駄目で、結局また爆発する。そういうことを八回ぐらいくり返した。周期の長さはともかくとして、これは人間誰しもあることとです。ただ賢治さんの場合は、家の問題と絡んでかなり劇的に変化していくわけです。

大正八（一九一九）年前後には、アメリカへ行きたいと思いつき、それを父の政次郎に知られて、「不見識の骨頂。きさまはとうとう人生の第一義を忘れて邪道に踏み入ったな」[*20]といわれてしまう。お父さんもたまにはいいことというんですね（笑）。もちろん、妹のトシさんとの関係がかなり重要なのですが、ぼくはこの関係にあまり深入りしないようにしています。わからないんです。兄さんと妹の関係というのは、わたしにはよくわかりません。これ、女性がわからないということとつながっているんです（笑）。わたしは男兄弟三人ですし、時代が時代で、男女共学って、一度もやったことがない。だから女性はすべて素晴らしい存在だと思っていて、女性の中にはいろいろあるというのがわからなかった。ところが、だんだんと女性の中にもとんでもない人がいるんだってことがわかってきて、それが人生第二の転機に至るわけです（笑）。

それはともかく、有名な家出があります。一九二一（大正十）年、二十五歳。この年は重要で、詳しく見ていくべき年です。これはかなり神話化されている話で、賢治さん自身もいっていますが、店番をしていたあるとき、仏壇から日蓮上人の御書《おんふみ》がばったりと落ちてきた。それを見て、家を出るのは「今だ！」と思う。そこがまた賢治さんらしいでしょ（笑）。そして、その御書と身の回りのものをまとめると、そのまま花巻駅発午後五時十何分かの東北本線の列車に乗って上京してしまう。その足で東京にある国柱会本部へ行くわけですが、国柱会というのは日蓮上人の精神を世間に広めるという在家の日蓮宗の団体で、賢治さんはそこに参

＊20　一九一九（大正八）年八月二十日前後、保阪嘉内宛手紙。

加するために上京したわけです。そして、東京帝国大学に近い本郷菊坂に住む未亡人の家の二階に下宿する。その下宿をわたしたちこまつ座が突き止めて、その写真をこまつ座の機関誌『ｔｈｅ座』に載せたことがあります。[*21]

ここで賢治さんが何をしていたかというと、ジャガイモに塩をかけたものを主食にしながら、午前中は謄写版屋へ行ってガリ版を切っていました。そのときに机を並べていたのが、鈴木東民《とうみん》（一八九五〜一九七九）という読売新聞外報部長などを務めたジャーナリストで、戦後の一九五五年には釜石市の市長になった人です。ぼくもちょうどその頃釜石にいて、賢治狂いでしたから、市長室にわざわざ押しかけて行って、賢治さんと机を並べてガリ版を切ったときの話を一所懸命聞いた記憶があります。同じ頃ですよ、賢治さんの弟の宮沢清六《せいろく》[*22]さんを訪ねて花巻に行ったのは。怪しい奴が来たと思われたんでしょうね――まあ、怪しい奴にはちがいないんですが、ものすごい顔で門前払いされました（笑）。

で、賢治さんたちはガリ版で何を切っていたかというと、東大の学生の中でも真面目な人は、先生の講義を全部ノートするわけですね。ところが不真面目な学生もいて、割合からいうと不真面目で授業に出ない人のほうが圧倒的に多い。そこで賢治さんが勤めていた会社は、真面目な東大生からノートを借りて、それをガリ版の本にして不熱心な東大生に売る（笑）。

午前中はそうやってガリ版を切って、午後は国柱会の街頭の布教活動をしたり、

＊21　『ｔｈｅ座』六号（一九八六年）。のちに『宮澤賢治に聞く』（ネスコ、一九九五年）に収録。

＊22　一九〇四〜二〇〇一。宮沢賢治の実弟。全集の編纂・校訂に携わる。兄の思い出を綴ったエッセイ集に『兄のトランク』（筑摩書房、一九八七年）がある。

もちろん図書館にも行く。そして夜は、やがてわたしたちが読むことになる童話を書きまくっていた。ひと月に原稿用紙千枚書いたという話もあるぐらいで、これは大変なものです。賢治さんは、高知尾智耀《たかちおちよう》という国柱会の理事から、法華経の教えを文学でやってみてはどうかみたいなサゼスチョンを受けて童話を書き始めたのですね。[*23] つまり、賢治さんの文学の基本は法華経の布教なのですが、天才を枠に嵌めようたって無理です。賢治さんの天才はそれを超えてしまった。布教文学のはずが、それを飛び越えて世界文学になっちゃったわけです。

　わたしたちが読む賢治さんの創作の原型は、この年から始まる八年間でほとんどができたといわれています。八年間で、大全集ができるほどの仕事をしてしまった。何かに憑《つ》かれていたんですね。ですから、賢治さんが三十七歳という若さで亡くなったのを残念がる人が多いのですが、ぼくはそうは思いません。人が死ぬときというのは、とくに文学者の場合は、ほとんどやるべきことをやって死ぬんですよ。ところが、そのあいだに戦争か何かあるとそれができなくなる。だから、ぼくはそれがいやで、戦争反対といっているんです。ものを書く作家には、憑かれたように書く時期と、自分が書かなきゃいけないことは書き終わったかなという時期があって、賢治さんはあそこで書き終えたような気がします。あの後に家庭恋愛小説なんて書かれても困っちゃう（笑）。

　最初は布教のために書き始めたのが、書いているうちに、「これ、書けるぞ」

＊23　「雨ニモマケズ手帳」の一三五ページに《高知尾師ノ奨メニヨリ／1、法華文学ノ創作／名ヲアラハサズ、／報ヲウケズ、／貢高ノ心ヲ離レ、》とある。

「もっと書けるぞ」といって、自分を前に前に押し出していく、ちょうどそれがこの時期なんですね。

　賢治さんが東京に出てきたのは一九二一年の一月ですが、八月にお父さんから、妹のトシが喀血《かっけつ》したとの電報を受けて、花巻に戻ります。清六さんの思い出では、花巻駅に迎えに出たら賢治さんがトランクをもっていて、この中は全部原稿だよといって帰ってきたそうです。その後に新しいものも書きますが、多くはそのときの原稿を手直ししていったわけですね。売れっ子になってどんどん世の中に出ることがなかったのが、かえって幸せだったのかもしれません。長い間、書き直したり手を入れたりしながら完成に近づけていく。これも不遇のように見えて、実は決定打を用意していたわけですから、なかなか人の幸、不幸は簡単にはいえないような感じがいたします。

ベートーヴェンの「田園」を聴きながら風景を言語化していく

　故郷に戻ってきた賢治さんは、稗貫農学校の先生になります。ここで、賢治さんのある意味では第二の時代がやってきます。この稗貫農学校で宮沢賢治が採用した教育方法は、演劇です。日本に、歌舞伎でもない新派でもない、ヨーロッパにあるようなきちっとした市民の観る芝居、新しい演劇をつくろうという動きは、

＊24　一九〇六年に文学、演劇、美術、芸能、教育など、総合的な文化改革を目的に創設（前期）。一九〇九年には坪内逍遙を中心に演劇研究所を設置し、演劇刷新のための団体として改組（後期）。その後、文芸協会を脱退した島村抱月と松井須磨子は、一九一三年に芸術座を結成。翌年、帝国劇場でトルストイ『復活』を上演し、松井が歌う劇中歌「カチューシャの唄」が大ヒットした。

＊25　一九二四年、土方与志と小山内薫が創設し

明治末の坪内逍遙、島村抱月らの文芸協会[*24]辺りから始まり、その後松井須磨子の「カチューシャの唄」が流行るなど、新しい演劇の動きが出てくる。そして築地小劇場[*25]ができるのが一九二四年で、この辺から新しい演劇の動きが出てくるわけです。宮沢賢治という人は、なぜか世界の動きがわかる人なんですね。不思議に、すべてそうなんです。

ですから、ぼくから見ると、農学校を舞台に演劇活動をやっていたんだな、っていう感触があるんです。実際、『饑餓陣営』[*26]とか『ポランの広場』[*27]といった芝居が残っています。わたしから見れば、せりふはすごく煌めいているし、発想もいいのですが、芝居としては「どうかな?」というところもある。でも、演じるのは農学校の生徒ですから、そこはちょっと違う目で見てあげないと可哀相ですよね。ただし、こういう演劇はやがて文部省から禁止されることになります。ことに社会人の演劇活動は社会運動、つまり社会主義運動の隠れ蓑《みの》ではないかといって危険視されるようになります。

実際、隠れ蓑だったんです。わたしの父親[*28]は、賢治さんより少し遅れて、昭和の初期に山形の米沢で黎明座《れいめいざ》という劇団をやっていました。父親は台本を書いて演出をやっていたのですが、これ、完全に農地解放運動の隠れ蓑なんです。わたしの父親は、自分の家のわずかな田んぼや畑を小作人たちに解放しようという運動をやり始めるわけですが、そのお父さん――つまりわたしのお祖父さんです

＊24 ……た日本最初の新劇の劇団で、築地に常設劇場があった。演出、演技、舞台技術など、新劇運動の拠点となった。建物は四五年の東京大空襲で焼失。

＊26 花巻農学校時代に賢治が生徒らを指導して上演。台本は一九二二年および二四年の草稿。

＊27 八七ページ脚注32参照。

＊28 井上修吉（一九〇三〜三九）山形県生まれ。劇団の傍ら農地解放運動に関わり、一九三〇年、特高に検挙される。三五年『H丸伝奇』で第十七回サンデー毎日大衆文芸入選第一席（筆名・小松滋）。

――は大変ですよね。せっかく買い集めた田畑を解放しろなんていうわけですから。そこでお祖父さんは、ついに手に余って息子を警察に突き出す。そういう骨肉の争いというのは、かつてあちこちにありました。賢治さんの場合はもっと大金持ちですから、別のかたちで出たのですが、どうも本質はそういうところにあるような気がしますね。

この頃のいろいろな話が残っています。たとえば、さっきの東京時代ですと、賢治さんが下宿していた菊坂町七十五番地。現在の文京区本郷四丁目三十五番地五号。ここで稲垣という未亡人がお手玉作りをしながら二階を貸していた。お手玉づくりだけでは食べられないので二階を下宿として貸しているんですね。そのちょうど五〇〇メートルくらい先に東大の赤門があり、そこに文信社というガリ版の会社があります。先ほど申し上げたように、鈴木東民・釜石市長（当時）はそこで賢治さんと机を並べていたわけですが、直に聞いた話では、午前中の四時間、ガリ版を切るのですが、一ページ切って二十銭、五ページやると一円。一円あればまあまあの収入になる。きっと、そこでは賢治さんのものすごく速い筆記が役に立ったのだと思います。

一方、家を無断で飛び出した息子を心配した父親の政次郎さんは、菊坂の近くにあった近江銀行の東京支店に息子宛の小切手を送ってあげます。あんな不器用な息子じゃ、きっと食えないだろうと思ったんですね。ところが賢治さんは、受

＊29 「永訣の朝」、「松の針」、「無声慟哭」、「風

け取り人の「宮沢賢治」を「謹ンデ抹シ奉ル」と書いて、線で名前を消して手紙で送り返す。わざわざそう書くところが賢治さんらしいですね。

もうひとつエピソードを。皆さん、「永訣の朝」というすばらしい詩をご存じだと思います。あそこに出てくる「Ora Orade Shitori egumo」、自分は自分で一人行きますと。あれを読むと、結局わたしたちは一人一人どこかへ旅立っていくんだということを、ズバッといわれた気がします。わたしは、若い頃にずいぶんカトリックを仕込まれましたけど、カトリックにも死に対する考え方が一貫してあります。それで鍛えられたところがあるのですが、何よりもあのトシのいった言葉で充分ですね。人間というのは、夢とか幻想とか、生きていくためにいろいろなことを発明して、なかなか死のことを考えないようにするのですが、最後は「Ora Orade Shitori egumo」、これしかないということですね。先行きが短くなるにつれて、一命は重くのしかかると同時に、結局そういうことなんだねという諦めに似た安心感といいますか、それは皆さんもおもちでしょうけど、わたしの場合、あの詩がまさしくそれなんです。

一九二二年、大正十一年。賢治二十六歳。十一月二十七日、トシさんが亡くなります。享年二十四。臨終のときの賢治さんはどうしていたかというと、トシの耳元でお題目を叫ぶのですが、それを聞いたトシは、二度頷くようにして息を引き取る。その瞬間に賢治さんは押し入れに首を突っ込んで慟哭《どうこく》する。「無声慟哭」[*29]

林」、「白い鳥」の五編からなる詩『無声慟哭』の一編。《こんなにみんなにみまもられながら／おまへはまだここでくるしまなければならないか／ああ巨きな信のちからからことさらにはなれ／また純粋やちひさな徳性のかずをうしなひ／わたくしが青ぐらい修羅をあるいてゐるとき／おまへはじぶんにさだめられたみちを／ひとりさびしく往かうとするか／信仰を一つにするたつたひとりのみちづれのわたくしが／あかるくつめたい精進のみちからかなしくつかれてゐて／毒草や蛍光菌のくらい野原をただよふとき／おまへはひとりどこへ行かうとするのだ〔後略〕》

という詩の中で、「信仰を一つにするたつたひとりのみちづれ」というふうに、妹のトシを描いていますが、トシは兄さんの日蓮への帰依を理解していました。そして、兄さんの歌の草稿を清書したりしていて、当時数えるほどしかいない賢治さんの理解者の中でも最大の理解者ですね。トシの葬儀は真宗でおこなわれ、日蓮宗の賢治さんは、宗旨が違うので葬式には出なかった。ただし、棺を担いで火葬場に行く途中で、町角から賢治さんがフーッと現れて棺に手を掛けて歩き出す。そして火葬場では、棺が焼け落ちるまで凜々《りんりん》と法華経を読み続けたというんですね。これは賢治さんの気持ちがとてもよく伝わるすごい場面で、この兄と妹の関係には非常に胸を打たれます。

最後にもうひとつだけエピソードを。つい最近まで、農学校の賢治さんの教え子――ぼくが聞いたときは五人――が残ってらっしゃっていて、ぼくは五人の方全員に話を伺ったんです。賢治さんは、お金がありますので花巻に来る洋楽のレコードをほとんど一人で買っていたというのは皆さんご存じですよね。原子朗先生によれば、「小岩井農場」という詩（六八ページ脚注18）は、ベートーヴェンの交響曲第六番「田園」を言語でやろうとしたもので、賢治さんのベートーヴェンへの大胆不敵な対抗意識があるそうなんですが、賢治さんが買ったレコードの中に「田園」がもちろんあった。昔のレコードですから、一面三分くらいです。盤面に溝が彫ってあって、そこへ針を落とす。いまと違ってゼンマイを巻いてレコードを回すわけですね。教え子の一人は、「わたしはちょうど寮に入っていたので、必ず金曜か土曜に、お前、家に遊びに来いといわれた」そうです。遊びに行くと、いろいろなものを御馳走してくれるのですが、結局はレコードを回させる（笑）。賢治先生は「田園」を熱心に聴きながら、汽車を降りてからの自分の動きを頭に浮かべて、そのイメージを次々に言葉にしていく。これって、古舘伊知郎さんのスポーツ実況だと思えばいいですよね（笑）。アレ式で、馬車が森の中を通ってやって来て、西洋館の前に停まる。そのあいだ、音楽がずうっと流れていて、そこからどんどん言葉が紡がれていく。

これはすごいことで、賢治さんはそういう途方もない才能をもっていたわけです。その途方のなさは、奇人ということにもなりますから、五人のうち三人の方が、「この人はほんとに頭がおかしいんじゃないかと思っていました」とおっしゃっていました（笑）。

ということで、今日はここで終わらせていただきます。

芝居に入れあげる

昨日は妹のトシさんが亡くなるまでをお話ししました。

今日は少し前に戻って、稗貫《ひえぬき》農学校の話をします。稗貫農学校は、最初、稗貫郡の郡立農学校としてできて、のちに県立花巻農学校に昇格します。最初の頃、先生は校長先生を入れて六人で、賢治さんは化学・代数・英語・土壌学・肥料設計・農産製造・気象学・水田稲作実習などたくさんのことを生徒たちに教えています。後に、『春と修羅　第二集』[*30]の序文に、農学校時代を回顧して、「わたくしは毎日わづか二時間乃至四時間のあかるい授業と／二時間ぐらゐの軽い実習をもつて／わたくしにとつては相当の量の俸給を保証されて居りまして／近距離の汽車にも自由に乗れ／ゴム靴や荒い縞のシャツなども可成に自由に撰択し／すきな子供らにはごちそうもやれる／さういふ安固な待遇を得て居りました」と書いています。これは多分に反語で、生ぬるい生活をしていたことを自虐的に語っているわけですね。初任給が、たしか八十円だったと思いますが、当時の八十円は大

＊30　生前未刊行の詩集。「序」に《この一巻は／わたくしが岩手県花巻の／農学校につとめて居りました四年のうちの／終りの二年の手記から集めたものでございます》とあり、扉見出しには《心象スケッチ／春と修羅／第二集／大正十三年／大正十四年》と記している。

金です。これについては後に詳しくお話しします。午前中に二時間か四時間の授業をして、午後には二時間ぐらいの実習をやる。農民の労働と比べたらほんとうに怠けているくらい楽な仕事であった、と。これではいけないと思って始めたのが、さきほど申し上げた芝居なんですね。

芝居というのは、集団でひとつの目標、舞台の初日に向かって、いろいろな仕事をみんなで手分けしながらそれぞれがやっていき、初日が近づくにつれてバラバラに仕事をしていた人たちの力がどんどんひとつに集結してくる。芝居をやっていて一番面白いのが、これなんです。初日が近づくにつれて、どんどんどんみんなの仕事が寄ってきて、寄ってくるたびに力が出てくる。力が出てこない芝居は絶対駄目で、そういう脚本《ほん》を書いてはいけないんです。寄るたびにどんどんどんどん力が集約されて、稽古場が燃えるようになってくる。そういうときには、朝、稽古場に行くと、なんだか稽古場全体が陽炎《かげろう》の中にあるみたいに、燃えて揺らめいているような感じなんですね。

そうなったら、この芝居は大丈夫だとわかる。そして初日には、その力が光になって、バーッと観客席に雪崩《なだ》れ込むわけです。その面白さ、素晴らしさ、楽しさ。それを賢治さんも体感したのではないか……それぞれが最善の努力をしないと芝居は成立しない。それは、詩作という孤独な作業と正反対な作業です。賢治さんはもともと芝居好きでしたけれど、実際に生徒たちと一緒にやったことで芝居に対する考えも大きく変わっていったのではないか、そしてそれが羅須地人《らすちじん》協会[*31]の活動にもつながっていったのではないか。そういう感じがしています。

とにかく、この頃の賢治さんはすごいですよ。ときどき東京に行って、浅草へ行ったり、歌舞伎を観たり、築地小劇場ができた後はそれを観に行ったり。そして、いろいろなことを勉強して帰ってくる。大変な一生の中で、賢治さんの言葉でいうと、「透明な楽しさ」が溢れている五年間です。一例を挙げると、農学校の同僚の堀籠文之進と花巻から一関へ汽車で行くのですが、その車中、一切日本語を使わずに英語で話をする。一緒に乗っていたお客さんはびっくりしたと思いますね。どう考えても日本人なのに英語でしゃべっているわけですから。賢治さんは語学の天才で、英語もドイツ語もよくできたし、エスペラントも勉強している。

一緒にいた堀籠文之進とは、後に彼が結婚するときに賢治さんは新郎の付き添いを務めるほど親しい間柄ですが、一関に歌舞伎が来るのでそれを観に行ったわけです。十時ぐらいに芝居が跳ねると、そこから平泉の駅まで歩いて、待合室で仮眠を取って、下りの一番列車で花巻へ帰る。それが大正十二年、一九二三年三月四日の日曜日。その二ヵ月後ぐらいには、盛岡で東京大歌舞伎というのがあって、やはり十時頃に終わると、花巻まで歩いて帰って行く。朝七時頃、花巻に着いて学校に直行して、仮眠を取ってから教室に出る。とにかく、芝居を観るのが大好きだったんですね。

＊31　一九二六年八月、農学校を辞めた賢治は、下根子桜にあった宮沢家の別邸に農民たちを集めて農業技術や農業芸術論などを講義する私塾を開設。羅須地人協会と名付けた。活動は翌年三月までの七ヵ月間。

羅須地人協会での活動

さて、農学校時代にはいろいろ大事なことがあるのですが、ひとつには、賢治さんは教科書を使わない主義だったということがあります。とくに地質学、土壌学。その土地土地で土壌の性質は違うわけですから、中央でつくる教科書を使っても意味がないというのが賢治さんの考え方です。ごくごく当たり前の考えですが、日本はそういう当たり前のことが通じないんですね。全国で使う教科書をなぜ霞が関の官僚たちがいちいち目を通して検定するのか。なんとも非常識な考え方ですよね。それぞれの地方に子どもたちがいて、先生がいて、その土地で勉強していくわけですから、その土地のものを使いながら勉強するのは当たり前です。

農学校のあった稗貫郡一帯は火山灰地で、酸性土壌です。それを中和するために石灰をたくさん入れて、作物に適した土壌にしていかなければならない。ですから、霞が関のお役人や本郷の学者がつくった教科書は花巻には合わないわけです。そこで、ガリ版が大好きな賢治さんは、ガリ版で生徒たちのために手づくりした教科書を使う。

日本でいま必要なのはそれなんです。先生方が自分のクラスに責任をもち、生徒たちと一所懸命にやっていけば一番いいんですよね。それなのに検定済みの教科書を使わないと駄目だというので、結局、教科書会社は現場のことを考えずに、文部省の係官が気に入るような教科書しかつくれないわけです。でもそれは、子どもたちが気に入るかどうかとはまったく別問題ですから、早く賢治さんの「教科書を使わない主義」に行かないと、日本の教育はいつまでも変わらないと思います。

もうひとつ大事なことは、賢治さんの世界をひとつのものとして見る力です。世界というか宇宙ですね。宇宙にあるものはすべて、人間も動物も草も木も星も、すべて同じ値打ちをもっているという考え方です。それらすべてを自分のものとして愛する力、それが賢治さんのいう〝コスモス〟です。でも、これは当たり前なんです。広島、長崎に原子爆弾を落とされ、それこそ人も鳥も草も木もすべてが死んでしまう、すべてが同じ影響を受けていく。賢治さんの直感ですね、世界はすべて等しい、ゆえにひとつになりうる、と。これは、一粒の水滴の中に宇宙が入っていて、一粒の水滴の中から宇宙を見て、宇宙から一粒の水滴を見る。微小なものから無限に大きいものまでを一瞬のうちに同時に見ていくという、仏教の考えとも通じている。〝いま・ここ〟で起こっていることと同じことが宇宙でも起きている。ですから、いま食べているコンビニのおにぎりの中に、日本の歴史全部と現在の政治・経済・流通のすべてが入っているわけですよね。

そうやって小さなものから大きなものまで見ていき、そうして大きな宇宙から小さなおにぎりに戻ってくるようなことを賢治さんはやりたかったのではないか。やりたかったというか、それを賢治さんは作品の中で実現したんですね。賢治さんの作品には必ず宇宙が出てくるでしょう。広いんですよ、彼のつくっている世界は。あの「(水の底の) クラムボンは笑つたよ」という『やまなし』という童話の小川の底にも全宇宙がある。その広がりは、演劇でも実現する。いい芝居というのは、宇宙が見えてくるんです。

　賢治さんは演劇に熱中して、小さな農民劇団をつくりたいといっていますが、それもよくわかります。みんなで力を合わせて、その上演を通して観客と一緒に宇宙の本質を見ていく。そうすると、抱えきれない大問題だと思って悩んでいることも、実は相対化されて自分で乗り越えられるぐらいの小さなものになる。そのひとつが『ポランの広場』[*32]という戯曲で、これは後に長編『ポラーノの広場』になっていく。この戯曲でも、最後に、若い人たちの意識が銀河の彼方までいってるわけですね。こういうことを頭に浮かべながら羅須地人協会ができていく、それをちゃんと押さえておかないといけませんね。そうしないと、賢治さんがやろうとしたのは何か夢みたいなもののように見えてしまう。そうじゃないんですね。実際に生きている花巻の農民たちと一緒に、宇宙から目の前の一粒の土までを全部考えていこうとしたんだ、わたしはそう思います。

　下根子桜にあった宮沢家の別荘は、トシさんの病室として使われていましたが、トシさんが亡くなった後、農学校を退職した賢治さんはそこにさきほどちょっと名前の出た羅須地人協会をつくります。その側に大きな井戸があるのですが、夏

＊32 『ポランの広場』は後の『ポラーノの広場』の初期形。この中の「三　ポランの広場」の章を脚色したのが「ポランの広場　第二幕」。演壇に立った葡萄園農夫が最後にこう語る。《お前たちはひとときれの白い切をかぶれば、あとは葡萄いろの宵やみや銀河から来る鈍い水銀、さまざまの木の黒い影やらがひとりでにおまへたちを飾るのだ。》

は天然の冷蔵庫になって、釣瓶《つるべ》にロープで大きな籠を吊してその中にトマトを入れて冷やす。賢治さんはトマトが大好きだったようですが、当時はトマトはまだ珍しく、一般にトマトを食べる習慣はなかった。トマトを食べるようになったのは昭和になってからで、それまではもっぱら観賞用でした。賢治さんは、横浜の「サットン」という世界じゅうの種を扱っている大変有名な種屋さんに注文して、その種を花巻に取り寄せる。周りから見ると、これ、全然変な人でしょう（笑）。

さきほどもいったように、農学校の先生の月給八十円――その後百円になります――というのは高給取りです。警察官の月給が二十八円とかそんな時代に、市長と並ぶくらいの給料を取って、財閥の息子として尊敬されている。生徒たちと芝居をやって成功すると、嬉しがって床の上をゴロゴロ転がったり、農学校を辞めて、農民と一緒に羅須地人協会という訳のわからないものをつくって、それまで花巻になかったトマトを植えて、夏にはそれに塩を掛けたりソースを掛けたりして食べている――これはもうほんとうに変人・奇人ですよね。

いずれにせよ彼の頭の中にあるのは、『農民芸術概論綱要』という抜き書きに書いてあるように、[*33] なぜ農業が食べるためにしか存在しないんだ、ということですね。昔の人は同じ農業をやっていながら楽しくやっていたはずだ。その中から芸術や宗教が生まれ、宗教と農業が一緒になって、楽しいこともあったはずだ、と。なぜこの資本主義の社会になってから農民は苦しいことばかりなのか。そこから

＊33 《おれたちはみな農民である　ずゐぶん忙がしく仕事もつらい／もっと明るく生き生きと生活をする道を見付けたい／われらの古い師父たちの中にはさういふ人も応々あった／近代科学の実証と求道者たちの実験とわれらの直観の一致に於て論じたい／世界がぜんたい幸福にならないうちは個人の幸福はあり得ない〔中略〕正しく強く生きるとは銀河系を自らの中に意識してこれに応じて行くことである／われらは世界のまことの幸福を索ねよう　求道すでに道である》（『農民芸術概論綱要』序論）

スタートしていますから、「芸術をもてあの灰色の労働を燃せ」ということになる。灰色の労働を芸術で燃やして、楽しいものに変えよう、せっかく働くのなら、その仕事自体の一瞬一瞬が楽しくないと駄目だという。これ、実に正しいですね。

この頃、賢治さんはいったん仏教を離れています。当時、流行りのマルクス＝エンゲルスの社会主義を徹底的に研究したようです。結論としては、日本に限ってこの思想による革命は起こらない。やっぱり自分は仏教に返るという答えを出しています。ここまではいいのですが、次の日から急に、団扇太鼓で町じゅうを「ナンミョーホーレンゲェキョウ……」と唱えながら歩く（笑）。花巻の人から見たら、なんだかわからないですよね。

さっきいいましたように、大正十五（一九二六）年の三月で農学校を辞めて、農学校の教室を使って教養講座みたいなものを始める。そのうちに旧盆の八月二十三日を勝手に農民の祭日にして、この日を羅須地人協会のスタートにする。ここでは、子どもたちを集めて、グリム童話、アンデルセン童話、そして自作の童話を読み聞かせたりしています。賢治さんが、自作の童話を自分で読んで子どもに聞かせる。瞬間風速のような短い時期でしたけど、花巻の子どもたちは、ほんとうに幸せだったと思います。

そして、もちろん音楽です。賢治さんにとって音楽は、ほんとうに重要です。花巻に小さな楽器店があり、ときどき大量にレコードが売れるので、東京のレコード会社のポリドールが、なんで花巻でそんなに売れるんだろうと不思議に思って調べたんですね。そしたら、農学校の先生が全部買っているというので、ポリドールの社長がびっくりして感謝状を贈ったという話が残っています。賢治さんはとくにベートーヴェンが大好きで、その中でも交響曲第六番の「田園」ですね。ぼくはもう一度、賢治さんのこの時代を書こうと思っているのですが、タイトルはもう「田園交響楽」と決まっています。原子朗先生に伺ったら、賢治がつくった歌すべてが一冊の本になって出ているそうなので、その歌をたくさん使いながらこの時代をもう一度書きたいなあと思っているんです。

羅須地人協会ではいろいろなことをやります。音楽関係では、六重奏の楽団を編成しようという構想が一番面白い。結局、この楽団は挫折するのですが、六重奏というのは、そう簡単にできるものじゃないですよね。で、楽長でありみんなの先生である賢治さん自身が、東京の先生のもとへ行って、「二、三日でセロを弾けるように教えて下さい」と頼み込む（笑）。結局、楽団は頓挫して、賢治さんが買い集めた楽器は町の映画館の楽団に貸し出すことになる。『セロ弾きのゴーシュ』をお読みになればわかりますけど、[34]当時は無声映画ですから、映画館には弁士と楽団がいて、そこで演奏をしながら映画の筋を語っていくわけです。賢治さんと元楽団員は映画館の一番前に座って、「アーッ、おれたちの楽器が鳴っている」という（笑）。

＊34 『セロ弾きのゴーシュ』の冒頭にはこうある。《ゴーシュは町の活動写真館でセロを弾く係りでした。けれどもあんまり上手でないといふ評判でした。〔中略〕ひるすぎみんなは楽屋に円くならんで今度の町の音楽会へ出す第六交響曲の練習をしてゐました。》

昨日申し上げたように、わたしの父親は劇団をやりながら小作人解放運動をこっそりやっていました。要するに劇団を隠れ蓑にしていたわけです。ですから、特高刑事から見ると劇団というのは危険な集まりとしか見えない。羅須地人協会という訳のわからない団体は、ひょっとしたら社会主義者の思想的な集まりじゃないかと思われていた気味があります。賢治さん自身の健康の問題もありますが、これはどっちにしても長く続かなかったと思います。なにしろ、当時の文部省は、学校の学芸会からなんか全部禁止してくるのですから。

ということで、賢治さんの農学校時代と羅須地人協会時代をあれこれ取り混ぜて話しましたが、大事なのは労働の問題です。誰も働かなかったら食べていけない。ただし、食うためだけで終わってしまうのは、いかにも悲しいということです。それでは生きている意味がないではないか。働くこと自体が楽しくないと駄目であり、そのために宗教や芸術や科学があるという考え方です。これはこれからも大事な考えだとぼくは思っています。

書き出しはすべて音楽

ほんとうは、作品論もやりたかったのですが、どうも時間がなくなってしまいました。申し訳ありません。東北砕石工場[*35]時代をほんのちょっとやって、そして、

*35 岩手県東磐井郡陸中松川駅前にあった、肥料用具、石灰などをつくる工場。社長の鈴木東蔵（一八九一〜一九六一）は、一九三〇年四月十二日、宮沢家を訪れ、賢治の協力を求めた。翌年、賢治はその意を受け、同工場の工場技師となる。

賢治さんの最期をやって、それから皆さんそれぞれ自分のお好きな詩でも、童話――賢治さんのものを童話といってしまうと、これまであった童話は全部童話でなくなっちゃうんですけど、なんとも名付けようのない文学作品ですよね――でも、皆さんはそれぞれに自分の好きな作品がおありだと思います。で、今回改めて賢治さんの作品を読んで気がついたことがあって、それを最後に申し上げて、作品論に代えさせていただきます。

その前に、昨日慎ましくも控えて下さった優しい質問者の質問を伺います。

――（男性） 昨日の話の中で、大正十年頃ですか、仏教文学から世界文学へということで、天才として超越していたというところで、文学的とか精神的とか、また政治的とか、そのような超越の仕方のところを具体的に伺えればなあと思います。なぜかといいますと、井上さんの影響で丸谷才一さんの本も読まさせていただいたんですけれども、丸谷さんの『二十世紀を読む』[*36]の中で、やはり宮沢賢治に触れておりまして、国柱会というのは軍部との関わりの強い宗教でもあったのかなあと思いまして、その辺のラインの引き方がどこかあるのか、伺いたいと思います。

たとえば、国のために戦争で死んだ人が靖国神社に祀られて神になるというこ

＊36　山崎正和との対談集。中央公論社、一九九六年。

とになっています。しかし、妻や子ども、両親や兄弟姉妹を残して死ぬのはいやだけれども、国のためなんだ、そして神になって今度は妻や子ども、両親や兄弟姉妹たちを守るんだというふうに信じて、「国」に命を捧げた人がほんとうに神になっているのかどうか、実際のところはわからないですよね。もしなっていなかったら、これ、詐欺ですよ（笑）。日蓮宗、中でも国柱会というのは、善いことをやった人が極楽へ行くというのは詐欺だというわけですね。つまり、この世での努力はこの世で報われないと駄目だ、そのためには政治を変えなくてはいけない。それで、政治を変える力をもった、時の権力をもっている人たちに近づいて、その人たちを折伏《しゃくぶく》するとか、あるいは一緒になってこの世で採算の合った世の中にしようではないか――簡単にいいますと、これが国柱会の考えです。

　賢治さんは、国柱会の偉い人からこういう話を聴くんです。冬の寒い夜に、雪の原で行き暮れている坊さんとその弟子がいると。このまま行けば二人とも凍え死にしてしまう。そこでお師匠さんは「わしは歳取っていて充分お前より生きたので、わしの衣装をお前が着ろ」といって、死んでしまう。このまま二人凍えて死ぬよりも、一人が犠牲になって一人が助かるほうがいい、と。この話に賢治はものすごく感動するんです。これこそがほんとうの愛である、と。それを自分でやってみようと思い立つ[*37]わけです。

　これは、グスコーブドリもそうですよね。多くの人が生きるためなら自分が死

＊37　『グスコーブドリの伝記』一九三二年三月『児童文学』第二冊に発表。棟方志功の挿画六点が付されている。

んでもいいという、これほど大きな愛はない。われわれみんな、その逆ですから。われわれは生き物で、どうしても自分の命を大事にします。だから、人が死んでも自分が生き残ればいいというのは、ごく当たり前のことなんです。

その一方で、われわれみんな一人ひとりに仏がいるのも確かです。その仏は普段出てこない——一生出てこないで死んでしまう人もいますけど（笑）——のだけれど、いったんその仏に火が点くと、思わぬ行動に出ることがある。先日、韓国の人が、線路に落ちた人を助けようとしたのだけれど、間に合わずに亡くなってしまったという事故がありました。[*38] これも人間なんですよね。人を押し退《の》けて自分だけいい目を見ようとするのも人間ですし、咄嗟《とっさ》の間に命を投げ出して人を助けるのも人間で、しかも一人の人間の中に両方あるわけです。

で、さきほどの師匠と弟子の教えは、若き賢治に大きな影響を及ぼしている、とわたしは思います。本に書いていないので、当たっていないかもしれません。でも、この話は賢治さんを理解するときに大きな手掛かりになると思います。

農学校の先生をしていた一九二四（大正十三）年、二十八歳のとき、初めて賢治さんは『春と修羅』と『注文の多い料理店』を出版するわけですね。有名な話ですけれど、本屋で『注文の多い料理店』が料理の部門に置かれていて、流行らない料理屋の主人が、なにか店が流行る秘訣が書いてあるかと思ったら、全然違うので、馬鹿にするなって怒ったという（笑）。

＊38　二〇〇一年一月二十六日、山手線新大久保駅で、男性がホームから転落。日本人カメラマンと韓国人留学生が助けようと線路に入ったが、間に合わず三人とも死亡した。

この一九二四年は凶作です。それから三年置いて、一九二七（昭和二）年、これ、凶作です。昭和三年、凶作ですね。昭和四年、平年作です。昭和五年、凶作です。昭和六年、これは大凶作ですね。そして、一年置いて賢治さんが亡くなる昭和八年、一九三三年、この年は大豊作なんです。賢治さんは、この年の九月十九日に、鳥谷《とや》ヶ崎《さき》神社の祭礼で夜露に当たって体調を崩すのですが、近くの農民が肥料の相談に来ると、家族たちが体に差し支えるからと心配するのを、無理を押して相談に乗る。そして、その翌々日の二十一日、体調が急変し亡くなってしまう。でも、賢治さんには豊作になったことの嬉しさがあったと思います。久しぶりというより、岩手県はじまって以来の大豊作なんです。

ともかく、賢治さんが生きた時代は、凶作凶作、冷害冷害冷害続きで、昨日話したように、子どもたちは学校へもって行く弁当どころか、普段食べるものもなくて、汽車の窓から投げられる弁当の蓋に付いてるご飯粒を争って食べたという、そういう時代なんです。

昭和六（一九三一）年の七月十日頃の、花巻駅で友人の小原弥一と会ったときの話が残っています。賢治さんは「冷害が心配で視察に行くところです」「いま岩手県を救う道はモラトリアムをやることです」といいます。[*39] つまり岩手県が国から借りた借金を全部踏み倒すべきであるというわけです。昭和六年は大凶作ですから、賢治さんとしては居ても立ってもいられなかったと思います。景気のいいと

＊39 『校本　宮澤賢治全集　第十四巻』「年譜」。

きは税金を払っているわけですから、国民の責任ではなくて天候とかいろいろな事情で借金が払えないときには、その借金は返さなくてもいい、と。ここは、賢治さんの激しいところですよね。これは仏教とかつて勉強した社会主義が一緒になった感じで、賢治さんはここまで思い詰めているわけです。

昨日しつこく凶作のことをいいましたが、賢治さんと非常に関係があるということが、これでおわかりいただけたと思います。昭和五（一九三〇）年の四月に、病床にあった賢治さんのもとを、東北砕石工場の社長、鈴木東蔵が訪れます。そして、翌六年の一月には、体力が少し回復した賢治さんが砕石工場の技師として採用されます。その工場では炭酸石灰をつくっていたのですが、石灰で酸性土壌を中和して作物が育つ土地にする、そのための肥料なんです。賢治さんはこの製品を改良して、自ら宣伝のための広告文をつくり、その広告文を全国各地に送るため、千四百通もの宛書を書き、封筒に入れて、見本を詰めて、東北各地の農会――いまでいう農業協同組合です――や産業組合にも回って行く。ところがこれが売れない。

というのは、凶作続きで、農家にはそういう肥料を買う余裕がないんです。ですから、この東北砕石工場では人造石――壁に使ったりする石の建材――の販売も始める。まあ、小さい頃から石を集めて「石コ賢さん」なんて渾名が付くくらい石が大好きで、盛岡近辺の石で賢治に叩かれなかった石はひとつもないというぐらいほんとうに石を愛した人が、人造の模造石を売る……、運命の皮肉ですね。賢治さんは、そのセールスをするために、人造石の見本を詰めた四十キロもの重いトランクをもって東京へ出かける。結局そうした無理が最後の引き鉄《がね》になって、その後徐々に死へ向かって行くわけです。

でも、ひょっとしたら賢治さんはこのときに死んでよかったのかもしれない。賢治さんの死の前年に満洲事変が起きて、必要な肥料が買えないくらい困っている人たちが満洲に出掛けて行く。実は、ぼくの『きらめく星座』[*40]という芝居の登場人物に賢治さんを被せているんです。賢治さんがもし長生きしていたら、ひょっとしたら満洲に行っていたかもしれない。あそこにイーハトーボの理想郷をつくろうとしたかもしれない。さきほどの質問に関していえば、もし賢治さんが長命であったらこの満洲の動きに巻き込まれた可能性はあります。そもそも国柱会は、満洲へ行こうという方針でしたから。

賢治さんの遺言はいろいろ残っていますが、原稿についてだけちょっと洗い出してみますと、お父さんには、「この原稿はわたくしの迷いの跡ですから、適当に処分してください」というんです。これを見ても、最後までお父さんとの関係は和解していないことがわかりますね。しかし、そこは賢治さんの優しいところ。大きな店の長男であるにもかかわらず、家を継がずに農学校の先生をやったり、羅須地人協会をつくったり、家業とは関係のない東北砕石工場に勤めたりして、

＊40　一九八五年九月、こまつ座の制作、井上ひさしの演出で初演。『闇に咲く花』（一九八七年）、『雪やこんこん』（同）と合わせて〈昭和庶民伝三部作〉を構成する。

長男としての責任を全然果たしていない。そして、お父さんは十四年も務めた町会議員の選挙に落選してしまう。これは少なからず賢治さんのせいもある。実際、「あの息子は、どうも赤じゃないか」といった噂が立っていました。そんなこんなで、父親にはかなり迷惑をかけていると思っていたわけですね。

で、お母さんには、「この童話は、ありがたいほとけさんの教えを、いっしょけんめいに書いたものだんすじゃ。だからいつかは、きっと、みんなでよろこんで読むようになるんすじゃ」と言っている。そして弟の清六さんには、「おれの原稿はみんなおまえにやるからもしどこかの本屋で出したいといってきたら、どんな小さな本屋でもいいから出版させてくれ」と。これ、お父さんに言ったことと全然違うでしょ（笑）。

清六さんはこの遺言を必死に守って、昨日お話ししたように、亡くなってすぐの昭和九（一九三四）年に三巻本の全集が出ている。つまり、生前、読む人が少なかっただけで一部の人は認めていたわけです。ぼくらが触れたのは昭和十四（一九三九）年に羽田書店から出た『宮澤賢治名作選』というのがありまして、ぼくの叔父さんがこれをもっていたので、家ではぼくが専門に読んでいました。

戦後、小遣いを貰うようになって初めて中央公論社の『どんぐりと山猫』[*41]を自分で買うんですけど、東北のある地域では、賢治さんはけっこう読まれていたんですね。別に威張るわけじゃないのですが、山形の米沢地方は割合早かった（笑）。

＊41　中央公論社版『どんぐりと山猫』は一九四六年刊。井上ひさしは小学校六年のときに小遣いを貯めて自ら取り寄せ、蔵書第一号とした。現在、遅筆堂文庫に保管されている。

あそこも、凶作のときには娘さんの売買を役場に相談して下さいという立札が役場に立つような米の単作地帯ですから、わたしの父親なんか、そこで農民運動やっていたわけです。同じなんです、花巻と。同じ悩みを抱えていたあの地方は、賢治さんを受け入れるのが早かった。まあ、ほんとうにいいところに生まれたと思っています。ぼくが一番最初にぶつかったのが宮沢賢治ですから。

まだ時間があるので、少し作品の話をします。よくアンケートで一番好きな賢治作品は何ですかと訊かれますが、決められないですね。いまいいましたように、自分の小遣いで一番最初に買った『どんぐりと山猫』は、好きですね。それから『注文の多い料理店』。ぼくは賢治さんの明るいところが好きなんです。だから『銀河鉄道の夜』は、あまり好きじゃない。あれを読むと、ちょっと気味が悪くなるようなところがあって……。あれは自分がもう死ぬことがはっきり決まったときに、ちょっと熱を入れて読んでやろうかなあと(笑)。なんといっても影響を受けたのは『グスコーブドリの伝記』です。それから『セロ弾きのゴーシュ』。『よだかの星』はあまり好きじゃなかったのですが、だんだん歳をとってくると、このすごさがわかってきました。「よだか」はついに星になるわけですが、そのときに「たしかに少しわらって居りました」という。これはもう、賢治さんの独特の言葉遣いなんですね。最近わたしは、これは星になったから笑っているのではなくて、笑ったから星になったのだ、という解釈をしています。

つまり、こういうことです。わたしも、この先どんなに長生きしても二十年以内には死にますよね。死ぬ瞬間が勝負だと思っているんです。わたしにもこれまでさまざまの辛いことや楽しいことがありました。でも、死ぬ瞬間にニコッと笑えるかどうかが勝負だと思っています。ただ笑ったんじゃ駄目ですよ（笑）。自分はもうやるだけのことをやったし、いい一生だったと、ニコッと笑ったときに、その幸せな瞬間が永遠に固定される。逆に、死ぬ瞬間に釘なんか踏んでイテーッなんてなったら、その痛さが永遠に続いてしまう（笑）。

この度、宮沢賢治をザーッと読み直して一番思ったのはそのことです。『よだかの星』の最後に引っ掛かったんです。つまり、この「よだか」は、星になれたから笑ったのじゃない、死ぬ寸前にニコッとしたから星になれたんだという解釈をしたわけです。もう一度くり返しますが、死ぬ瞬間が勝負なんです。それが、これからの人生の最大の勝負どころだと思っております。

まだ少し時間があるようなので、もうひと言。賢治さんは、どんな作品でも書き出しが全部音楽なんですよね。これはすごいことです。

たとえば『銀河鉄道の夜』。

「ではみなさんは、さういふふうに川だと云はれたり、乳の流れたあとだと云はれたりしてゐたこのぼんやりと白いものがほんたうは何かご承知ですか。」先生は、黒板に吊した大きな黒い星座の図の、上から下へ白くけぶった銀河帯のやうなところを指しながら、みんなに問をかけました。

ここなど、ぼくには音楽としてしか聞こえないんです。

そして、『ひのきとひなげし』の書き出しは、

ひなげしはみんなまっ赤に燃えあがり、めいめい風にぐらぐらゆれて、息もつけないやうでした。

サーッと音楽のように始まる。こういう書き方、なかなかできないですね。わたしなぞは、まず読者にその場所と時代を早く知ってほしいという願いで、「時は元禄、所はお江戸……」と講談調で書いちゃったりして、後で消さなきゃいけないということをやっていますが、賢治さんももちろん何回も推敲したのでしょうけれど、このスーッと始まる感じというのは、やっぱり才能なんだろうと思いますね。

『どんぐりと山猫』の書き出しも皆さんご存じだと思います。

をかしなはがきが、ある土曜日の夕がた、一郎のうちにきました。

一見なんということないのですが、これ、書けないんですよ。「をかしなはがきが、ある土曜日の夕がた、一郎のうちにきました」とスーッと入って、「かねた一郎さま　九月十九日／あなたは、ごきげんよろしいほで、けつこです」なんて(笑)。「あした、めんどなさいばんしますから、おいでんなさい。とびどぐもたないでくなさい。／山ねこ　拝」なんて書いてある。こういう凄みですね、スーッと始まって、「ごきげんよろしいほで、けつこです」なんていうのは、これはなかなかね。

それから『注文の多い料理店』は、こう始まります。

二人の若い紳士が、すつかりイギリスの兵隊のかたちをして、ぴかぴかする鉄砲をかついで、白熊のやうな犬を二疋《ひき》つれて、だいぶ山奥の、木の葉のかさかさしたとこを、こんなことを云ひながら、あるいてをりました。

ほんとうにスーッと入って来る。これは勉強しても勉強してもできないことです。なんか自然に風のようにスーッと始まる。これは、とても、とても真似できない。

その少し後にこんな言葉が出てきます。

風がどうと吹いてきて、草はざわざわ、木の葉はかさかさ、木はごとんごとんと鳴りました。

いずれのフレーズもKの音が頭にあるんですね。風（Kaze）がドウッと吹いて来て、草（Kusa）はザワザワ。続くフレーズは、木（Ki）の葉はカサカサ、木（Ki）はごとんごとん。そういうKという音を頭でどんどん使って、読者を引き寄せる。

次は、『やまなし』の出だし。

小さな谷川の底を写した二枚の青い幻燈です。

小川の透明な――「透明な」というのは賢治さんが大好きな言い方ですね――流れのようにスッと始まって、最後は、「私の幻燈はこれでおしまひであります」。ま、その通りですけど（笑）。なんでしょうね、この文章意識のなさというか。もちろん、意識はあるんですよ。計算の上ではあるのですが、本能的に読む者の頭の中を水か風みたいにスーッと通り過ぎて行きながら意味が残ってしまうという文体になっている。気持ちの良い風のように、水の流れのようにスーッと通り過ぎて行く快感と、通り過ぎて行くときに落としていく意味の凄み。この辺は、やはり勉強してできるものではない。賢治さん自体がそういうふうな人であったんでしょう。

だから、「賢治は童話作家でしょ、いい童話を書いたかもしれないけど、大人の小説は書かなかったね」なんて馬鹿なことをいう人がいますよね（笑）。日本の小説が駄目なのは、こういうことができないから駄目なんです。小説は書き言葉で書かれていますが、実は小説というのは、朗誦性といいますか音でも魅力がないと駄目なんですね。それが日本ではまったく無視されている。

ただ、最近の村上春樹さんとか吉本ばななさんとかは、割と音に意識的で、きっと勉強していると思います。とくに吉本ばななさんは、オトッツァンが吉本隆明ですからね。詩人であり、かつ宮沢賢治についての重要な本も書いている。[*42]きっと、吉本家には『宮澤賢治全集』がばななさんの小さい頃からあったでしょう。吉本ばななさんの文体は、宮沢賢治を必ず通ってますね。

村上春樹さんも賢治さんを相当読み込んでいますね。彼の文章も流れるように通り過ぎて行きますよね。ときどき硬かったりなんかして、もじゃくれますけれども（笑）。「もじゃくれる」というのも賢治さんの好きな言葉です。ともかく、日本の小説は音の魅力を否定しちゃったんです。というのも、明治・大正の頃には、小説を学問だと思った人がいて、文学をいやにむずかしく考えるようになった。でも、むずかしいことを書く人って、大体才能がないんです（笑）。ほんとですよ。

＊42　『近代日本詩人選13　宮沢賢治』（筑摩書房、一九八九年）

わたしたちはみんな一緒に生きているわけですから、周りの人にわからないことを書くこと自体が大間違いなんです。

その中でも漱石は別格ですね。漱石は初期のもの――『吾輩（は猫である）』はちょっと違いますが――、『坊っちゃん』とか『草枕』とかは、文章がスーッと通っていて気持ちがいい。同時に意味とかいろいろなものを包んでいて、文章にも感動するし、内容にも感動する。日本の小説の流れも、こっちのほうが盛んになると良かったのですが、結局、日本の小説はそこで間違ってしまった。ただ、大江（健三郎）さんのように徹底してわからなさを追求していくと、「なんだ、これは？」というのが、実は快楽になるわけですよね。

それでも、丸谷才一さんの文章は割とサーッと行くし、藤沢周平さんの自然描写なども風のように、水のように、流れて行く。この頃やっとそういう小説が読まれ始めてきましたが、ぼくはそれではもうかったるいので、演劇に行ったわけです。演劇は、むずかしいのは絶対に通用しませんからね。たまに、むずかしいのが好きな人もいますけど、芝居を観たり小説を読んだりするときぐらい、楽しくありたいじゃないですか。その楽しさの中に、真剣さとか、残酷さとか、深刻さとかを全部入れられるわけですから。だから、賢治さんの作品がどんどんどんどん読まれることが、実は日本の文学を良くしていくことなんです。

ほんとうは、一つひとつの作品をきちっとテキスト分析をしていけばいいのですが、賢治さんの三十七年の一生というのは、大変重いものがたくさん詰まっているので、つい生涯についての話に時間を多く取ってしまい、作品論まで行けなかったこと、ほんとうに申し訳ありませんでした。

科学者、宗教家、芸術家の三位一体

ここからはちょっと雑談風なのですが、賢治さんが死ぬ年の発言を少し集めてみました。

賢治さんが二階で寝ていると、お父さんが誰かと話をしている声が聞こえてくる。お父さんの政次郎さんは声が大きな人だったらしいですね。お母さんのイチさんはとっても小さな優しい声だったそうですが、この政次郎さんとイチさんの結婚生活というのも、一度芝居に書いたら面白いだろうな、と(笑)。天才をわが子にもった両親の苦しみって、あるんですよ。

政次郎さんはいつも悪者——ぼくの芝居でも多少悪者になっています——になっていますが、考えてみれば、その作品がやがて世界じゅうで読まれることになるような、とんでもない人が自分の息子だったら、皆さんだって困るでしょう(笑)。だから、お父さんとしても扱いようがないわけです。そのお父さんの声が下から聞こえてくる。ある花巻の人に「なーに、黙って農学校の先生やってれば良かったのす」と。そのときの賢治さんは、一種、独特の顔をしたそうです。それから賢治さんは誰を呼ぶにも必ず、「さん」を付けたんですね。生徒にも、カラスにも、なんにでも「さん」を付けた。これは、昨日言いました、草も木も全部同等という感覚で、それを敬称で表現しているわけですよね。死の床についていた賢治さんが、ちょっと小康を得たときに、手紙の中で悲しい反省をするんですね。

いまにどこからかじぶんを所謂社会の高みへ引き上げに来るものがあるやうに思ひ、空想をのみ生活して却って完全な現在の生活をば味ふこともせず、幾年かゞ空しく過ぎて漸くじぶんの築いてゐた蜃気楼の消えるのを見ては、たゞもう人を怒り世間を憤り従って師友を失ひ憂悶病を得るといったやうな順序です。〔中略〕風のなかを自由にあるけるとか、はっきりした声で何時間も話ができるとか、じぶんの兄弟のために何円かを手伝へるとかいふやうなことはできないものから見れば神の業にも均しいものです。〔中略〕上のそらでなしに、しっかり落ちついて、一時の感激や興奮を避け、楽しめるものは楽しみ、苦しまなければばならないものは苦しんで生きて行きませう。[*43]

これは相当にすごいところへ行っていますね。ぼくなんか、この手紙を拳拳服《けんけんふく》

＊43　一九三三年九月十一日、農学校の教え子、柳原昌悦宛。

膺《よう》しています。つまり、苦しまなければならないものは苦しんで生きていきましょう。苦しみを避けるためにジタバタしてさらに苦しむよりも、苦しいと覚悟を決めてその苦しみさえも楽しみに変えてしまう、そういうふうにして生きていきましょう――ということを教え子に手紙で書いている。

今回、宮沢賢治という人の素晴らしさ、これはなんとかお伝えできたと思いますが、もうひとつ、賢治さんは宗教家で、科学者で、芸術家ですね。一人の人がこの三つを同時にやっているというのは、大事なことです。たとえば、即死させずに半死半生にする地雷があります。死んじゃうとそれっきりなのですが、地雷で大怪我をして、足を失くしてそのままずうっと生きていく。結局、仕掛けたほうの恐怖、罪悪感が一生続くわけですね。科学者の中には、自分の学んだ科学の知識をそういう人を苦しめるもののために使う人たちがいっぱいいる。この科学者の独走を抑えるためには、たとえば宗教が必要ですね。

もちろん宗教にもよりますけれども、宗教には、あらゆる人間を等し並に扱う態度とか、慈悲深い心といったものが組み合わさって成り立っている。ところが宗教を放っておくと、今度は、キリスト教原理主義とかイスラム原理主義のように、自分の考え以外は全部間違いだといって、自分の考えを聞き入れない者を折伏する、あるいは敵対する宗派に戦争を仕掛けることが起きてくる。やはり宗教も独走しちゃうんですよ。それを今度は、科学のいいところと芸術が抑えていく。

一方、芸術の訳のわからなさを、宗教が抑えていく……という具合に三つがうまいバランスで一人の人の中に成立しているというのがすごいんですね。

科学者だけ、というのは危ない存在です。宗教家だけ、というのも危ない。芸術家だけ、というのはなお危ない（笑）。でも、一人の人間の中にそういう三つのものがしっかり入っていることが大事だ、と。社会全体もそうですよね。これが賢治さんの生涯が示した大きな手掛かりだと思います。

そして、宇宙と目の前のサンマ一匹を全部繋げて、常に宇宙、銀河の向こうまでを見透しながら、目の前の小さなことも考えていく。逆に、サンマ一匹、あるいは米粒さえも口に入らない、そういう目の前の厳しい現実を、今度は日本へ、世界へ、宇宙へ、広げていく。そういう考え方をしないと、これからの二十一世紀はやっていけないだろうと思います。そして、これほどの力と先の見通しをもった存在を、わたしたち日本人がもった、しかも東北がそれを生み出したということですね。

「賢治はわからない」という人が多いのですが、でも、わからないからいいんです。わたしたちの普通の常識などではわからないことが多すぎることが、また、賢治さんが長持ちしていくことなんじゃないですか。でも、大事なことはすでにわかっていますし、わからないこともわかった瞬間に、それまでわかっていることを補強したり、深めたり、強めたりしていくことになるわけです。これから百年、おそらく千年経ったら、ほとんどの作家の名前が忘れられているでしょう、賢治さん以外は。

　もし、千年後に日本文学史が書かれるとすると、二十世紀からは、二葉亭四迷の初期の翻訳、詩人はわかりませんけど、散文家でいうと、漱石の何か一点、おそらく『坊っちゃん』か『草枕』でしょうか。川端さんが何か残るかなあ、芥川さんもちょっと残るかもしれない。こんなことやってもしようがないんですけど（笑）、いまを時めく人はほとんど残りません。でも、ぼくの芝居は残るかもしれません（笑）。『父と暮せば』[*44]かなんか……。大江さんは何か残ると思います。それから丸谷さんも『笹まくら』あたりが残ると思いますね。

　ともかく、完全に残ると保証できるのは、賢治さんだけです。それだけ本質と時間が詰まっていますし、あの日本語の素晴らしさ。決してむずかしいことは書いていない。平仮名の多い、誰でも読めるものを書いた。そういう大変な存在を、結局は、東北の貧しさ、人間の醜さが生み出していくという逆説ですね。

　それでは、これで終わりにさせていただきます。

＊宮沢賢治の作品と手紙の引用は、『校本　宮澤賢治全集』（全十四巻、筑摩書房、一九七三〜一九七七年）による。

＊44　一九九四年九月、こまつ座の制作、鵜山仁の演出で初演。広島を舞台に、原爆で死んだ父の亡霊と娘が対話する二人芝居。二〇〇四年、黒木和雄監督により映画化。海外では、フランス、ロシア、香港、カナダ、イギリス、アメリカ、韓国、ウクライナで上演され、また、英語、ドイツ語、イタリア語、中国語、ロシア語、フランス語の対訳本があり、韓国語の翻訳がある（二〇二三年七月現在）。

菊池寛

二〇〇三年十二月二十三日

ボローニャで鞄を盗まれる

どうもおはようございます。

昨日イタリアから帰ってきたばかりで、ちょっと呆《ほう》けているんですけれど……。実は、イタリアのミラノに着いたのが向こうの時間で（十二月）九日の夕方で、着いた途端にいきなり鞄を盗まれてしまったんですよ。その鞄はテストーニで、テストーニというのはイタリアの世界最高の靴と鞄の会社で、なにもイタリアへ行くのにわざわざテストーニをもっていく必要はなかったのですが、すごく映えるのでこれがいいか、と。でも、かえってそれに目を付けられていたんですね。

まず税関で入国手続きを済ませ、ミラノからボローニャまで小型バスをチャーターして行くことになっていたので、バスを待っていた。そこで日本の馬鹿な四人の男が煙草を吸いたいと思ったんですね。飛行機に乗っているあいだ吸えなかったものですから。でも、これが間違いでした。馬鹿な男たちが煙草を吸っているところに、ジャンパーを着た恰好いい二人のイタリア人が、左右から同時にやってきたんです。「ナントカカントカ」とイタリア語でしゃべりかけてきた。ぼくも多少イタリア語を勉強して行ったのですが、早口でおまけにミラノ訛りがあったので、何をいっているのかわからない。そこで「われわれはボローニャへ行くバスを待っているんだ」みたいなことを英語でいったところ、「あっ、それじゃ違う」という感じで、二人とも去って行った。その間、ほんの十秒くらいですけど、見ると、鞄がない！（笑）

警察の話では、税関から出てきたときからテストーニの鞄をもっているわれわれのことをずうっと付けていたらしいですね。で、まんまと煙草を吸ってぼうっとしていたわけです（笑）。

で、その鞄の中には、現金一万ドルと百万円、それに航空券と電子辞書、それから筋子のお握り二個（笑）。そして、今日の講義のために向こうでちょっと勉強してこようと思いまして、菊池寛の自叙伝[*1]と『父帰る』『忠直卿行状記』[*2]なども入っていたわけです。ですから、菊池寛のことは全然勉強してきませんでした。まずそのことを謝っておきます（笑）。

なぜボローニャへ行ったかといいますと、ぼくはこれまでしきりにボローニャ、ボローニャっていってきました。実際、一九七〇年代のボローニャ方式をうんと勉強しましたし、一泊か二泊で行ったこともあります。その七〇年代の世界の都市づくりの手本になっていたボローニャが、最近いろいろ変わってきているらし

＊1 『半自叙伝』（講談社学術文庫、岩波文庫ほか。初出は『菊池寛全集第十二巻』平凡社、一九二九年、所収）

＊2 一四一ページ脚注20参照。

いということをいろいろな人から聞いたので、最近のボローニャについてちょっと本格的に勉強してみようと思っていたんです。そうしたら、NHKが、ぼくがボローニャの街を勉強していく過程を撮影してハイビジョンの二時間番組[*3]をつくりましょうといってきて、それでNHKと一緒に十二、三日ほど行ってきたわけです。いままでボローニャについていろいろ話してきましたが、これからお話しすることは、まさにいまのボローニャのことです。

えっ、菊池寛はどこへ行ったんだ、と思われるかもしれませんが、それは鞄を盗んだ泥棒に聞いてほしい（笑）。いや、もちろんやりますけれど、ただ、ボローニャの街づくりはほんとうに素晴らしくて、びっくりすることばかりなんですよ。だからまずは、そのことをお話しさせていただきます。

ボローニャの人口は、いま三十九万人。ローマのほぼ真北に位置していて、その北西にはミラノがあって、ほぼ同じ緯度の北東にはヴェネチア、ベニスがあります。皆さんよくご存じのように、イタリアの国の形は長靴を履いた足とそっくりで、付け根にベニスがあって、膝小僧のところがローマです。爪先の先にはシシリー島があって、ちょうどシシリー島がボールで、それを蹴っているように見えるわけです。で、膝小僧のローマから付け根に向かって街道が走っている。その足を南北に縦貫するようにアペニン山脈が通っていて、この山脈を下りたところがボローニャです。目の前にはポー平原が広がっていて、農産物がたくさん穫

＊3　二〇〇四年放映、NHKハイビジョンスペシャル「井上ひさしのボローニャ日記」。なお、この旅についてはのちに『ボローニャ紀行』（文藝春秋、二〇〇八年）を執筆、刊行。

れる。

ここは古代からの物資の集散地で、ローマ以前は、こちらのほうが主要な都市でした。集散地として物資をやり取りしているうちに農業も興《おこ》ってくるのですが、結局、契約の問題が大変重要になってきて、契約のことをもっとちゃんと勉強したいという街の若い衆たちが組合をつくって、そこに先生を招くわけです。この先生がぼくみたいにいい加減だと、菊池寛をやらないでボローニャをやる（笑）。

ともかく、そういうスタイルで十一世紀末にヨーロッパで初めての大学ができる。それがボローニャ大学です。で、その少し後にパリにも同じような組合の大学ができる。それがパリ大学、いまのソルボンヌ大学（通称）です。

つまり、ボローニャは農産物の集散地と大学の街として発展していったのですが、この街がもっとも栄えるのは十五世紀のルネサンス前後からで、ここは世界一の絹の産地なんですね。アペニン山脈から湧き出てくる水を周到な計画のもと、街の地下を通して、普通の家でもそれを利用できるようになっている。各所に水車を取り付けて、水車を回しながらカム（原動節）で動力に転換して、絹織物をつくる。街なかを流れる運河の水をひとつにまとめて港として、ここからベニスへ絹製品を送る。これを「絹の道」といいます。

つまり、水の力を利用して、世界でも一番良質の絹織物をつくる街づくりをして、できた商品を船でベニスに運び、ベニスから世界じゅうへ輸出していた。そうやってお金を蓄積して、大変な豊かな街になる。その仕組みがいまでもそっくり残っていますから、こういう工夫を常にしている街なのだということを、取材して実感しました。

問題は、こういうことすべてを市民同士が相談してやっているということなんですね。やがて絹織物は日本や中国に押されて駄目になるのですが、絹織物で培ったノウハウを利用して、今度は精密機械をつくり始める。いま、イタリアの輸出品のトップはファッションでもなんでもなくて、小型機械なんです。世界でも、小型機械はイタリアが断然一位で、その中心がボローニャです。

三十九万人というと、仙台の人口の三分の一ですね。その街に、ムゼーオ、つまり美術館・博物館が三十七もある。そして、街の中心のマッジョーレ広場には、かつて証券取引所だった建物を改修した市立図書館（サラボルサ）があります。この図書館はすごく大きくて、あまりに広すぎて全部は取材しきれなかったのですが、今度の番組には児童図書館だけが映っていると思います。昔の建物を利用しているので入り口は狭いのですが、中に入るとまるで迷路みたいで、そこに子どもたちの本が置いてあります。

日本では子どもたちへの本の読み聞かせが割と盛んですが、その児童図書館にも小さな劇場のようなコーナーがいくつかあって、そこでプロの俳優が毎日朝から晩までいろいろな本を読んでくれる。各コーナーごとに、ボローニャの伝説が読まれたり、最新の童話が読まれたりしているんです。もちろん、たくさんの本が並んでいますが、並び方が日本みたいにぎゅうぎゅう詰めじゃなくて、せいぜい子どもの背の高さぐらいの棚に整然と並べられていて、広々としている。プロの人たちがボランティアで読んでくれるので、読み聞かせもちょっとした芸術なんです。とにかく、その模様を撮ってきました。

これが大人のほうの図書館になってくると、映画が五万本、ビデオが五万本収蔵されていて、素晴らしいことにその映像を一人で観られる専用ボックスがあるんです。申請しさえすれば、借りたものを一日じゅうそこに閉じこもって観ることができる。これはボローニャの市民だけでなく、ぼくのような観光客でもできるわけです。こういうクラスの図書館が三十九万人の街に六十七もある。ですから、街の中に大学があるというより、大学の中に街ができたわけですね。それから、劇場もたくさんありますし、公園も広場も、あちこちにある。

感心したのは、ボローニャではパン、バター、牛乳、チーズ、野菜といった、金持ちだろうが貧乏人だろうが誰でも食べるものを徹底的に安くしているんですね。その代わり、贅沢品の値段は高い。でも、図書館はただですし、劇場にしてもみな補助が付いていますから、日本のお金にして百五十円とかですし、ボローニャ・オペラの初日を観てきたのですけど、これだって七ユーロ、千円ぐらいでした。日本の新国立劇場にオペラが来ると、数万円もするでしょ、滅茶苦茶なんですよね。

もう、この国は変えないと駄目ですね。憲法にあるように、主権在民でわれわれが主人公なのですから、真面目に働いている主人公が、将来が不安だ、病気になったらどうしよう、などと思っていること自体がおかしいんですね。わたしたちが働いて、わたしたちが税金を払って、国の運用をわれわれが選んだ人に任せているわけなのに、任されているほうの力だけが強くなって、納税者であるわれわれの生活にはほとんど返ってこない。

ボローニャのことをいっていると切りがありません。菊池寛が泣いてしまいますので（笑）。なんだ、あいつはイタリア呆けしやがってと、冷たーい目で見ている人がいるというのも、ちゃんとわかっています（笑）。で、もうひとつだけボローニャの話をしてから菊池寛に入ります。

そもそも、なぜＮＨＫと一緒になってボローニャへ行くことにしたかというと、ボローニャにはホームレスの人たちを支援する運動があると聞いたんです。「ピアッツァ・グランデ」、つまり「大きな広場」という運動なのですが、この運動は、ボローニャ大学の学生たちが、移民の人が増えるにつれてホームレスの人が増えてきていることに気づいたことから始まります。ボローニャでは、市民の誰かがあるプロジェクトを思いつくとそれを市に提案して、市民のメンバーがそのプロジェクトを面白いと思えば、予算が付いてくるんですね。で、最初に学生たちが

四、五人集まって、最近、街にホームレスが増えてきているので、この調査をしたいという意見を市に提出して認められたんです。

彼らが最初にやったのは、「ピアッツァ・グランデ」という新聞を月に一遍出すこと。その月刊新聞の一番お終いのページが面白くて、ただでシャワーを浴びられるところ、ただでご飯を食べられるところ、危険なく野宿ができるところといった情報が全部書いてある。それから、篤志家もたくさんいて、その家に来たらシャワーを浴びさせてあげるとか、ご飯をあげてもいいとか、全部一覧表になって出ている。これをホームレスの人が見れば、何日に何処《どこ》に行けばシャワーを浴びられるか、ご飯が食べられるか、寝られるかといったことが全部わかる。それが呼びものの新聞をつくるんですね。

ちょうど、路面バスを廃止したため広大な車庫の跡地があって、市はその跡地利用を大学生たちに任せたんです。学生たちはその土地を無料で借りて、ホームレスの人たちのための何かをやろうと。そこで、あちこちから古着をもらってきて、ホームレスたちも参加しながら売っていく。ぼくも、そこで古いジーパンの生地を接《つ》ぎ合わせたすごく恰好いいトートバッグを買いました。そして、そこに来たホームレスたちは、学生たちがつくった新聞を最初はただで十部もらって、それを街の人に売って、その売り上げで、パンを買ったり服を買ったりする。で、二回目からは〇・五ユーロで卸してもらえる。

実際、ボローニャの街では、ちょっとぼろっちい恰好をした男の人とかお婆さんとかが新聞を売っているのをよく見かけます。〇・五ユーロで仕入れた新聞を何ユーロで売ろうが、売る人の自由です。車庫の跡地では、古着や家具を売る。そうやって生計を立てていく。そして、そこに劇団ができるんです。その劇団の稽古から公演から、いろいろ撮影してきましたけど、ほんとうにすごい。そういう街なんです。

それから、小学生が映画をつくっていました。これも話すと長くなるので、菊池寛、遠のくばかりなんですけど、これは是非お聞かせしたいと思うので、もうしばらくボローニャにお付き合い下さい(笑)。

旧市街と新市街の境のところにイタリアで最大の煙草工場がありました。近頃はみんな煙草を吸わなくなってきましたし、その他いろいろな問題があって、工場を縮小して移転することになったんです。工場の建物はそっくり活かしたまま市が買い取り、フィルムの修理センターをつくるわけです。たとえば、チャップリンの『独裁者』[*4]とか『ライムライト』[*5]とか、この頃はビデオやＤＶＤで観られますけど、残っていたフィルムはぼろぼろで、それをきれいにして、もう一度焼き直し、デジタルで観られるようにする。

そして、工場の一角には、初期から現在に至るまでのいろいろな撮影機が展示されていて、さらに進んでいくと、百人ぐらい収容できる立派な椅子を揃えた映

＊4　一九四〇年、チャップリン監督によるアメリカ映画。独裁者ヒンケルとそっくりのユダヤ人の床屋の二役をチャップリンが演じた。邦題は『チャップリンの独裁者』。

＊5　一九五二年、チャップリン監督によるアメリカ映画。脚が動かず失業中のバレリーナと、同じアパートに住む老コメディアンとの心温まるやりとりを描く。チャップリンはこの映画でアカデミー作曲賞を受賞。

写室があって、そこへ子どもたちが毎日通ってくるんです。そこで修復した映画を、映画評論家の説明つきで上映する。映画評論家といっても、日本の評論家のようにつまらないことをいうんじゃないんですね。

たとえば『ライムライト』の中で、最初チャップリンが酔っぱらって帰ってくる。そのときに一瞬チャップリンの姿が大映しになるのですが、説明する評論家がフィルムをぱっと止めて、「このチャップリンの着ている服をごらんなさい。すごく仕立てのいいぴちっとしたものですね。でも、生地が擦れている。だからこの人は、昔はすごくダンディでお金があって、いい服をつくった。いまはそのときつくった洋服を苦心して着ているんだよ」と説明するんです。つまり、落ちぶれているんだということを、チャップリンが表現した通りに子どもたちに教えてくれる先生がいるわけです。で、子どもたちもまた、毎日通ってきてそういう先生の話を聞きながら映画を観ていく。

そのうちに、自分たちで映画をつくろうという話になってくる。イタリア映画というのは戦争直後にものすごく高い水準にあったのですが、いまは大分質が落ちている。なんとかして子どものうちから映画に興味をもってもらって、この中から将来映画をつくる人が出てきてほしいと、煙草工場を利用しているわけです。

イタリア映画がもう一度昔の力を取り戻すことができれば、ハリウッド映画と対抗できる、と。ハリウッドのようなやたらにものをぶっ壊すシーンばかりの映画がいいはずがない。もっと人間のドラマがあるはずだ、ということで子どもたちを育てる。そういう努力を大人たちがしているわけです。そうすれば、未来に投資した人たちが歳老いたときに、今度は投資されたほうが育っていって歳取った人を支えていくことになる。そして、その人たちがまた次の人たちを一所懸命育てていく。そういう関係が意識的にとらえられているわけです。

『文藝春秋』の創刊と文壇の創成

これ、実は菊池寛とも関係あるんです。菊池寛の一番偉いところは、自分の才能の限界を自分で見つけられたことです。それはどういうことかというと、自分の周囲にいる、大学の同期の芥川龍之介、久米正雄、ちょっと遅れて横光利一、川端康成といった人たちを見ているうちに、自分には彼らほどの才能はない、と見極めをつけるわけです。もっと偉いのは、だったら自分はうんと金を稼いで、競争相手の作家たちを励まそう、まだ若くて才能はあるのだけれど食べられていない作家の卵たちを支援しよう、というふうに切り替えるところです。こういう人はなかなかいません。その結果が、〝大衆小説の書きまくり〟ということになるわけですね。

菊池寛がデビューした大正の初めには、日本にもサラリーマンが増えてきます。

だんだんに工業が発展してくると、管理部門が必要になってくる。いままでは工場だけで済んでいたのが、規模が大きくなるにつれ、それを統率する本社が必要になってくる。丸の内あたりに大きな事務所やオフィスが次々にでき、工員ではなくてサラリーをもらって会社のために働く人が一挙に増えた時代です。サラリーマンというのは、新しい言葉ですね。

そして次に、新宿以西の中央線沿線にサラリーマンが住み始めるんですね。同時に、小田急や東急といった私鉄も郊外に向けて鉄道を敷いて、その沿線の住宅地にサラリーマンが住み始める。そうやって住宅地がどんどん郊外へ広がっていくのですが、そうなると通勤時間が問題になってくる。その当時、『サンデー毎日』『週刊朝日』という二大週刊誌が新たに出てきますが、この週刊誌ができたのも、通勤客が増えたということが大きな要因になっています。つまり、通勤時間に新聞や週刊誌を読むようになったわけです。

で、通勤するサラリーマンが読み終わったものを家に置いておくと、奥さんがそれを読む。そうやって雑誌や本を読む人が増えてきた。でも、その人たちはあまり重い内容のものは読みたくない。寝っ転がって読める軽いものがいい。変にこむずかしいものじゃなくて、日頃の会社での憂《う》さなんかが吹っ飛ぶような面白いものがいい。そこで大衆文学というものが生まれてくる。

菊池寛はこれに目を付けるわけです。菊池寛は大衆小説の名作をたくさん書いて、大金を稼ぐ。その儲けた分を、困っている若い作家たちへ回していく。大正の震災の少し前、菊池寛は『文藝春秋』を創刊（一九二三年一月）しますが、これも実は若い人たちに書かせるためのものだったんですね。当時の『中央公論』や『改造』は、あまりにも高級化してしまって、若い人に原稿を注文することがほとんどなくなっていたんです。だったら、自分で新しい雑誌をつくって、芥川の後に続く、菊池寛がこれと見込んだ川端や横光たちに書かせようと考えたわけです。その資金を稼ぐために書きまくったんです。この前テレビドラマが大人気になった『真珠夫人』[*6]なども最初の大衆小説でしょうね。爆発的に大当たりして、その印税で『文藝春秋』をつくり、若い作家に書かせる。そういう構造をつくったわけです。

もうひとつ特筆すべきは、文藝春秋が女性社員をたくさん採ったことです。津田塾、東京女子高等師範（現お茶の水女子大学）、日本女子大、東京女子大など、英語やフランス語の読める女の人たちを集めて、アメリカやフランスで売れている小説を翻訳させて、そのシノプシスを書かせる。月給に加えて、一作翻訳したらいくらという条件で女性たちに訳させて、菊池寛はそれをネタにたくさんの面白い小説を書いていくわけですね。

『東京行進曲』[*7]という傑作があります。出だしは、麻布の白金台の広大な敷地をもつ大財閥の屋敷です。豪壮な邸宅にはプールとテニスコートがある。テニスコ

＊6　一九二〇年、東京日日新聞と大阪毎日新聞に連載された長編小説。真珠のような美貌の持ち主である唐沢男爵令嬢の瑠璃子の復讐と真情溢れる人生を描く。二〇〇二年四〜六月、フジテレビ系列の昼ドラマ枠で放映。

＊7　一九二八年から二九年にかけて、『キング』に連載。二九年五月には、溝口健二監督で映画化され、西條八十作詞、中山晋平作曲、佐藤千夜子歌による主題歌も発売された。二九年十二月には、帝国劇場で舞台化された。

ートの下は崖で、崖下は日の当たらない貧民街です。邸宅には御曹司がいる。菊池寛の小説って、大体パターンが決まっていますが、王子様みたいな御曹司には既に決まった婚約者がいる。これが生意気なんですね。パリへ行って箔をつけて帰ってくる金持ちのお嬢さんで、御曹司の父親は二人を結婚させれば自分の仕事がさらに広がるという政略結婚みたいなことを考えている。御曹司と令嬢の二人がテニスをしているのですが、この令嬢がなんともいやな性格で、菊池寛は、いやなふうに書くのが上手なんです。で、令嬢がテニスのボールを金網の向こうに飛ばして、崖下の貧民街に落っことしてしまう。

御曹司が金網を回って崖下を覗くと、女の子がボールをもっている。「そのボール返して下さい」と、そんな金持ちがボールを返せというのもちょっと変ですが、当時貴重だったんですね（笑）。で、女の子は上を見上げて、「いま弟に届けさせます」という。御曹司は上から覗き込んでいて、下から少女が見上げている。ここでバーンと、恋です（笑）。これ、うまいですよね。『ウエスト・サイド・ストーリー』の舞踏会[*8]なんてものじゃない。もう象徴的ですよ。金持ちの御曹司は、この人こそ自分の将来を託せる妻になるべき人だと気づく。一方の少女は、預けられていた叔父夫婦のために芸者に売られることになっていたんです。

途中いろいろあって、芸者になった女の子を、御曹司の父親が見初めてしまい、この馬鹿親父が金にものをいわせて囲い者にしようとしている。で、御曹司のほ

＊8　ミュージカルの『ウエスト・サイド・ストーリー』の一場面。マンハッタンのスラム街では、ポーランド系の青年ギャング「ジェット団」と南米プエルトリコ系ギャング「シャーク団」との抗争が絶えない中、体育館の舞踏会（ダンスパーティ）で互いのリーダーが対決することに。その舞踏会でジェット団のトニーとシャーク団のリーダーの妹マリアが一目で恋に落ちる。

うは彼女のことを忘れられずにその行方を懸命に捜している。あれやこれやすれ違いがあって、最後には意外な結末を迎える――。

この話の元はアメリカの小説です。でも、菊池寛はそこを割り切っているんですよ。雇っている女子社員に世界じゅうから流行っている小説のアイデアやストーリーを集めさせて、それを日本風に変えて面白い小説に仕立てる。この『東京行進曲』は傑作で、すごく売れた小説です。騙されたと思って読んで下さい。大変売れた小説ですからわが家にもあって、小学校二年ぐらいのときに夢中になって読んだんです。なんで自分の家は崖の上にないんだろう、ひょっとしたら崖の下なのかなとか、小さいなりに煩悶しましたね（笑）。

いきなり菊池寛の生涯から入りましたけれども、新しい雑誌をつくって若い人に書かせるというのが、菊池寛の象徴的な事柄です。もうひとつ、座談会という形式を発明したのは菊池寛です。座談会という形式は日本にしかありません。それから、インタビューとか対談で、カッコ笑い、（笑）というのがよく出てきますよね、あの（笑）というのも実は菊池寛の座談会で使われたのが始まりです。

ともかく、ちょっとしたことを知りたいけれど、忙しくて肩の凝るものは読めないというサラリーマンたちは、『文藝春秋』が大好きだったんですね。たとえば、強盗殺人をやって刑務所に入って模範囚になって出て来た人を呼んできて、それを捕まえた刑事と久米正雄*9と菊池寛とで座談会をやって「あのときどうやって殺

＊9　一八九一～一九五二。小説家、劇作家。中学時代に河東碧梧桐門下の俳人として才能を認められ、戯曲『牛乳屋の兄弟』（一九一四年）などでも好評を博したが、菊池寛の推挽による『蛍草』をきっかけに通俗小説へ進出、流行作家となる。

しましたか……」なんて訊いていくのですから、面白くないわけがない。それで売上がどんどん伸びていく。

それから、直木三十五[*10]が死んだ翌年（一九三五年）に直木賞と芥川賞をつくる。いろいろな賞がありますけど、菊池寛のつくったこの賞は賞金がすごかった。当時の感覚としては、新人作家がこの賞金をもらったら、一年間なんの仕事もせずに次の仕事ができる、つまり一年間の生活費となるくらいのものです。

さらには、麻雀、競馬……なんだか大橋巨泉みたいですが、大橋巨泉は別に新しくもなんともない、菊池寛がやったことをやっているだけですね。日本に競馬を普通の人に広めたのは文藝春秋の菊池寛です。麻雀を流行らせたのも菊池寛です。文芸講演会もそうです。以前にも文芸講演会というのは単発ではありましたけれども、組織的に開催して、人口三万人以下の普段なら有名な文士にはとうてい来てもらえないような小さな街で、有名文士たちの文芸講演会を始めたのも菊池寛です。大家《たいか》の後に必ず川端康成や横光利一といった、才能はあるけれどもまだ売れないでいる人たちを出して、しゃべる訓練や講演のための勉強をさせる。併せて、観客にこういう新人がいるんだぞということを知ってもらう。

それから、菊池寛は「講座もの」というのも考え出したんですね。文芸講座とか、文芸創作講座とか、小説の読み方とか。そういうのを何回も出す。中を見ると、川端康成とか横光利一といった新人が書いている。それを書くためには勉強

＊10　一八九一～一九三四。小説家。早稲田大学中退後、出版事業を興したり、雑誌の編集や映画の制作などに携わる。『南国太平記』（一九三一年）で、一躍人気作家としてその地位を確立。

しなくてはいけないけれど、書けば原稿料をもらえる。そうやって優秀な作家たちを勉強させながら生活を保証しようとしたわけです。

そしてさらにさらに、文芸家協会をつくったのも菊池寛です。ボローニャの言葉に「競争しながら協力する」というのがありますけど、それを菊池寛は実践しているわけです。作家は自分の才能に基づいて一所懸命競争しなければいけないのですが、しかしその前に人間として協力し合わなければいけない。それが文芸家協会です。文芸家協会でもっとも大事なのは、保険を付けたことです。それまで作家たちには団体保険のようなものはなかったのですが、文芸家協会は生命保険、医療保険まで全部完備して、加入した作家たちには年金も下りる。そういう組織も菊池寛がつくる。

これは実現しませんでしたが、作家養老院というのも計画したんですね。これは、いわゆる養老院ではなくて、生涯かかってペン一本で頑張ってきた人たちの中で、老後、印税で食える人と食えない人とが出てきてしまう。それは才能の違いではあるけれど、努力はみな同じだ、と。安心して住める年老いた作家の合同住宅、簡単にいえば、養老院を計画していたんです。

一方、戦争にも協力しました。これはある意味では、しようがなかったかもしれません。それだけいろいろなことをやっていくとなると、やはり国策に合わせるという側面も当然用意しなければなりません。しかし、国策に添うと見せながら、たとえば左翼から転向して食えなくなった作家たちをひそかに助けたりもしている。だから簡単に、「菊池寛は戦争協力者だ」と批判しえない部分があるんですね。戦争協力のふりをして実は戦争に反対している人たちを助けた。

自分には、金を稼ぎ、金を集めて、金を運用する才能しかない。小説を書く才能はその次だ、と己の才能を見切った男が、いろいろなヒントを得ながらひたすら大衆小説を書いた。本人が思っているよりは、もうちょっと才能はあったと思いますけど、そこで稼いだ金で作家たちの活動をずうっと支援していった。それが菊池寛の後半生です。

そうやって『文藝春秋』は大雑誌になったのですが、菊池寛自身は身だしなみも構わずに、ポケットにたくさんお金を詰めて歩いて、売れない作家を見ると握手しながらお金を渡す。だから、みんな握手したくなる（笑）。『文藝春秋』は軌道に乗り、川端康成は大作家になる。普通なら、さあ、自分の仕事をしようかとなるのですが、菊池寛の心の内はそうではなく、自分の才能を見極めて別の才能を伸ばし、人を助けていく。

要するに、菊池寛は〝文壇〟をつくったんです。ぼくが直木賞[*11]を取ったときに、金沢の女の子から電話がかかってきて、「もしもし先生、文壇の住所を教えてください」といったのは、かなり有名な話です。ぼくは「文壇は本屋さんの本棚にしかないのではないですか」と答えたんですけど、ぼくが小説家としてデビュー

＊11　一九七三年、『手鎖心中』で第六十七回直木賞受賞。

した頃、文壇はほとんど崩壊して無きに等しい状態でした。でも長いあいだ、たしかに文壇は存在したのですね。作家たちが集まって、助け合い、競争し合い、賞をつくって組合らしきものがある、そういうものを〝文壇〟と称するならば、菊池寛は明らかにそれをつくったわけです。

　これは、どんな本にも書いてありますが、菊池寛は大変な読書家でした。ぼくがいつも感動するのは、卒業間近の旧制一高三年生のとき、菊池寛がいた寮で、ある友人のマントがなくなる。誰かがマントを盗んで質屋に入れたんですね。その犯人は菊池寛の同級生で、菊池寛はその罪を全部背負うんです。結局、卒業ぎりぎりで退学になって、京都大学の選科生となる。ここに、自分のことよりも人のことを大事にするという菊池寛の生き方の基本があるんですね。

　たとえば、みんなで何かを食べているときに、一個残るでしょ。これ、食べにくいですよね。でも必ず食べる奴がいるんです（笑）。食べちゃまずいだろうなと思いながら、思わず取ってしまうという性格の人はいるんです。菊池寛も、人を見たら助けずにはいられない。そういう性格は直しようがないですね。才能を見極めて人を助けるとか、自分よりもこいつが退学になるほうが大変だから、自分が退学しようと考えてしまう。

　もうひとつ大事なことがあります。上田敏[*12]という英文学者、ご存じでしょう、『海潮音』の。あの人が菊池寛が京大の選科にいたときの教授で、作品というのは

＊12　一八七四～一九一六。詩人、評論家、英文学者。ヨーロッパの文学、芸術を精力的に紹介。訳詩集『海潮音』（一九〇五年）は、詩壇、文学界に大きな影響を与えた。

書いて終わりではない、読者が受け取ってくれて始めて作品は完成する。つまり読者が大事なんだというようなことを授業でいうわけです。それを聞いて、菊池寛がすごく感動する。なにかのときに上田敏の教授室に入って行って、先生が来るのを待っているうちに、机を見たらイギリスの文学・文芸雑誌があって、「コラボレーション」と書いてあって、その引き写しを上田敏がしゃべっていただけだということを菊池寛が自叙伝に書いています。

つまり、菊池寛という人は、ほんとうに読者のことを考えた人なんです。いまの日本の小説や芝居には、読者・観客のことを全然考えていないで小説家だ、戯曲家だと威張っている人、いるでしょ。あれはよくないですよね。わたしは読者と観客のことしか考えてないですから、時に馬鹿にされますけど、でも、読者がいてこその作品ですよ。読者がいらなければ、日記でも書いてればいいんです。

なんだか変な方向に行きそうなので、とりあえず菊池寛の生涯についてはこれで終わりにして、午後は作品論に行きます。

『父帰る』の先駆性

午前中はちょっとボローニャぼけで、とんだ脱線をしましたが、ここからは『父帰る』を読んでいくことにしましょう。

仙台劇のまち戯曲賞[*13]というすごい賞がありますね。もしそれに『父帰る』を出したら一発で駄目ですね（笑）。これは決して菊池寛を貶《けな》しているわけじゃありません。いってみれば、いまは誰でもこういう芝居は書けるんです。ただ、最初に書いたから偉いんですね。こういうきちっとした芝居を日本で最初に書いた菊池寛を、わたしは尊敬しています。それまでの日本には、こういう芝居はありませんでした。歌舞伎、その前に能があり狂言があり、またその前に田楽とか猿楽とかいろいろありますけれど、日本の舞台芸術というのは西洋流の近代的な方向とはちょっと違うパフォーマンスのほうへ流れて行ったのですね。だから、こうやって普通の言葉できっちり書いたものは新しいんですね。

しかも、これは方言を使って書いている。ぼくも方言を使いますが、標準語ではなかなかいい芝居は書けないからなんですね。というのは、わたしたちがいま話している言葉は、つくりものだからです。明治になって、政府が一所懸命になって共通語をこしらえようとしたのですが、実は破綻してしまったんです[*14]。われわれが、ニュースを聞いたり新聞を読んだりしてもあまりぴんと来ないのは、そこで使われているのはつくられた言葉で、生活の言葉ではないからです。で、なんの手本もないところに方言で書いたことが、菊池寛の大変偉いところだったと思います。

それで日本の芝居は、ご存じのように、明治以降につくられた架空の言葉、実

＊13　二〇〇一年に仙台市が創設。井上ひさしは選考委員を務めた。

＊14　井上ひさしの『國語元年』は、明治初期の「全国統一話し言葉」（共通語）の制定をめぐる言語と近代国家の奇妙な緊張関係を描いたもの。一九八五年にテレビドラマとして放映され、その後戯曲化。

はNHKのアナウンサーしかしゃべっていない言葉でずっと書かれてきたわけです。だから、いい芝居が書けるわけがなかった。それでも、小説はまだつくり上げた言葉で書けますけれども、演劇や芝居の台本は、人間が発声した言葉で常に表現していくわけですから、そこに正しい日本語なんかあるわけがないんですね。で、誰もそんなこと教えていないのに菊池寛は、芝居だけは方言で書いている。『屋上の狂人』*15もそうです。菊池寛の芝居はすべて方言で書かれている、ということが大変重要です。標準語で書こうとするから芝居はなかなかうまく書けないということをこの人は最初からわかっていた、直感的にわかっていた人です。

では、なぜ『父帰る』が仙台劇のまち戯曲賞に投稿したら第一次予選で落っこっちゃうのかといいますと、話が単純すぎるんです。いまの芝居はもうちょっといろいろな綾《あや》を付けたり、迂回路をつくったり、いくつかの話を重ねたりしながら書きますから、この程度の技術では、あまり問題にならない。ただし、大正の初め頃に書かれたというのを頭におくとまた違ってきますが、いずれにしても実に単純な話です。冒頭のト書きを見てみましょう。

*15 一九一六年『新思潮』に発表。二一年、帝国劇場で初演。明治三十年代、瀬戸内海の讃岐に属する島が舞台。勝島家の長男義太郎は高所が大好きで、すぐに屋根の上にあがってしまう。心配した父義助は、巫女と称する女に、治療の祈禱を依頼する。

人物
黒田賢一郎《けんいちろう》　二十八歳
その弟　新二郎　二十三歳

その妹　おたね　二十歳
彼らの母　おたか　五十一歳
彼らの父　宗太郎《そうたろう》

時
明治四十年頃

所
南海道の海岸にある小都会

情　景
中流階級のつつましやかな家、六畳の間、正面に箪笥があって、その上に目覚《めざまし》時計が置いてある。前に長火鉢あり、薬缶《やかん》から湯気が立っている。卓子台《ちゃぶだい》が出してある。賢一郎、役所から帰って和服に着替えたばかりと見え、寛《くつろ》いで新聞を読んでいる。母のおたかが縫物をしている。午後七時に近く戸外は闇《くら》し、十月の初め。

最後の「午後七時に近く戸外は闇し、十月の初め」というのは、全然意味のないト書きです。つまり、長男の賢一郎が和服に着替えているときに十月を表現しないといけないわけです。昔は和服についての知識はみんなもっていましたから、着替える和服を見て季節がわかるかもしれません。それに「午後七時に近く戸外は闇し」は、セットなどで表現できると思います。いずれにせよ、中流階級の普通の家で、六畳の茶の間みたいなところに簞笥があって、目覚時計が置いてある。当時、目覚時計が置いてあるというのは中流ですね。

まず最初に賢一郎が、「おたあさん、おたねはどこへ行ったの」といいます。おたあさんというのは方言で、お母さんのことですね。それから二人の会話が続きます。賢一郎は、経済的に落ち着いてきたので、もう仕立物などしなくてもいいじゃないかとお母さんにいって、そこから妹の結婚話に移っていく。合間合間にお父さんの話も出るのですが、そのたびに賢一郎は話題を変えたり、不愉快そうな顔をする。そこへ新二郎という小学校の教師をしている次男坊が帰ってくる。

ここで新二郎が「今日僕は不思議な噂をきいたんですがね」というのですが、噂というのは芝居で一番効くんですね。お父さんの幼馴染みの校長が、近所で二十年前に出奔したお父さんを見かけたという。決め手は右頬のホクロなのですが、そこは確認できていません。そこから、父親が若い頃から山っ気があって、山師のようなことが好きで、「支那へ千金丹《せんきんたん》を売り出そうとして損をした」とか、維新前には殿様のお小姓をしていたということもわかってくる。皇太子が学習院で勉強するときにご学友というのがいますね。お小姓はそれと同じような意味をもっていますから、殿さまの遊び仲間として、相当美男で頭が良くて気が利いて、時には喧嘩などしながら一緒に育っていく。例によって、芝居というのはだんだんと情報が寄り集まってくるところが面白いですね。

この当時は家父長制ですから、こういうひどいお父つぁんがいると、皆泣いたわけですよ。この芝居の初演は大正九（一九二〇）年に新富座[*16]で上演されましたが、招待された久米正雄や芥川龍之介が泣いたばかりか、菊池寛まで泣いていたそうです（笑）。つまり、賢一郎が家父長制の頂点にいるお父さんを徹底的に批判しているところが、胸がすくような感じがしたんだと思います。

問題は、賢一郎が戻ってきた父親の前で語る「俺《おれ》たちに父親《てておや》があれば、八歳《やっつ》の年に築港からおたあさんに手を引かれて身投げをせいでも済んどる」というせりふです。この芝居の中の名ぜりふとされているところですが、このときに新二郎と妹のおたねがどうしたのかというところが、脚本選考会では問題になりますね。長男とお母さんが身投げをして、残った三つの次男坊とおたね――おたねはお腹の中にいたのかもしれませんね――はどうするのか、ということが書かれていない。いまの目で見ればまだまだ問題が残ります。しかしこのせりふは、亭主・父親で苦労した人たちにとっては、心に響いたことと思います。

一番いいところは、結末が明るいことです。菊池寛の芝居は全部結末が明るい

＊16　歌舞伎の劇場、江戸三座の一つ守田座が猿若町から新富町に移転し、一八七五年に新富座と改称。市川團十郎（九代目）・尾上菊五郎（五代目）・市川左團次（初代）などの名優を集めて積極的な興行をおこなう。近代的な様式を取り入れた建物で「東京第一の劇場」と称されたが、一九二三年の関東大震災で焼失。

んです。前にもいったと思いますが、ぼくは『父帰る』を三幕仕立てにしようと思って、ずっと計画しているんです。このお父さん、五十八歳ですよね。そうすると、また余所《よそ》の女と問題を起こすと思います。あの手のことはなかなか直りませんから。で、わたしの三幕では、お父さんを残して他の全員が家出してしまう（笑）。

自分の才能を見切って才能ある人たちを支援する

これは、「ちくま日本文学全集」の解説[*17]に書いたことですが、菊池寛という人は、ぎりぎりに追い詰められても必ず助け舟が出てくる人なんです。菊池寛のお父さんは高松藩のお米のお蔵番みたいなのをしていたのですが、明治維新になって小学校の庶務係になり、月給が八円で非常に貧しかった。そのうえ、長男が高松中学校へ通っていましたから、月給八円では子ども一人を中学校にやるのがせいぜいで、弟の菊池寛は小学校を終えたら奉公に出される運命にありました。

しかし、菊池寛という人は本当に記憶力が良くて、司馬遼太郎さんと同じで、本をほとんどまるまる記憶してしまう。読むのではなく、目に映していくんですね。五行くらいまとめて読んで、それで忘れないという、天才的な人ですね。

あまりに頭がいいので、小学校の上の高等小学校へ通うことになる。でも、お

＊17 「接続詞「ところが」による菊池寛小伝」（『ちくま日本文学全集21 菊池寛』筑摩書房、一九九一年、所収）

父さんは教科書を買ってくれない。学校に行きたければ、友達から教科書を借りてそれを写せといわれる。ところが、借りた教科書を失くしてしまい、お父さんが弁償する。で、その失くした本がひょっこりと出てくるんですね。

そうすると、菊池寛の手許には、友達から借りたものとお父さんが怒りながら買ってくれたものと二冊あることになる。そこで、買ってもらったほうを同じように買えないでいる者に安く売ってしまう。追い詰められると、不思議とうまくいくんですね。

『父帰る』の長男は、理屈っぽくていやな奴でしょ。それに対して、弟の新二郎はかなりいい青年で、あれ、菊池寛なんですね。高松中学に行ったお兄さんは、ある事件で学校から放逐される。そのおかげで、お兄さんの学資を使って菊池寛が高松中学に入ることになる。そして、高松中学校の四年生のときに全国作文コンクールがあって、菊池寛の作文が大変いい成績で通り、東京に招待されるんです。

そのときに、菊池寛の才能を見込んだ東京高等師範学校――前の東京教育大学、いまの筑波大学ですね――の先生が、東京高等師範に来ないかと誘うんです。本来なら、中学を卒業したら就職しなければならないはずが、そこでも助けがあって勉強することができるようになる。そうやって人生のかたちができていくわけです。

東京高師を卒業して学校の先生になれば、学資も寄宿費も全部免除してくれますから、そのままちゃんと勉強していればいいものを、授業をさぼってテニスばかりしている。その結果、除籍処分になる。この先どうしたらいいか思案しているうちに、叔母さんの結婚相手が、養子になって弁護士になってくれるなら学資を出してやるというんですね。そこで明治大学に入る。その当時、明治大学は日本の法律教育の総本山みたいなところで、法律といえば明治、明治といえば法律ということで、明治に入った。

ところが、菊池寛はそこで文学、小説に熱中してしまう。小説家になるには旧制一高か東大に入るしかないと、明治に通いながらこっそり旧制一高の試験勉強をしているところを叔父さんに見つかって、離縁されてしまいます。そうこうしているうちに、少し家計に余裕が出てきたお父さんが学資を出してくれることになって、一高に入る。

そこまでにいろいろ回り道をしていますから、そのときもう二十二歳になっている。二十二歳の旧制一高生がそこで誕生するわけです。芥川龍之介と同級ですね。芥川龍之介はそのとき十八歳ぐらい。で、三年生のときに、さっきいった〝マント事件〟が起きる。

菊池寛が庇《かば》った友人は佐野文夫という名前で、彼はゆくゆくは東京帝国大学へ行くだろうと郷里の期待を一身に背負っていたんです。菊池寛はその佐野に頼まれて盗んだマントを質入れに行ったわけですが、質屋が盗品だと気づいて警察に届ける。そこで正直に佐野から頼まれたのだといえば、佐野が退学になってしまう。佐野が退学になる痛手と自分が退学になる痛手とを比べ、菊池寛が罪を背負って退学になる。ですから、菊池寛は一高の卒業資格がないわけですね。

ここでちょっとイタリアの面白い制度をご紹介します。イタリアには入学試験というのが一切ない、卒業資格だけなんです。高校を卒業すれば大学へ入る資格ができ、自分の好きな大学に入れる。そして大学には定員がない。つまり、つまらない大学には人が集まらない制度なんです。だから、人口三十九万のボローニャに大学生が十一万人以上いるということが起こるんですよ。

日本も入学試験なんかやらないで、卒業できたらそれが次の課程に入る資格になるようにすればいいんです。そうなれば、もっと勉強するんじゃないですかね。入学試験のときだけ頑張るんじゃなくて、落第しないようにその学年学年でちゃんと勉強して、その積み重ねで卒業したら、次の学校へは自由にどこへでも入れる。そうなれば試験地獄もなくなるのではないかと。ちょっとこれは余談です。

さて、菊池寛は友人の罪を背負って一高を辞めてしまいます。それを見ていた同級生の成瀬正一[*18]が、自分の父親に、同級生で友達の罪を背負って退学になった奴がいて、あまりに可哀相だから学資を出してやってくれないかと頼むんです。成瀬のお父さんは十五銀行のお偉いさんで、先祖は尾張の犬山藩藩主という家柄

＊18　一八九二〜一九三六。フランス文学者。九州帝国大学法文学部教授。東京帝国大学在学中に、芥川龍之介らと第四次『新思潮』を創刊。ロマン・ロランとも親交があった。

ですから、そんな感心な青年がいるなら助けてやろうということになった。そうして菊池寛は京大英文科の選科に入って、選科から本科に入って卒業するんです。そういうふうに、菊池寛という人は困ったなと思ったときに、クルックルッといいほうへ行く人なんです。ですから菊池寛の小説・芝居には、悲しいところで終わるというのがあまりない。『藤十郎の恋』[*19]は哀しい結末ですけれど、総体にこの作家は、人生を非常に明るくつかまえています。人生はなるようになる、どんなに困っても死ぬ必要は全然ない、困ったら困ったで、一所懸命人生に立ち向かっていればなんとかなる――というのが信条なんです。

菊池寛のモットーとして「生活第一・芸術第二」というのがあります。ぼくもこれに賛成です。生きていてこその芸術であって、わたしたちは生きて食べていくのが第一なんですね。そして、生きていくことがその人の好きな仕事だったら、一番幸せです。自分の好きなことをして自分の生活が立つ、ということを菊池寛という人は基本に考えていた。それはこの人の人生にそのまま現れている、とわたしは解釈しています。

で、菊池寛にとって一番つらいのは人の陰口です。『忠直卿行状記』[*20]にも、忠直卿が家臣が自分についてひそひそ話しているのを立ち聞きする場面が出てきます。「立ち聞きの菊池寛」というぐらいに、菊池寛の小説には必ずキーポイントとして立ち聞きが出てくる。たとえば、主人公が信頼を置いている人がいます。そ

＊19　一九一九年、小説として大阪毎日新聞に発表。自ら戯曲化し、二〇年に戯曲集『藤十郎の恋』に収録。上方歌舞伎の人気役者坂田藤十郎は、近松の新作狂言の役作りのために、茶屋宗清の妻お梶を二十年も想っていたとかき口説く。舞台は評判を取るが、偽りの恋だと知ったお梶は自害してしまう。

＊20　『斯論』一九一八年一月号に発表した「暴君の心理」を改作して『中央公論』同年九月号に発表。越前国の藩主松平忠直が放埒な乱行を続けた背景にひそむ心理を描いた。六〇年、森一生監督で映画化。

の信頼している相手が、誰か別の人に「実は、あいつはさあ」と自分の悪口とか、普段とは正反対のことをいっているのをつい立ち聞きしてしまい、そこからドラマが始まる――というパターンが非常に多いんですね。もしかすると、この人には、実際にそれに類する相当つらいことがあったのかもしれません。

　ぼくなどは違いますけど、自分の実体験を作品に表すのが小説だと思っている人が多いんですよね。小説を書くと、必ずあの作家はどこかでこの小説と同じことを体験していると考える。皆さんも、作家が生み出す作品と作家の実体験が関係あると思っていませんか。でも、そんなことはありません。ただ、この菊池寛の時代、日本の小説はほとんど自然主義しかないような状態でした。自然主義というのは写実、つまり作家が実生活で体験したことをさまざまに考えたり深めたりしながら作品化していく、それこそが文学修業だと信じられていたわけです。菊池寛は、まさにその時代の作家です。

　いまでも、自分が体験したことを作品化する作家はたくさんいます。その一番見事な例は、大江（健三郎）さんがご自分の障害のあるお子さんのことを主題にした『個人的な体験』をはじめとする一連の作品です。また、自分の恋愛体験を昇華させて作品化する作家もいます。その一方で、自分の体験ではなく自分の頭でしっかりとつくり出すというタイプの作家もいます。

　その一番代表的な例が、安部公房さんです。安部公房さんと並べるのもちょっとおこがましいのですが、タイプとしてはぼくもそうなんです。初期は少し書いていますが、個人的な体験は、その後一切書いていません。全部頭の中でつくり出したものです。ただ日本では、そういう作家、劇作家というのは非常に軽んじられている。これは困ったものですね。

前のかみさんに逃げられたときに、逃げられたというか捨てられたときに（笑）、ちょうど直木賞の選考会があって、ぼくが遅れて入っていったら、山口瞳さんが「うらやましいなあ」というんですね。「奥さんがいなくなる上に、それを小説に書いたら、あなた一生もちますよ」と。それを聞いて、「あっ、ずいぶん学派が違う、考え方が違うな」というのを実感しましたね（笑）。

で、菊池寛はどうかというと、自然主義、実体験を書くのではなく、自分の頭の中で書くタイプの作家です。ただし、明治になって日本人が「小説ってなんだろう」と考えたときに、手本にしたのはフランスだったんです。その当時のフランス文学は自然主義が大隆盛でした。だから小説とは自然主義だと思い込んでいる。そして、菊池寛がテニスに夢中になっていた高等師範学校の頃が、日本で自然主義がもてはやされた時期なんです。国木田独歩とか田山花袋とか島崎藤村とかが、小説とは写実だ、と熱く燃えているときに、この人はそういう流れとはまったく関係なくテニスをやっていた。だから、自然主義の病が軽かったんですね。自然主義の小説家って、意外に戯曲が書けないんです。戯曲というのは、現実を写しても駄目なんです。自然主義では芝居は書けません。もちろん、自然主義の芝居もあります。イプセンも自然主義といえば自然主義ですが、彼の場合は極端につくった自然主義ですから、ちょっと違うのですね。そういう意味で、菊池寛が当時としては素晴らしい芝居を書けたのは、あまり自然主義に毒されていなかったからだということは、いまからはいえるんです。でも、じゃあ、いまはどうかとなると、なかなかむずかしい。

ほんとうは、もう少し詳しく話したかったのですが、ミラノで菊池寛の資料をすっかり、年表まで盗まれてしまったので（笑）。

菊池寛でいいたいのは、この人は旧制一高を卒業する瀬戸際で、他人の罪を背負って、卒業しないで良しとする人柄だということ。そして、自分が困ったときには、いつも誰かの手助けによって運が開けていくということ。そして、結末を明るい話で終わらせること。それが当時の読者に非常に合っていたということですね。なにしろ、東洋の小さな国が東洋の大国の中国と戦争して勝ち、しかも世界第一の陸軍大国のロシアにも勝った。というか、一応勝った。そして第一次世界大戦では、ほとんど戦わずして大きな権益を得て、世界五大強国になっている。相当下駄を履かせてもらっていますけれど、国際連盟の常任理事国ですからね。次々に日本が成長していく時代です。

なかには石川啄木のように、頭でっかちで利益にばかり走って、なんにも身についていない日本国の危なさを見抜いていた人もいましたけど、普通の人たちは、生活が良くなること、競争しながら人より少しでも偉くなることを望み、それが少し報われていた時代です。ですから、けっこう明るいんです。その明るい読者たちに菊池寛のこの明るさがぴたっと合ったんですね。

しかし、菊池寛自身は、自分の才能をある程度見切っていて、自分は大衆小説という新しい分野に挑戦しながら、作家としての自分の才能をしっかりと見極めて、大衆のための面白い話をつくる。それで原稿料をうんと稼いで、同じ世代や後続の世代の才能ある人たちを世の中に押し出すようにしていった。同時に、作家の社会的地位をしっかりしたものにしようとして、志半ば、五十九歳で亡くなってしまう。

おそらく、もっと長く生きていたらテレビ局をつくったでしょう。大映の社長もやってますよ。そういう意味では、作家というよりは、むしろ名プロデューサー・名伯楽といいますか、昭和文学史の陰の力です。

でも、菊池寛は作家として幸せだったのではないでしょうか。たとえば、芥川はもう一行一行に凝っていく人で、結局行き詰まってしまう。久米正雄のほうはヨーロッパのカーニバルを真似た鎌倉カーニバルというのを立ち上げたり、妙に芸能人ぽくなっていく。そうやって菊池寛の同期の人はみんな脱落していく。最初は、芥川や久米と比べて自分には才能がないと、悔しかったと思います。彼らのように書けないから、大衆小説のほうへ行ったことは悲しかったかもしれませんけど、でも何百万という読者が毎日興奮して自分の作品を読んでいるわけですから、それはそれで立派な素晴らしいことです。

ま、菊池寛が幸せだったかどうか、わたしが軽々にいうべきことではありません。しかし、作家としてはいい人だったなあと思います。

＊『父帰る』の引用は、『ちくま日本文学全集21　菊池寛』（筑摩書房、一九九一年）による。

三島由紀夫

①同前『サド侯爵夫人』への書き込み（『決定版　三島由紀夫全集　第二十四巻』新潮社、二〇〇二年）（提供：遅筆堂文庫）

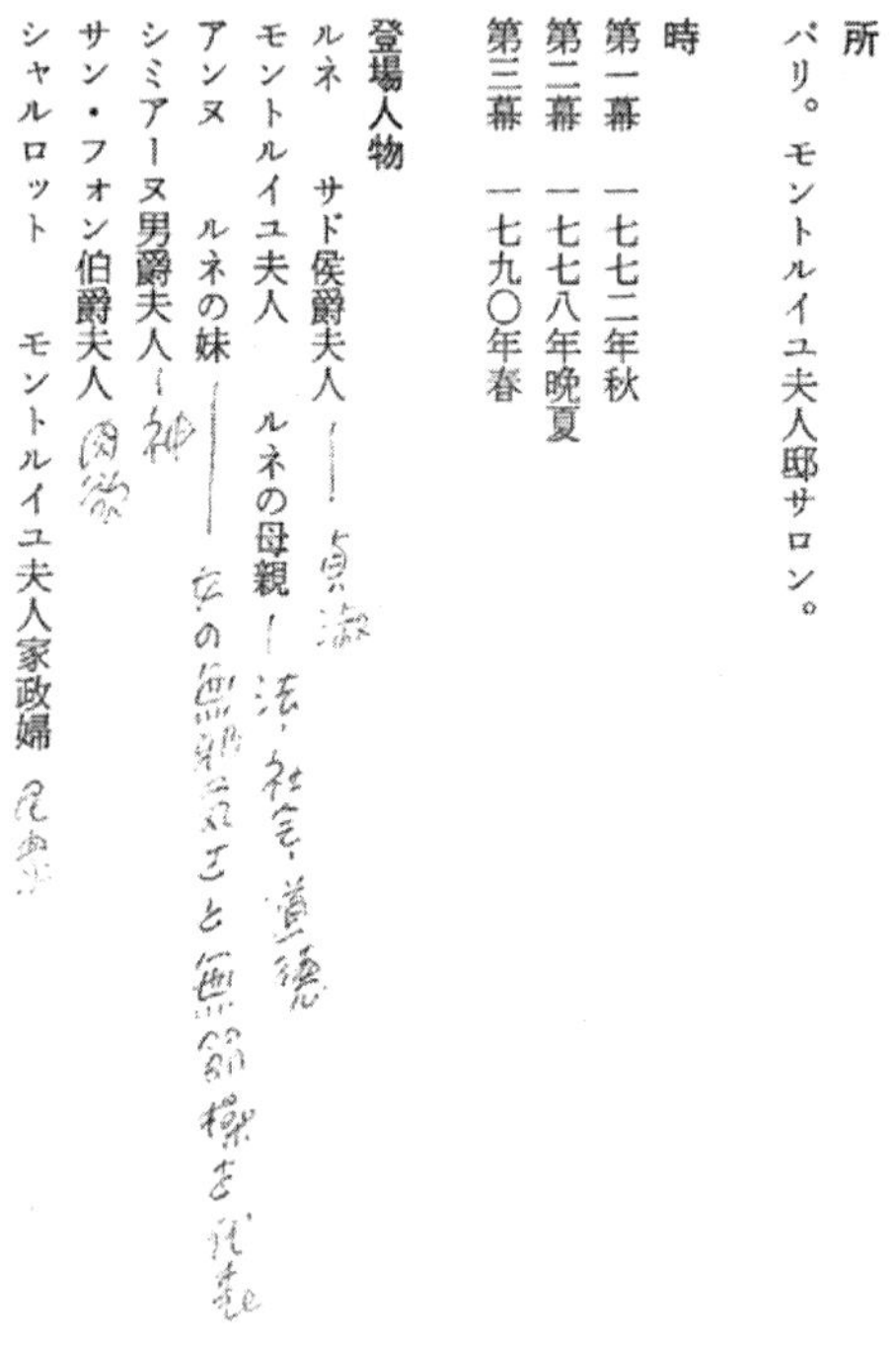
所
パリ。モントルイユ夫人邸サロン。

時
第一幕　一七七二年秋
第二幕　一七七八年晩夏
第三幕　一七九〇年春

登場人物
ルネ　サド侯爵夫人 ― 貞淑
モントルイユ夫人　ルネの母親 ― 法・社会・道徳
アンヌ　ルネの妹 ― 女の無邪気さと無節操を代表
シミアーヌ男爵夫人 ― 神
サン・フォン伯爵夫人　肉欲
シャルロット　モントルイユ夫人家政婦　民衆

第一幕

サン・フォン伯爵夫人　（乗馬服で、鞭《むち》を片手にいらいらと歩きまはる）とんだお招きね。馬の稽古のかへりに、ちよつと立寄つてくれ、といふたつてのおたのみだから、かうしてはじめてのお宅へ伺つてみれば、思ふ存分待たせて下さるんだわ。

シミアーヌ男爵夫人　モントルイユの奥様を、そんなにわるく仰言《おつしや》るもんぢやないわ。お婿さんのことで気も顚倒《てんたう》していらつしやるんでせうから。

サン・フォン　まあ三月《みつき》前のあのことでまだ？

シミアーヌ　月日もあの方の御心労を、少しも減らしはしなかつた筈ですわ。それにあのことがあつて以来、私たちは一度もモントルイユの奥様にお目にかかつてゐないんですものね。

サン・フォン　あのこと、あのこと。私たちはどこでも、いつでも、「あのこと」と言つて、目くばせして、意味ありげに笑つて、それですまして来たんだわ。ありていに云へば、（ト鞭をヒュッと鳴らす。シミアーヌ顔をおほふ）これだけのことぢやないの。

シミアーヌ　サン・フォンの奥様。そんなおそろしいことを！（ト十字を切る）

同前

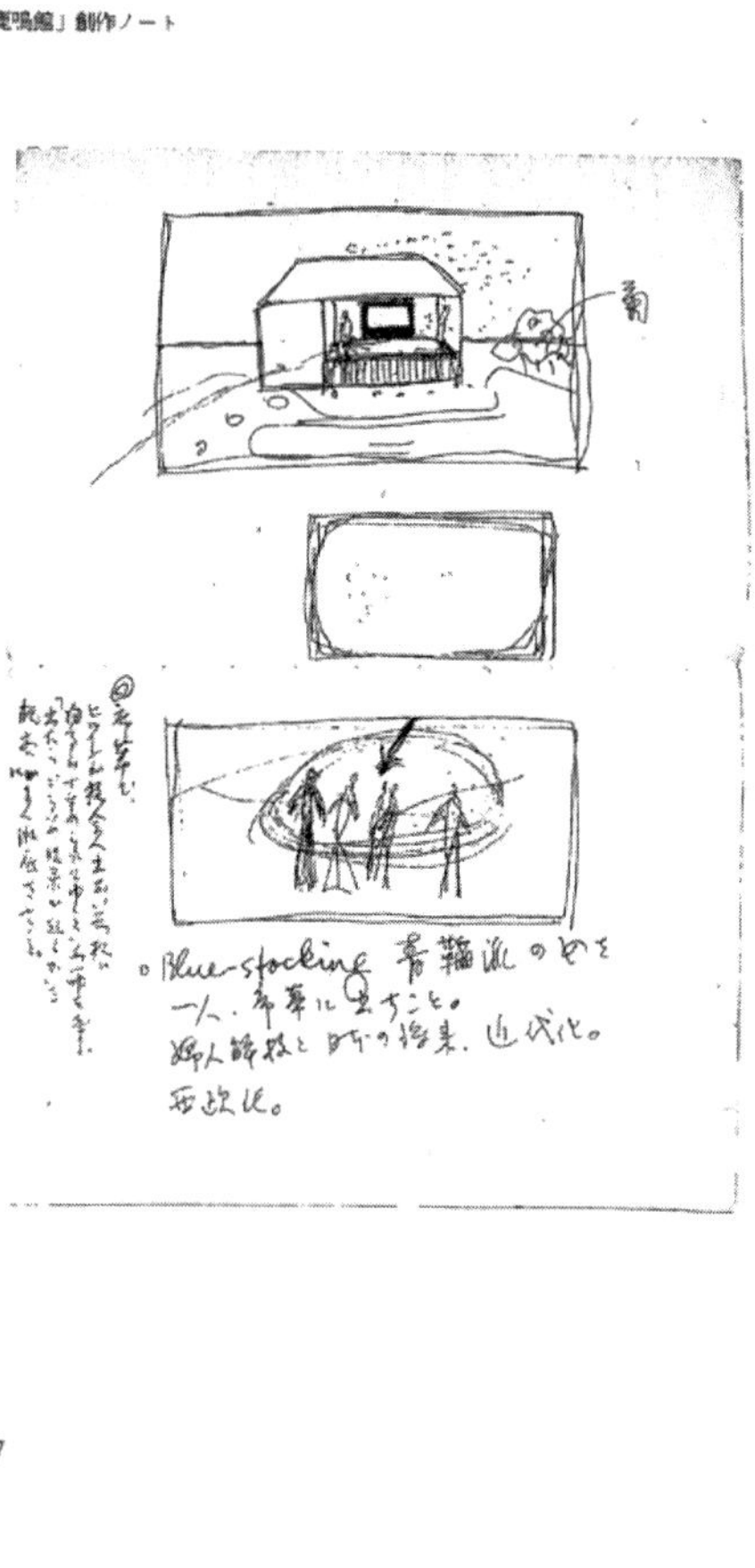

②伯爵と団長の対話。あの息子に父を殺させること。父を憎んでゐるから。そして伯爵は誰も暗殺をさせない〔「させない」抹消〕してゐるとは思はぬだらうといふ。

第二幕

①恋人を呼び、やめてくれといふ。

②伯爵と夫人の論争（今日ハ乱入はない故、やめてくれ、といふ。マッキャベリズムはよくない。政治論）

③伯爵、夫人の息子あるを知り　嫉妬にかられる。

第三幕

①夫人が洋装であらはれる。

②伯爵の陰謀――ある事態がなくなつたら　その事態を作るのだ。それが政治だよ。

＊〔囲み罫、朱書〕

672

②講座当日配付された『鹿鳴館』創作ノート（『決定版　三島由紀夫全集　第二十二巻』新潮社、二〇〇二年）と『芝居日記』の抜粋（同、二十六巻、二〇〇三年）（提供：遅筆堂文庫）

** まだ○を愛してゐるといふ。

*** ここからあとハ第二幕が可か？

**** 恋人告白。「実はあなたの子は家出してしまつた。すまん」といふ。「私はあいつを愛してゐた」といふ。――夫人は答へず。〔囲み罫、朱書〕

***** 「あなたの政策は女のやるやうなことをやつてゐるんです」「だから女の助力をたのんでゐるではないか」〔囲み罫、朱書〕

****** 〔囲み罫、朱書。「第一幕」から「ある事態がなくなつたら　その事態を作るのだ。それが政治だよ。」まで朱書で抹消〕

(一)

①今夜乱入*のニュースあり。――Bが門外の馬車で指揮をとる。この機に、Aは、Bの息子を遣はし、Bを殺させんとす。

芝居日記

一

昭和十七年正月第一部　㊙歌

日　：不明

人　：橋祖母、母、公威

出シ物：一番目　和布刈神事《めかりのしんじ》

　　所作事　二人袴《ふたりばかま》

　　二番目　石切梶原《いしきりかじわら》

○一番目は少し遅れ静《しずか》の出よりみる。羽左《うざ》の義時、宗十郎の頼朝よし。大詰のチョボ入りの一幕は幸四郎の大熱演、大落しで高二重からころげおちようとする後向きの見得、見物《みもの》なり。二人妻は宗の方に点が入る。

文学座創立二十周年記念公演

三島由紀夫さんの作品は、きっと皆さん何か読んでいらっしゃると思いますが、今回、『鹿鳴館』と『サド侯爵夫人』の二つを読んでいただいて、テキスト分析をしていきたいと思っています。テキスト分析というのは、演出家の目になるということです。観客も実は演出家ですから、観客もそれくらいの読み方、観方をしないと芝居は面白くないわけですね。ぼんやり観ていると、それだけのものですけれども、読み込んでいくと、これまで劇場でご覧になった同じ芝居が、格段に面白くなる。演劇に対する教養があれば、その芝居が、深く、大きく見えてくる。それを代表してやっているのが、実は演出家なんです。ここを観てほしいからこの場面を際立てる、ここところこの場面をつなぐと、この作品は別の解釈になっていく……。

要するに、演出家はお客さんになり代わって、この作品はこうなんだからこう観てほしいというふうに、稽古場で芝居をつくっていくわけです。ですから、その作業を演出家とはまた違う方法で観客もやらないといけません。そうすると演出家の芝居の解釈と観客の解釈がぶつかって、そこに面白いことが起きてくる。

今日これからお話しするのは、わたしが、皆さんと一緒に観客となってこの芝居を観るときに、どういうふうに観ればいいのか、どこが面白いのか、何が大事なのかということを考えながら、この作品にぶつかっていくということになると思います。

まず『鹿鳴館』ですが、これは、文学座の創立二十周年記念連続公演として、文学座が三島由紀夫に戯曲を委嘱《いしょく》したものです。文学座が創設されたのは昭和十二（一九三七）年九月。その間に、あの大戦争があったわけですが、文学座は戦争中もつぶれていません。戦争中の文学座は、ある意味では政府の劇団となって、石川県小松市に劇団ごと疎開して、[*1] 当地の小松飛行場や陸軍などの施設で慰問公演をしていました。これを、移動演劇[*2]といいます。

ここは、ちょっと説明が必要ですね。昭和二十（一九四五）年の五月に、戦時教育令が公布されます。本土決戦に備えて、国民学校初等科――いまの小学校一年生から六年生までですね――を除くすべての学校の授業が停止される。授業せずに何をしたかというと、中学校、女学校、専門学校、すべて学徒勤労動員でいろいろな工場に働きに出ました。その多くは兵器工場です。男も女もすべて、飛行

＊1　小松市にある小松製作所の社長は、中村伸郎の養父だった。その縁で、文学座は石川県に疎開を決め、劇団ごと疎開した。

＊2　一九四〇年から移動演劇の取り組みはおこなわれており、四一年六月には、岸田國士を委員長とする日本移動演劇連盟が結成され、加盟団体が増えた。

機、弾薬、鉄砲などをつくる工場に配置されて、泊まり込み、あるいは通いで工場で働いたわけです。

たとえば、仙台の第一高女（宮城県第一高等女学校）や第二高女（宮城県第二高等女学校）の生徒たちは、鎌倉まで勤労学徒動員に行っています。鎌倉って、普通は修学旅行で行くところでしょ。鎌倉の先には東洋一の軍港・横須賀がありますから、そこを護るための陣地づくりを、東北の女学校の生徒たちがやるわけです。皆さんのお知り合いで第一高女か第二高女出身のおばあさんがいらっしゃったら話を聞いてみてください。必ず誰か行っています。ぼくが話をお聞きした方たちは、「もう鎌倉、絶対いやです」「あんなひどい娘時代はありませんでした」といっていました。

さらに六月になると、連合軍の本土上陸に備えて、全国を北海、東北、関東信越など八つのブロックに分けた地方総監府という制度をつくります。というのは、中心の関東地方が占領されたとなると敗けたことになってしまうので、日本全国を八つのブロックに分けて、それぞれを独立させて生き残りを図ったわけです。実際、アメリカ軍、連合軍は、昭和二十年十一月に九州から上陸する作戦と、翌年三月一日に九十九里浜と相模湾の二ヵ所から首都・東京を制圧するという作戦計画[*3]を立てていました。司馬遼太郎さんは、その本土決戦のために満洲（現在の中国東北部）から栃木県の佐野に移動してきた戦車部隊の小隊長でした。

＊3　一九四五年五月末、アメリカ統合参謀本部は日本本土への上陸計画「ダウンフォール作戦計画」を認可し、二つの作戦を策定した。ひとつは、一九四五年十一月一日に宮崎海岸、志布志湾および吹上浜の三地点から上陸して南九州に航空機の基地を確保する「オリンピック作戦」。もうひとつが、一九四六年三月一日、九十九里浜と相模湾から上陸して、東と西からの挟み撃ちで東京を占領する「コロネット作戦」。

有名な話があります。連合軍の上陸部隊が東京へ入ったら、東京から佐野のほうにたくさんの人が逃げてきますよね。そうすると、東京に向かう戦車隊とぶつかることになる。そこで戦車部隊の誰かが、東京から来た参謀に、そのときどうしたらいいのかと訊きます。するとその参謀は〝轢《ひ》っ殺してゆけ〟といった。それを聞いた司馬小隊長は、日本人のために戦っているはずの軍隊が、味方を轢き殺すという論理はどこから生まれるのか、と思ったわけです。こんな戦争で死ねるかと生き延びる覚悟を決めて、戦後、そういう軍隊のメカニズムについて一所懸命考えていく。

丸谷才一さんは八戸の戦車隊にいて、その部隊に一応戦車はあったのですが、その戦車に寄りかかったら、ペコッという音がした。中身は中古の自動車で、ベニヤ板に色を塗って、戦車らしく見せていたんです。こんなんで、国を守れるのか。こんな戦争をするのはおかしいんじゃないか。生き残ったら市民がしっかりしないといけない、と思って、丸谷才一さんは戦後、ずっと市民小説を書いていくわけです。

少し時代を戻りますが、敗色が濃くなってくると、芝居も自由にできなくなる。そこで翼賛体制におもねるかたちで、一九四一年六月に日本移動演劇連盟が結成されます。「くろがね隊」「あづさ隊」「はやぶさ隊」などの専属劇団ができるわけですね。それらの劇団は、自分の管内の軍需工場や陸海軍の病院をずっと回って慰問するんです。わたしが『紙屋町さくらホテル』[*4]で書いた「さくら隊」は、中国地方のお抱えの移動演劇劇団で、ご存じのように、八月六日の原子爆弾で、丸山定夫[*5]以下、ほとんどの隊員が死んでしまう。

さきにいいましたように、文学座も石川県で移動演劇をやっていましたが、戦争が終わってから東京に戻ってきて芝居を再開、昭和三十一年に創立二十周年を迎えたわけです。戦争を生き延びた劇団というのは珍しいんですよね。前進座[*6]も生き延びていますが、俳優座[*7]ができたのは昭和十九年二月で、民藝[*8]は戦後ですから、そういう時代を挟んで創立二十周年というのは、すごいと思います。

こまつ座も二十年たちましたけれども、文学座のような巨大な劇団にはなっていませんから、やっぱり、文学座はたいしたものだと思います。

またまた大分遠回りしてしまいましたが、その二十周年のときに、文学座が三島由紀夫に「戯曲を書いてほしい」と頼んだんですね。

それで調べてみると、昭和三十一年九月時点で、まだ脚本《ほん》ができていない。開幕は十一月末で、劇場はお濠端の第一生命ホール。つい、四、五年前までGHQ(連合国軍最高司令官総司令部)があったところで、六階にはマッカーサーがいたわけです。その八階にホールがあって、そこでは主に将校たちのための公演をやっていました。ダニー・ケイが来ていますし、ボブ・ホープも来ています。隣には宝塚があって、占領時代にはアーニー・パイル劇場と名前を変えられていましたが、

＊4　一九九七年十月、新国立劇場中劇場のこけら落とし公演として書き下ろされた。初演の演出は渡辺浩子。

＊5　一九〇一〜四五。築地小劇場の一期生。二九年、土方与志を中心に新築地劇団を結成して、三一年にプロレタリア演劇同盟に加盟。移動演劇櫻隊では隊長を務めた。

＊6　一九三一年五月創立。戦時中は疎開しながら移動演劇を上演した。

＊7　一九四四年、青山杉作、千田是也、東山千栄子、岸輝子ら十人の同人で結成。近代劇を上演するための俳優座劇場を建設し、附属俳優養成所

そちらは普通の兵隊さんのためにいろいろなショウをやっていました。

　そして、講和条約が成立して――いわゆる全面講和ではなく単独講和でしたが――日本が独立したわけですが、当時の東京には大きな劇場がありませんでした。そこで、ＧＨＱから返還された第一生命ホールを貸しホールとして一般に開放したわけですが、使用料が高くて気軽には使えない感じでしたね。それでも、文学座と初期の劇団四季*9はここを常打ちにしていました。

　さて、『鹿鳴館』に戻ります。その第一生命ホールで、昭和三十一年十一月二十何日（二十七日）から十二月九日まで上演されました。なぜ最終日の九日を覚えているかというと、九日に、ぼくが観に行ったからです。超満員でした。しかし、さきほどもいいましたように、上演二ヵ月前の九月末にはまだ脚本《ほん》ができていなかった。ぼくは、三島由紀夫さんとは、思想的にはある意味で正反対なのですけれど、この人も遅かったんだなと親しみが湧きました（笑）。

頭の十五分が勝負

　この人の作品は素晴らしいですよ。とくに戯曲は大変なものです。この人の芝居は、戦後といわず、日本の近代劇の歴史の中でベスト３に入ると思います。どういうふうに素晴らしいか、これから皆さんと一緒にテキストを読みながら考え

も開設した。

＊8　一九四七年結成の民衆芸術劇場を前身に、一九五〇年、滝沢修、清水将夫、宇野重吉、岡倉士朗らにより創立。旗揚げ公演はチェーホフ『かもめ』。

＊9　一九五三年、浅利慶太によって創設。創立メンバーは日下武史、吉井澄雄ら十名。アヌイ『アルデール又は聖女』『アンチゴーヌ』。ジロドゥ『間奏曲』で旗揚げ。

ていきたいと思います。

時

明治十九年（一八八六）十一月三日

天長節の午前より夜半まで

所

第一幕　影山伯爵邸内潺湲亭《せんかんてい》

第二幕　第一幕に同じ

第三幕　鹿鳴館大舞踏場

第四幕　第三幕に同じ

人

影山悠敏《ひさとし》伯爵

同夫人　朝子

大徳寺侯爵夫人季子《すえこ》

その娘　顕子《あきこ》

清原永之輔《えいのすけ》

その息　久雄
飛田天骨
女中頭　草乃
宮村陸軍大将
同夫人　則子《のりこ》
坂崎男爵
同夫人　定子《さだこ》
給仕頭　山本
給仕　川田、小西、等
職人　松井
女中　A、B

＊

伊藤博文、同夫人梅子
大山巌、同夫人捨松
英国海軍副提督ハミルトン、海軍士官ら
清国《しんこく》陳大使及びその一行
その他舞踏会の客大ぜい

最初に「時」というのが出てきます。登場人物とかいろいろ書いてあるところですね。この部分、うっかりサッと読んですぐ本文に入ってしまうんですよね。読んでいくうちにわかるだろう、と。でも、戯曲を読むときには、ここをじっと睨《にら》んでおくことが大事なんです。劇場に行って観る場合は、俳優さんがやってくれますから問題はありませんが、読む場合は、時、所、人をしっかり読んで、あるいは栞《しおり》でもつけて、読み進めていくときに、影山悠敏は伯爵、その奥さんは朝子だな、ということを常に確認していく。そうすると、どんどん読めるようになります。最初が大事なんです。

「時」は「明治十九年（一八八六）十一月三日　天長節[*10]の午前より夜半まで」。ここで、一日に起こったことを書いたのだとわかる。「所」は、第一幕が、影山伯爵の庭園内にある潺湲亭という茶室。第二幕は第一幕と同じ。第三幕は、鹿鳴館大舞踏場。第四幕も第三幕と同じ。

三島さん、ここで相当考えたみたいですね。つまり、これはフランスの古典劇のかたちなんです。ひとつの場所で同じ人物たちが二十四時間のあいだにさまざまな運命や出来事に出合いながら運命が変わっていく――。この形式は、ギリシャのアリストテレス以来の伝統的なもので、ラシーヌなどの十七世紀のフランス古典劇で確立したものです。そのひとつに「三統一の法則」というのがあります。

＊10　天皇誕生日のこと。ここでは、明治天皇の誕生日の十一月三日。

劇の筋、ないしは劇的行動が単一である。（行動の統一）
劇の事件の所要時間が二十四時間以内である。（時間の統一）
劇の事件の場所が単一である。（場所の統一）

という三つのことが全部一致しているというものです。ところが、三島さんは潺湲亭という茶室に加えて鹿鳴館の大舞踏場というのを考え出した。これは非常に近代的な考えです。つまり、第一幕が茶室で、幕が下りる。で、第二幕が開いても茶室。休憩の後、第三幕が開いても茶室。で、最後の幕になっても茶室……というと、なんだか茶室を見にきたのか芝居を観にきたのかわからなくなってしまう（笑）。そこで三島さんは、第三幕にバーンと派手な舞踏会場に場所を変えたわけです。しかし第四幕は、本来の古典演劇の美学からすると、もう一度茶室に戻らなくてはいけない。それが古典劇の理想的な構成なんです。ところが、第四幕は第三幕と同じ舞踏場です。

三島さんは、後日、『鹿鳴館』に不満があるとすると「幕の組み立てだった」と書いていますが、詳しくはいっていません。ぼくから見ると、三島さんは古典悲劇をかなり勉強してきて、それを使って現代的に書けないかと考えて、第三幕でまるで違う派手なところを見せたわけですね。それで最後にスッと庭に戻れば、最初に庭の茶屋で始まり、途中いろいろなことが起きて、最後もう一度茶室に戻ると、そこではみんなの運命が変わっていたということになって、完璧なんです。そうは思いながらも、結局、三島さんは第四幕も鹿鳴館の大舞踏場にしたんですね。

さらに三島さんのエッセイを丹念に読んでいくと、最初は舞踏場での踊りで幕切れとするという構想があったらしいのですね。ワルツかなにかで舞踏場が盛り上がったところで一瞬音楽が止み、そこに決まりのいいせりふを入れて、それで終わりたかった。もちろん三島さんはフランス古典劇のことを勉強していたでしょうから、その伝統に則って最後に茶室に戻ることも考えていたと思いますけど、どうしても舞踏場で音楽が盛り上がって、一瞬素になったときに、決めのせりふをパシッといって終わるというのをやりたかった。[*11] このとき三島さんは三十一歳。三十一歳の若者がこういうすごい芝居を書くってのは、ちょっといやな感じですよね（笑）。

ともあれ、このときの三島さんは伝統通りに行くか、自分が思いついた幕切れで行くか、そうとう闘ったんだと思います。だから九月になっても脚本《ほん》ができていないんですね。

ぼくは、その当時日録を付けていました。ぼくは、人にはうそをつきますけど――主に締切です（笑）――、自分にはうそをつかないと思っています。とにかく、この日録には感想ではなく、正直な事実だけを書いてあります。で、昭和三十一

＊11　《〔前略〕外国模倣を全く政策的便宜と考へるマッキャベリズムの貴婦人をヒロインにして、終幕を大舞踏会のカドリールで閉ぢようと考へてゐるのである。》（「作者の言葉」文学座『鹿鳴館』プログラム）

＊12　一九〇八～九一。俳優。文学座、劇団NLT、浪曼劇場、演劇集団円などで活躍。渋谷のジァン・ジァンでイヨネスコの『授業』を十一年間上演し続けたのはよく知られている。

＊13　一九〇六～九七。築地小劇場の研究生から劇団築地小劇場、築地座を経て、文学座創立に参加。文学座を代表する女

年のノートを引っ張り出してみたら、そこに『鹿鳴館』の配役が書いてありました。

影山悠敏伯爵＝中村伸郎《のぶお》。[12] 名優中の名優ですね。ちょっとシャープな感じで、小津（安二郎）さんの映画によく出てくる。社長の役をやっても洒脱で、でも、ときどきジワッと凄い目つきをする。せりふが達者で、どんなに速くいっても絶対に崩れない。大変なせりふ術をもった俳優さんです。

同夫人の朝子＝杉村春子。[13] 文学座ですから、当然そうなりますね。三島さんも杉村さんに当てて書いています。

大徳寺侯爵夫人の季子＝長岡輝子。[14]

その娘の顕子＝丹阿弥谷津子《たんあみやつこ》。[15]

清原永之輔＝北村和夫です。[16]

その息子の久雄＝仲谷昇です。[17]

飛田天骨＝宮口精二。[18] これは、手下を雇って、政治家の命令で暗殺したりするテロ集団の親分。このときの宮口精二は良かった。いまも目に浮かびます。

女中頭の草乃＝賀原夏子。[19] この人がとんでもない働きをするんですね。

宮村陸軍大将＝三津田健。[20] 三津田健、知らないですか。文学座の『シラノ・ド・ベルジュラック』のシラノ役を演じた名優です。

ぼくの印象では、飛田天骨の宮口精二がすごかったですね。第三幕には職人が

優。主な舞台に、森本薫『女の一生』、ウィリアムズ『欲望という名の電車』、有吉佐和子『ふるあめりかに袖はぬらさじ』など。

*14 一九〇八〜二〇一〇。俳優、演出家。文学座に入団後、芥川比呂志らと劇団麦の会を結成。数多くの舞台、テレビドラマで活躍した。

*15 一九二四年生まれ。俳優。劇団NLTでの活動のほか、数多くのテレビドラマに出演した。

*16 一九二七〜二〇〇七。俳優。文学座の『女の一生』『華岡青洲の妻』などで杉村春子の相手役を務める。杉村亡き後の文学座を支えた。

たくさん出てくるのですが、その大工の一人として三島由紀夫が出ていました。せりふはありません。観たときに、変な役者だなと思いましたね。だって、三島さんが鉢巻きして、どんぶり（腹掛け）着て、職人の格好で演っているわけですから、そこだけ変なんです（笑）。日録にも「作者が出るのは考えもんだな」と書いてある。

登場人物には当然モデルがいるわけで、まあ、モデル探しはどうでもいいんですけど、影山は井上馨《かおる》*21でしょうね。日本はその頃、幕末に結んだ不平等条約をどうにかして解消しようとしていたわけですね。このままでは、どうやっても貿易関係ではまったくの不利ですし、外国人が日本の国内で犯罪を犯したときも、日本が裁けない。年表上では、明治末までに解消されたことになっていますけど、実際はまだ解決していない。沖縄ではアメリカ兵の犯した犯罪を、日本人が裁けないんですから。

それはともかく、この芝居の舞台になっている明治十九年においては、日本も欧米に引けを取らない文明国であることをアピールしようと、井上馨を中心に開明派がどんどん文明開化を推し進めていた。その象徴のひとつが鹿鳴館です。日本人も浴衣を着て盆踊りを踊っているだけではなく、鹿鳴館のような西洋式の建物の舞踏場で、ローブ・デコルテを着てワルツを踊れるんだ、と。

十九世紀の後半から二十世紀の前半にかけて、世界じゅうで熱狂的に流行した

*17 一九二九〜二〇〇六。俳優。文学座の傍ら、映画、テレビドラマでも活躍。文学座脱退後は、劇団雲、演劇集団円の結成に携わる。

*18 一九一三〜八五。俳優。戦前から戦後にかけて、文学座の中心的俳優として活躍。小津安二郎『麦秋』、黒澤明『七人の侍』など映画でも名脇役ぶりを見せた。

*19 一九二一〜九一。俳優。文学座研究所の第一期生。劇団ＮＬＴの創立に参加。映画、テレビドラマでも活躍。井上ひさし作、ＮＨＫのドラマ人間模様『國語元年』にも出演。

のがワルツです。それまでにも三拍子のワルツというダンス形式はありましたけれど、当時流行ったのはウィンナ・ワルツといって、ウィーンでつくられた独特なリズムです。その頃のウィーンにはワルツを踊る場所が二千ヵ所もあって、楽器が弾ける楽士さんは仕事がありすぎて困ったといわれています。それが日本にも直《じか》に及んでいたわけですね。ウィンナ・ワルツを踊れない国は、未開の国である、と。

また寄り道してしまいましたが、芝居に戻ります。

演出は松浦竹夫[*22]さん。先年（一九九八年）亡くなられましたが、文学座も偉いですよね。三島さんより若い演出家の一本立ちとして、この創立二十周年企画を任せたのですから。松浦さんはそれまで演出助手をしていたのですが、三島さんも信頼していたのですね、「松浦君のためなら」と。そして舞台装置は伊藤熹朔《きさく》。千田是也さんのお兄さんです。

第一幕は影山伯爵邸の広い庭内の小高い丘の上にある茶室、潺湲亭から始まります。手前には細い川が流れていて、前栽《せんざい》の菊、飛び石などがあって、上手《かみて》のほうには日比谷の練兵場が見える。

この芝居を読む場合に注意しなければならないのは、三島さんの耳の良さです。かなり耳のいい人ですね。耳がいいというのは、よく聞こえるというのではなく、宮沢賢治と同じような耳の良さです。宮沢賢治は日曜日ごとに農学校の生徒を自

＊20　一九〇二〜九七。俳優。日活を経て文学座創立に参加。『女の一生』の章介役、『シラノ・ド・ベルジュラック』のシラノ役などで知られる。

＊21　一八三六〜一九一五。高杉晋作らとともに、尊王攘夷運動で活躍。維新後は参与、大蔵大輔、参議兼工部卿、外務卿などを歴任。第一次伊藤内閣の外相として、鹿鳴館をはじめとする欧化政策を展開し、不平等条約の改正に奔走した。

＊22　一九二六〜九八。演出家。文学座で『鹿鳴館』『十日の菊』など三島由紀夫作品を演出したが、『喜びの琴』事件で退団。劇団ＮＬＴを経

分の家に招《よ》んで、わんこそばやお菓子で釣って、朝から晩までレコードを回させ続けるんですね。たとえば、東京から届いたばかりのベートーヴェンの交響曲第六番「田園」のレコードをかけるのですが、賢治先生はそれを聴きながら、音を全部情景にしてしまうんです。[*23] 緑の木立の中を馬車が走って行く。そこから、貴婦人が一人降りてくる。帽子の羽根毛がゆれている……そんな具合に、音がすぐ絵になる人がいる。こういう人はほんとうに言語感覚が鋭くて、戯曲のせりふを書く場合には、この耳の良さが必要なんです。自分の書いたせりふの良し悪しは、耳が良くないとわからない。

午前十時。お客さんに見えるのは、潺湲亭を中心とする伯爵の庭です。おそらく二十年前までは、旗本の屋敷か大名の上屋敷で、それを元長州の下級武士の成り上がり者の影山伯爵が手に入れた。その影山伯爵を中心に、条約を改正して一等国の仲間入りをすべく懸命に文明国を目指す。

そう考えると、この芝居を第一生命ホールでやるというのは、非常に大きな意味があることになります。懸命な努力の結果、ようやく一等国の仲間入りをしたにもかかわらず、昭和二十（一九四五）年の敗戦で、日本は四等国に落ちてしまった。そこからアメリカの庇護のもと、頑張って頑張って、やっと独立を果たしてまだ五年も経っていない。そのときに、マッカーサーがいた建物で、この芝居を演るという、いまでは考えられないある面白さがあったんですね。この辺も大事

て浪曼劇場を旗揚げするが三島の自決後に解散。五〇年にテアトロ〈海〉を結成した。

*23 八一ページ参照。

なのですが、この芝居の素晴らしさは、そういう時代背景を取っ払っても成立しますから、あまりそれにこだわらずに進んでいきましょう。

杉村春子さんの扮する朝子が入ってくるまで、大徳寺侯爵夫人の季子と宮村陸軍大将夫人の則子の二人で、四方山話《よもやまばなし》をしながら朝子のことを語っていくというかたちになっています。この芝居の「入り」についてですが、歌舞伎などでは「今日はいい天気で、この浅草寺の門前も落ち葉で一杯だったけど、なんとかやっときれいにした」といった、芝居と関係ないようなせりふを入れる。相撲の仕切りと同じで、真剣に観なくてもいいけれど、そういうせりふを入れながら少しずつ盛り上げていくという手法を取っています。

われわれなんかだと、いきなり最初からバシッとやって、このせりふを聞かないとこの芝居はわからなくなりますよ、だから時間通りに来てください、脚本《ほん》はたとえ遅れても（笑）。ともかく、最初から面白いですよ、最初から重要な情報が出てきますよ、と。われわれは頭の十五分間が勝負だと思っています。まあ、江戸の歌舞伎の時代に比べると、それだけお客さんの気が短くなってきて、頭の十五分が面白くないとダレちゃうんですよ。ダレたものを観せられると、これだったら家でサッカー観ていればよかったとか、飲み屋でちょっと焼き鳥でも食べていたほうがよかったとか（笑）。

この昭和三十一年の頃は、まだそういう時代ではないし、江戸時代であればもっとたっぷり時間があったので、ある程度の前置きがあって自然に芝居が始まるのを良しとしていたんですね。『鹿鳴館』は、現代と江戸の中間です。非常に重要な情報を入れながらも、ヒロインはしばらく温存しておいて、大体の状況がわかったところで、ヒロインの杉村春子さんがパッと出てくる。

最近の若い人の芝居で、まず最初に語り手が必要な情報をしゃべるというのが多いでしょう。前にイプセンの『人形の家』を分析したときに[*24]、最初のせりふの置き方で、いま出ている人と、相手の人と、それから空間的な情報が見事にわかるように書いてある、と申し上げました。でも、この頃の世の中は忙《せわ》しくなって、語りで全部説明してしまう。それが、けっこう多いんですね。

大体、俳優が客席に向かってものをいうのは、なかなかの大冒険だったんです。というのも、従来の劇場においては、舞台と客席がきっちりと分けられていたからです。舞台の上はうその世界、うその中で真実を輝かせる舞台の世界。客席はそれを観に来た観客の世界。この関係はかなり確乎としたものであって、これを壊すのは大変なことだったんです。

歌舞伎などは「成田屋」「成駒屋」と客席から声が掛かると、役者がチラッと応えるというふうに、ある程度の客席との応答があるのですが、近代劇では、舞台の三方の壁の他に、舞台と客席とのあいだに透明な「第四の壁」があるという設定でやってきましたから、語り手がその壁を通り越して客席に語りかけるという

＊24 『芝居の面白さ、教えます――井上ひさしの戯曲講座』海外編「イプセン」の項。

のは、かなりの冒険ということになるんです。

皆さんも実際に脚本を書いてみるとわかると思いますけれど、語り手に状況を説明させるというのはむずかしいんです。たとえば、「ここはわたしの寝室です」「これが妻です」「これが愛人です」「これは第二の愛人です」「いま、三人がぶつかったらどうなるでしょうか」なんていっぺんに説明してしまうと、なんか面白くないですよね。そこを三島さんは、いろいろな手を使いながら、うまいこと芝居をやわらかに始めていく。

一幕の後ろのほうで久雄君というのが出てきます。この久雄君は、清原永之輔という後藤象二郎《しょうじろう》*25みたいな自由民権派で反政府派のリーダーと、若き日の芸者の朝子とのあいだに生まれた子どもなんですね。その後いろいろあって、朝子はいまは影山伯爵の奥さんになっている。その証拠は体の傷なんです。一幕の一番お終いに、朝子が「私は知っていますよ。あなたのお背中の右にある、小さな紅葉のような形の痣《あざ》も。あなたの左のお膝《ひざ》にある小さな細い疵《きず》あとも」と。これは、歌舞伎や大衆演劇でさんざんやる手なんですよ。でも、新劇の演技法にはない。

このときの久雄役は仲谷昇さんなのですが、仲谷さんがどう演じたらいいかわからないで困っていると、三島さんが「照れないで、歌舞伎でやって下さい」って。「右の痣」というときには意識を右の肩辺りにもっていき、「左膝」というときは意識を左膝にもっていく。それが大いに受けたので、それから仲谷さんは大

＊25　一八三八〜九七。民権家。坂本龍馬の公議政体論に賛同し、徳川慶喜に大政奉還を説いた。維新後は、板垣退助らと民撰議院設立建白書を提出。自由党の結成に加わる。

袈裟に演じることができるようになったそうです（笑）。

つまり、当時の新劇には、こんな大メロドラマはなかったわけですね。別れた子どもに本当のことをいえずにいる苦しさ、そして別れてもずっと思い続けている清原との関係――まさに大メロドラマなんです。

三島さんには『芝居日記』という劇評集がありますね。学習院の中等科三年生（昭和十七年一月）から、東京大学を卒業した昭和二十二年十一月までに自分が観た歌舞伎や能、バレエなどの鑑賞記録です。それを見ると、三島さんは十六歳から十八歳の頃、お母さんとおばあさんと一緒に歌舞伎を徹底的に観ている。芝居を肌で知っているんですね。三島さんには、『仮面の告白』、『潮騒』、『金閣寺』といったいい小説がありますけど、いまから思えば、あの人は、劇作にその腕のほどを集中すべきでしたね。

大メロドラマとしての『鹿鳴館』

幕が上がると、誰もいません。ぼくの記憶では、庭に流れていく川があって、チョロチョロと水の音がしていたと思います。周りにはたくさんの花があって、それをしばらく見ていると、女中頭が望遠鏡を抱えて出てくる。これがうまいんですよね。大きな庭、茶室、水の流れ、そこへ着飾った四人の上流階級の夫人たちと娘（大徳寺侯爵夫人季子とその娘顕子。宮村陸軍大将夫人則子、坂崎男爵夫人定子）を案内しながら、女中頭が望遠鏡をもってくる。この手はさすがに三島さんという感じですね。

最初のせりふが女中頭の草乃の「どうぞこちらでおくつろぎ下さいまし。奥方様はおっつけお見えになりますから」。このせりふで、この三人の夫人と一人の娘はこの家の人ではなく、お客人だということがわかる。案内してきている人たちにいっているようで、お客さんにいっているんですね。「杉村春子はおっつけお見えになりますから」と予告をしているわけです（笑）。

女中頭から望遠鏡を借りた夫人たちが、望遠鏡を覗きながら眺めているような感じで、お客さんにこの場所を説明していく。それで、この茶室が小高いところにあることがだんだんわかってくる。つまり、自分たちは天皇のいる皇居よりも高いところにいて、その皇居では天長節の祝い事がおこなわれている。それを示すように、かすかな風に乗って軍楽隊の音が聞こえてくる。当時のことですから、きっとどこか外国のマーチですよね。そこにこんなせりふが挟まれています。

則子　あ、見えたわ。主人のあの髭《ひげ》。〔中略〕……まだこちらを向いてる。（望遠鏡を目から離して胸にかかえ）どうしましょう、こんなところから観兵式の覗《のぞ》き見をしているとわかったら。

定子　大丈夫。むこうから見えるわけがありません。

このギャグの後ろにあるのは、江戸時代、遠眼鏡《とおめがね》をもってはじめて大山《おおやま》に登って、下を覗くと自分の家は見えない。家からは大山が見えたのにおかしい（笑）、という話ですね。この場面、すごく受けたという印象があります。そんな変な遠近法を使いながら望遠鏡を覗いていると、外国式の軍楽隊のマーチに乗りながら日比谷の練兵場でやっている観兵式から上がる砂埃が見える。

ここはチェーホフの感じが入っています。そして奥さんたちははしゃいで、うちの亭主の髭がどうのこうのとかいっているのですが、その中に一人、浮かない顔をした娘がいる。観客は、この娘はどうしたのだろうと気になり始めて、ふっと、観客の目がその娘に行く。実はこの娘の顕子は、この一日のあいだにいろいろな人の運命を変えてしまう、最初の鍵をもっている人なんです。

ここで非常にうまいなと思うのは、観客の視線が一人沈んでいる娘に行った瞬間に、季子が「それにしても天長節は、どうしていつもこんなに美しい小春日和なんでしょう。冬の来る前の、秋の最後の花々しい一日。菊の匂い。朝の澄んだ乾いた空気。……ごらんなさい」という。こういうところが三島さんのせりふの特徴ですね。

とくにこの芝居は、三島さん自身、大メロドラマをものすごい文体のせりふで書いてみようという大実験ですからね。歌舞伎さえも顔負けするような大メロドラマをつくり、フランスの古典劇譲りの、レベルの高い修辞とさまざまな工夫をめぐらした大変質の高いせりふを書いている。いまはもう、こういうせりふを書ける人はいなくなりました。このせりふにあるように、十一月三日、いまの文化の日、昔の天長節は、大体雨が降らないんです。ほんとうに明治の頃から降らなかったみたいですね。三島さんは、十一月三日の天気を実際に気象台に行って調べています。こうしたみんなが思い当たるせりふを入れて、観客をこの場所へ抱き込んでしまう、そういううまさですね。

季子が、その娘に遠方を指さして、こういう素晴らしい庭にいるわけだから、「お前の悲しそうな顔は、この眺めには似合いませんよ」というと、娘さんは、「でもお母さま、悲しい気持の人だけが、きれいな景色を眺める資格があるのではなくて？　幸福な人には景色なんか要らないんです」という名ぜりふをいうんです。

それに対して、母親の長岡輝子さんが、「そうするとこのお庭の持主も、幸福ではなさそうね」と。この辺は「やめてくれ」といいたくなるほど、うまいんですよ。これから起こることを予見しているわけですね。

この芝居は、そのあとに新派などで何回も何回も上演されて[*26]、底の浅い戯曲だという意見もあるのですが、ぼくは違う意見をもっています。これについては、

＊26　一九六二年十一月、新橋演舞場。戌井市郎演出。水谷八重子が影山朝子役を演じた。六七年にはNLTが紀伊國屋ホールで、七二年には松竹が日生劇場、八二年には東宝が帝国劇場において佐久間良子の影山朝子役で、それぞれ上演している。

後で申し上げます。

杉村春子さんの演《や》る奥方の朝子は、新橋の芸妓《げいぎ》の出身なのですが、杉村さんが新橋の芸者上がりの貴婦人をやってしまうと、もう他の人ではこの役はできないですね。ぼくは佐久間良子さんの朝子を観ましたけれど、新橋の芸者あがりの貴婦人という感じが、残念ながら出てこない。だから、この作品の不幸は、杉村春子さんが亡くなったことです。いい芝居は誰がやってもいいのですが、あまりにはまった役者が演ると、他の人が演ると成立しないことがある。この朝子は、その典型です。

男爵夫人の定子は、朝子のことを「あの引込思案はどこから来るんでしょう。やっぱり出を憚《はばか》っていらっしゃるんじゃないかしら。新橋の名妓《めいぎ》だったということで、そんなにこだわらなければならないのが、私共にはわかりませんわ。一度でも私共がそんな素振りで、わけへだてをしてお附合《つきあい》したことがあったかしら」といっていますが、実際は軽蔑しているわけですね。

それに対して季子は、「それを仰言《おっしゃ》るものじゃないわ。でもそればかりでは決してないのよ。私はどなたよりもあの方をよく知っているという自信がありますの。〔中略〕あの方は、いわば男女の色恋の専門家だったわけですわ。でも私共女は多かれ少なかれ、そのほうの博士《はかせ》じゃございません？　殿方はいわば技師で、学理を受け持つのは私たちですもの。……それであの方は政治がおきらい。すべて公式なことがおきらい。だって公式な事柄が、嘘いつわりのはじまりですもの。殿方の嘘つきは、みんな公式の世界で養われてゆくわけですもの」と。

つまり、色恋の専門家である新橋の芸者は、かよわい女が身を護るためにうそをつくのだけれども、男というのは、うそを上手につけばつくほど偉大な政治家なんだというわけです。だから、あの人はダンスも習っているし、夜会服もたくさんもっているんだというようなことをいっているうちに、陸軍大将夫人の則子が、「いらしたわ、いらしたわ、泉水のそばの道をのぼって」という。お客さんも待っていた朝子の登場です。

朝子が出てくるまでに一時間もかかってしまいましたけど、芝居は最初の十五分が第一の勝負ですから。

昭和三十一年当時の日本の文学界、詩や小説や戯曲を含めて、これほどの大メロドラマで、しかもこんな高踏的なせりふでやるというのはかなりの冒険で、実際、「わざとらしい」とか「ほんとうに駄目な作品」だという評価が圧倒的でした。ぼくがこの芝居を観たときは、浅草のフランス座の文芸部員[*27]で、それからすぐ辞めてしまうんですけど、すごくショックを受けました。

「え？　文学座はおれのやりたいことをなんでやるんだ。ちょっと待ってくれ」という感じです。もちろん、当時はそんな力はなかったのですが、自分もこういう芝居をつくってみたいと思っていたんです。メロドラマというと否定的にいわ

＊27　上智大学外国語学部フランス語学科に復学した後、学業の傍ら、浅草のストリップ劇場フランス座の文芸部兼進行係となり、台本も書きはじめる。

れることが多いのですが、そうじゃないんです。古来日本人は、人間が生きていくうえで行き合う悲しいことやつらいことを物語にしてきました。

たとえば、会えば必ず別れが来る、これは人間の宿命ですね。生まれたら死ぬ。そういう再会の喜びとか、愛の尊さ、そしてその愛が日常となったときのあの煩わしさ、とかですね。人間の本質をわかりやすく表現するために、いろいろなストーリーをつくってきたわけです。ところが近代になって、そういうメロドラマ的なストーリーを否定する動きが出てきた。

しかし、どんなに超近代的な社会になっても、われわれ人間は、生身で生きていますから、恋し合ったり、愛し合ったり、別れたり、喧嘩したりする。それはまったく変わらない。そのエッセンスを演劇という形式で表現したのがメロドラマで、それを否定するのはおかしいという考え方に立って、三島さんが意識して超メロドラマを書こうとしたことは、当時にあっては、大冒険でした。

ぼく自身も、なぜそういうものを無視して日本人のための芝居が書かれるのか、と考えていたわけです。それはぼく一人だけでなく、他の多くの人たちも考えていたことです。そこへ、新劇の三大劇団のひとつの文学座が大メロドラマをやった。わたしにとっては、大変衝撃でした。

ここで、十五分ほど休憩にします。

透徹した政治に対する考え方

出だしの十分くらいのあいだに、三島さんは観客席といろいろな契約をしていくわけですね。その契約が成立して、朝子というヒロインが登場するところまで見てきましたが、三島さん自身、朝子は杉村春子さんを想定しているので、杉村春子の演技力が引き立つように、引き立つように書いている。

そして、明治十九（一八八六）年には東京でコレラが大流行して、なおかつイタリアから、日本最初の本格的なチャリネ[＊28]のサーカスが来ている。そういうところを、三島さんはうまくせりふに織り込んでいます。たしかこの年、チェーホフが樺太から日本に来るはずだったのですが、日本でものすごくコレラが流行っていたので上陸できず、そのままシンガポールに行ってしまった。惜しいことをしました。チェーホフが仙台に来てくれればね――。

第一幕の真ん中辺りで、顕子が心を寄せている書生の話が出てきて、昨夜、その書生が顕子に別れを告げにきたことがわかります。

顕子 〔前略〕何度伺っても、わけは仰言らないの。でも私にはわかりましたの、あの方はきょう、何か命を賭《か》けたことをやろうとしていらっしゃるんだって。

＊28　チャリネはイタリアの曲馬団。日本には一八七四年、八六年、八九年に来日している。このサーカス興行は大評判となり、以後「チャリネ」はサーカスの代名詞となった。顕子のせりふに、《あの、……夏のおわりでございますわ。まだコレラがはやっていて、父は外出をゆるしませんでしたけれど、母と二人でこっそり抜け出して、チャリネの曲馬を見にまいりましたの》とある。

朝子　どうしてそれが……
季子　だって自由党の残党たちが、鹿鳴館に反対してさわいでいますわ。
朝子　その書生さんがそうだとわかりましたの？
季子　その人のお父さまが有名な方なんです。名前をきくだけで怖《おそ》ろしがられている、反政府派のリーダーですわ。清原永之輔って御存知ないこと？
朝子　（動顚《どうてん》して）えッ清原……。

朝子がこの名前を聞いたときの反応は、ほんとうに芝居のし甲斐があって、女優冥利に尽きるでしょうね。一方、顕子の母親の季子は侯爵の奥さんですけれども、意外にもののわかった人で、若い二人を一緒にしてやりたいと思っている。「きょうの怖ろしい一日を無事にすませて、誰も無傷のまま明日《あした》はこの子を、あの方と一緒にどこか遠いところへ逃がしてやりたいと思いますの」
三島さんの創作ノートを調べてみると、二人は横浜へ行くつもりなんです。横浜から船に乗ってアメリカに行く。その当時の船会社の船の名前とか、出港の時間などをよく調べています。ですから、書いてはありませんけど、三島さんの頭の中では、この二人は次の日に汽車で横浜へ行って、横浜でしばらく隠れ、便船を捕まえて船でアメリカに行き、ほとぼりをさますことにしていたわけですね。で、お母さんはそのあいだ、こっちでいろいろ説得したり、根回しなどして、二人の結婚をあちこちに呑み込ませて、そして呼び戻すという作戦ですね。

そして一幕の最後で、その書生、久雄が朝子から自分が実の母だと明かされて、「……あなたはそれで僕の父を愛していらしたんですか？」と訊きます。杉村さんの扮する朝子が、「ええ、心からお慕いしておりました」と、そのときに上手《かみて》からドーンと大砲の音が轟《とどろ》く。手練《てだ》れといいますか、とてもうまいですよね。

久雄は、朝子の夫の影山伯爵を殺そうとしている。なぜかといえば、影山伯爵は文明開化派で、ヨーロッパ列強と文化の面でもちゃんと五分《ごぶ》に対しようと、鹿鳴館でダンスをやったりしながら不平等条約を改正しようとしている。朝子は、そういう方針に反対する反政府のテロリストが、自分の夫を殺そうとしていると思い込んでいるのですが、最後の一行で、久雄が「僕が今夜暗殺しようとしているのは、僕の父なんです」といって、ここで幕がぱっと下りる。はったりもいいところですが、はったりもここまでくるとやっぱりすごいんですね。

それで、第一幕、第二幕を続けざまに演って、第二幕と第三幕の間に休憩がある。もちろん続けてもいいのですが、第一生命ホールの初演のときは、第二幕が終わって休憩がありました。第二幕が終わる寸前、影山が女中頭の草乃に「お前は奥さんに忠実だな。……実に忠実だ。……奥さんはいつも褒めておる。……実に忠実だ。……」といきなり草乃を抱きしめる。これもすごい幕切れですね。大袈裟にいうと、味方から敵に回ってしまったわけです。この女中頭は、朝子のもっている秘密をこの御亭主に明かしてしまう。これは、実に上手な手ですね。面白いから、第三幕の幕切れだけ見てみましょう。さきほどいいましたように、この第三幕には三島さんが大工役で出ています。ここまでにいろいろあって、結局、乾杯で終わるんですね。

季子　（影山に）乾杯の言葉を仰言ってね。
影山　何しろ天長節ですからな。聖寿万歳と行きましょうか。
季子　あなたが仰言ると不敬にきこえますわ。

これは、三島さんのある一面ですね。彼は決して頑迷な国粋主義者ではないんです。それでも、皆さんの中にも、イラク派兵[*29]という厳しい情勢の中にあって、自衛隊に決起を呼び掛け、クーデターを起こしかけた三島由紀夫を、なぜいま取り上げるのか、それは少し問題である、と思われる方がいると思いますが、もっともな疑問ですね。それに、井上ひさしが三島由紀夫をこれほど褒めちぎるのもおかしいんじゃないか、井上ひさしは転向しつつあるのではないか、と。

そうではないんです。たとえば天皇制というのは、昔からあったものではなくて、日本が近代国家として自立する際に、西洋のキリスト教の代わりとして天皇制というものを、当時の政府、伊藤博文などが考え出したわけです。ですから、

＊29　二〇〇三年三月に勃発した米国を主体とするイラク戦争において、日本政府は「人道復興支援活動及び安全確保支援活動」の名目で、〇四年一月に陸上自衛隊をイラクへ派遣。他国領土における武力行使を禁じた憲法に違反すると大きな議論を呼んだ。

このときは天皇制がまだできたてのほやほやで、影山自身、天皇制ができたからくりを知っているわけです。そして、京都の公家出身でもののわかっている季子が、「あなたが仰言ると不敬にきこえますわ」という。

つまり、この辺に三島さんの別の側面があるんです。天皇制というのは、近代がつくり上げた一種の幻想ではないか、という考えですね。三島さんの中で、天皇制は幻想であるけれども、国民がそれに慣れ親しんだときには、それを逆に護っていくというふうに変わっていく。昭和三十一（一九五六）年の時点では、三島さんは天皇制に大変疑問をもっているということが、これでわかる。その意味でも、この第三幕の幕切れはなかなか意味が深いんですね。

そして、第四幕では久雄が撃たれて死ぬわけですが、朝子は、清原が自分との約束を破って壮士の襲撃をおこない、それが原因で久雄を死に追いやったのだと思い、清原を責めます。ところが、壮士の襲撃は実は影山の計略によるものだと清原に明かされる。そして、最後に朝子と影山は別れのワルツを踊る。二人が舞台中央に出て、小さなコーダ（結尾）のところで、遠くかすかにピストルの音が鳴りわたります。

朝子　おや、ピストルの音が。

影山　耳のせいだよ。それとも花火だ。そうだ。打ち上げそこねたお祝いの花火だ。

朝子はテロリズムのピストルの音を聴くわけですが、新政府の中枢を占めている影山は、日本の近代国家の成立の過程として、この天長節には花火を打ち上げてもいいという気持ちがポッと出て、それで音楽がさらに大きくなって、本当のコーダが出てくる。実に見事な幕の締め方ですね。

芝居を理解するときに、ほんとうに大事ないくつかのことがあるのですが、こういうところが芝居の醍醐味なんですね。皆さんの中にも芝居をお書きになろうという方がおられると思いますが、こういうところをどれだけつくれるかというところで、芝居書きの上手、下手がわかるんです。

第四幕では、ダンスを使いながら舞台が一時《いっとき》、誰もいなくなるという場面がくり返し出てきます。これは、芝居の手として非常に面白いんです。チェーホフがよく使いますが、ワーッと出てきたたくさんの人たち――この場合ダンスですが――がサッといなくなって、一瞬舞台に誰もいなくなる。これ、素晴らしく効くんですね。

三島さんは旧仮名論者ですから、この芝居も元々は旧仮名で書かれています。実際声に出して読むとわかりますが、旧仮名のほうが新仮名より日本語の発音に近いんです。ですから、旧仮名で書いてあると、俳優さんは普通の新仮名で書いてあるよりも、割と正確な音が出る。

ぼくも、『きらめく星座』[*30]という芝居はわざと旧仮名遣いで書きました。なぜかといえば、ぼくの初めての演出ですから、旧仮名で書けば、演出家としてのせりふの駄目だしは半分減るな、と勝手に考えたんです。

戯曲というのは幾何学みたいなところがあり、ぶっつけではとても書けない。まず、書く前に全体をほとんど読み切らないと駄目ですし、計算が行き届かないとたった一行のせりふさえ書けない。このせりふはどこから関係してきてどこへ関係していくのか。しかも一行ごとに違いますから、すべてのかたちがわかっていないと一行も書けない。それくらい細かい仕事なんです。

切りつめて、切りつめて、切りつめて、ぎりぎりのところで、逆に今度は膨らませていく。水を切ったり、固く絞ったりして、また洗ったり、絞ったりしながらつくっていくわけです。三島さんがこだわったのは、たとえば、第三幕で清原たちの壮士乱入がないとわかったときに、影山はそれを知らせにきた飛田に、「今夜、お前の伝えて来たような事態は起らない。そんな事態はもはや存在しない。しかし或る事態がなくなったら、その事態を自分の手で作り出さねばならん。それが政治というものだ。政治の要諦というものだ」というところです。

これは影山伯爵が実際にやっていることで、自分の好ましい状況がなかったらそれをつくる。それが、政治なんだ、と。みんな「宝くじ当たらないかな」と思

＊30　九七ページ脚注40参照。

うでしょ。でも、そう簡単には当たらない。でも、それを当たるようにするのが政治なんですね。

満洲で中国人あるいは満洲人が騒げば、それを口実に日本の軍隊を出動させることができる、と参謀本部は考える。でも中国東北部の、あとで満洲国になるその中国人も満洲人も、参謀本部が思ったような事件を起こしてくれない。じゃあ、こっそりと関東軍[*31]の参謀本部の謀略班と地元の中国人で、日本が起こってほしいことを起こさせる。すると、晴れて堂々と、在留邦人を護るという名目で日本軍が出ていける。こういう策略は、日本軍だけでなくあらゆる軍隊がやっているわけですね。

つまり、政治というのは、ある力をもった人たちが、こうなったらいいなということを実際に起こしてみせることだという、三島さんの非常に透徹した政治に対する考え方が、この芝居全体に出ている。ここが、同じ芝居書きとしては、すごいなと思います。

三島さんの自決をどう考えているのかという質問がありましたが、ぼくはきわめて単純に考えています。「あの人は、書くことがなくなったんだ」ということだけですね。

もし、この『鹿鳴館』のような芝居を次々に書けて、いい小説をどんどん書ける自信があれば、作家は絶対に死ぬはずがありません。ですから、剣道の達人が

＊31 満洲（中国東北部）に駐屯した陸軍部隊。関東州（中国遼東半島南部）と満鉄（二一三ページ脚注9参照）の防衛を任とした。

相手の剣先を見切るような感じで、三島さんは自分の可能性を読み切ったんじゃないか、と思っています。ですから、あの問題にあまり意味を求めすぎるのは愚かだ、というふうに思っているんです。

いい意味でも悪い意味でも、「スター意識」といっているのですが、人に注目される生活をずうっと送ってきた人が、自分の才能がもう切れてしまったことを隠すのは、よくあることです。本物の作家というのは、そういうことなんですね。だから、あまり世の中と関係ない作品をこつこつ書いている人は、それはそれで大事な生き方をしているわけです。

三島さんの亡くなった昭和四十五（一九七〇）年十一月二十五日、あの日、ぼくはちょうど『十一ぴきのネコ』[*32]という芝居を書いていました。「あっ、三島さんはついに自分の才能を見切ったな。惜しいなあ」と直感的に思った。政治的にけしからんとか、そういうことは全然思いませんでした。

やっぱり、作家というのは悲しいものですね。書くことはあっても、それがかつて自分が書いたものより、つまらなく書くしかないということがわかった瞬間に、書くことに命を注いできた人は、死ぬしかないんです。あるいは、もうぴしゃっとやめちゃうしかない。でも、やめたと思っても世間は気がつきませんから、いろいろな注文が来る。それならば、自分はここで書く可能性すら封じ込めてしまうというのは、ごく自然だと思いました。ぼくは三島さんの自決をそう見ています。

＊32　一九七一年四月、テアトル・エコーの制作、熊倉一雄の演出で初演。八九年に改作し、『決定版　十一ぴきのネコ』として、こまつ座で制作、高瀬久男の演出で上演された。

それは三島さんの戯曲を見ているとよくわかります。この『鹿鳴館』から『サド侯爵夫人』までが三島さんの戯曲のピークでした。それ以後の『わが友ヒットラー』*33とかだんだん駄目になってきている。これは恐ろしいことですが、そういうことが実際にあるんです。だから、今回『鹿鳴館』と『サド侯爵夫人』の二本を立てたわけです。

日本で悲劇を書く場合には、こういうふうに書くんだという試みはいくつかありましたが、はっきり成功したのは『鹿鳴館』だと思います。そこについては、三島さんがどういうお考えであろうと作品は素晴らしいわけです。これはやっぱり認めないといけない。ある意味、日本の公共財なんです。道路や橋と同じなんです。まあ、著作権がありますけど、著作権がなくなったら、道路や橋と同じように、その作品が優れている場合は、それを書いた人がどうであろうと、日本の公共財産として、自分たちのものだと考えるべきですよ。書いた人はやがて忘れられていく。でも、作品は残っていく。そこのところはご理解いただきたいと思います。

*33 『文學界』一九六八年十二月号に発表。三四年六月、ベルリン首相官邸の大広間を舞台に、ナチス突撃隊隊長レームとナチス左派を代表するシュトラッサーを粛清した事件を描く。登場人物は男四人で、『サド侯爵夫人』の女六人と対をなす。六九年一月、浪曼劇場により松浦竹夫演出で初演。

『鹿鳴館』と小劇場運動

芝居に戻りましょう。

昭和三十一（一九五六）年ということを考えると、あのガチガチの新劇時代に、こういうメロドラマを、それまでの新劇にはなかったようなレベルの高いせりふで、しかもウェルメイド・プレイ流[*34]のいろいろな伏線を張り巡らして、これほど見事に書かれた戯曲はそうはない、とわたしは信じています。それで、皆さんに読んでいただいたんです。

大体、ぼくの講義は、最初の入りのところでほとんどの時間を使っちゃいますから、そもそも半日やそこらで全部読み切るというのは無理なんですね（笑）。

イプセン、チェーホフとずっとやってきましたが、いい劇作家の作品というのは、ほんとうに上手なんです。上手だということは、同じ情報を与えるのでもただ与えるのじゃなくて、それにいろいろな仕掛けを施しながら、お客さんが首を長くして待っているようなところまで追い込んでいくという技術そのものは、われわれも勉強できますから、誰でも使える。

ですから、大事な人を一番最初に出すのではなく、みんなでその人のことを噂して、どんどんその人のイメージをつくり上げたところで、その人が出てくる。これは面白いですね。そのつくり上げたイメージと全然違った人がやってくるかもしれないわけですから。

この『鹿鳴館』では、杉村春子さん扮する影山朝子という人が出るまでに、三島さんは工夫を凝らしている。

＊34　出来がよく、構成がしっかりした劇を指す。その一方で、そういった条件は満たすものの、内容に乏しい舞台に対して批判的に用いる場合もある。

十一月三日の朝の庭の空気をせりふできちっと押さえながら、杉村春子さんの出をじっと待っているという、こんな焦《じ》らし方がうまくかたちになっていますし、幕切れというか、ひとつのまとまりが終わるときの最後の場面の素晴らしさは、明治以降、最高かもしれません。それほどあざとくてうまい、これをやられちゃ、敵《かな》わない。四幕ともすごい終わり方ですね。

テロリストの久雄が「僕が今夜暗殺しようとしているのは、僕の父なんです」なんていったら、お客さんはみんなひっくりかえるでしょ。

久雄は自分の父、つまりは朝子がほんとうに好きな清原を殺そうと思っている。朝子は二人の政治家をよく知っている。一人は反政府のリーダー清原で、彼とはかつて付き合って二人のあいだの子をなしている。それが久雄ですね。そしていまの夫である影山は、非常に切れ者で政治を道具みたいに使っている。しかし、建国期の近代国家建設中の日本には、どうしても必要だった人かもしれませんね。

そして、すでに別れてはいるけれど、離れれば離れるほど好きになっているかつての恋人を、実の息子が殺そうとしている。こういう外連味《けれんみ》は、大歓迎ですね。よく「外連味があって……」と不満げな批評がありますけど、外連がなかったら芝居じゃないですよ。外連があまり流行すると、外連のまったくないのがまた流行る。これはある意味健全なことですね。外連ばかり入れるとなると、幕切ればかり凝ってしまい、どうにもならなくなる。そこを批判的に考えると、「静かな演

＊35　一九九〇年代の小劇場で見られた傾向のひとつ。過剰な演技を排し、抑制を利かせて等身大の日常を表現した。

＊36　一九〇五〜九五。長崎県生まれ。劇作家。三二年『劇作』に参加。主な作品に『雲の涯《はたて》』『教育』『マリアの首』『千鳥』など。

＊37　一九六〇年代後半から、状況劇場、早稲田小劇場、アンダーグラウンド自由劇場、演劇実験室天井桟敷、現代人劇場などの小劇場が次々に結成され、従来の演劇を革新する活動を続けた。テント、喫茶店、街頭など、劇場以外の空間で上演されることも多かった。

劇」[35]ばかり出てくる。そうすると今度は、静かな演劇ばかりじゃないぞ、こんちくしょうとなって、また違う演劇が出てくる。そのくり返しの中で、大きな日本の演劇、世界の演劇の歴史が組まれていくのだと思います。

三島さんがこの『鹿鳴館』を書いていた頃、世界的に新しい演劇の動きが出かかっていたんです。三島さんのように力のある人は文学座という大きな劇団から委嘱されて、当時日本で一番いい劇場だった第一生命ホールで上演することができた。このホールは俳優座も使っていて、田中千禾夫《ちかお》[36]さんの『肥前風土記』を、やはり第一生命ホールで観た記憶がありますし、大変いい芝居小屋だったんです。

三島さんは当時三十一歳でビッグネームでしたが、一方で金がなくてもどうしても演劇をやりたい人たちが増えてきていた。ぼくもそうでした。そういう流れが、日本ではやがて小劇場運動[37]に行くわけですね。それ以前は、文学座、俳優座、民藝という新劇を担う三つの大きな劇団が、長いあいだ演劇の中心になっていました。でも、どんなに自分が一所懸命書いても、文学座は演ってくれない、俳優座も演ってくれない、民藝も演ってくれない。仕方なしに、いままでとはちがう芝居を書いてる人たちが、自前で小さなところで始めるようになる。それが早稲田小劇場[38]の鈴木忠志[39]さん、別役実[40]さんですね。その鈴木さんのところに台本をもっていって、「なんだ、こんな芝居」と叩きつけられたのがつかこうへい[41]さんだったりしながら、小さなところで自分たちの芝居を始める動きが、世界的に始まる。

＊38　一九六六年、早稲田大学の学生劇団を母体として、鈴木忠志、斉藤郁子、蔦森皓祐《つたもりこうすけ》らを中心に創立。別役実『門』で旗揚げ。八四年、劇団SCOTに改称。

＊39　一九三九年生まれ。演出家。六一年、新劇団自由舞台、六六年、早稲田小劇場を創立。七六年、富山県利賀村に本拠地を移す。

＊40　一九三七〜二〇二〇。劇作家、エッセイスト、犯罪評論家、童話作家。日本の不条理劇の第一人者。主な作品に『マッチ売りの少女』『諸国を遍歴する二人の騎士の物語』『ジョバンニの父への旅』など。

そこから日本の第一小劇場世代というか、唐十郎[*42]さん、別役実さん、清水邦夫[*43]さんといった人たちがバーッと出てくるわけですね。で、つかこうへいさんが第二世代になるのですが、つかさんたちの堂々としてよく書かれたはったりの多い、外連味の多いそういう芝居の次には、まったく正反対の芝居をつくる人たちが出てくる。

うまく説明できませんが、芝居ひとつひとつは孤立しているのではなく、絶えずお互いに反応し合いながら新しいものを生み出していく。そういう意味で、この『鹿鳴館』は記念碑的作品だと思います。わたしもこの頃、文学青年であり演劇青年でしたから、この作品の意外な重さというのは年々強く感じています。

＊41　一九四八〜二〇一〇。劇作家、演出家、小説家。「口立て」という独特な演出をおこなう。七四年、つかこうへい事務所を設立。主な作品に『熱海殺人事件』『蒲田行進曲』など。

＊42　一九四〇年、東京生まれ。六三年、状況劇場を結成。劇団唐組座長。主な作品に『少女仮面』『少女都市からの呼び声』『泥人魚』など。

＊43　一九三六〜二〇二一。劇作家、演出家。六八年に蜷川幸雄と現代人劇場を結成。七六年、木冬社を旗揚げ。主な作品に『楽屋』『幻に心もそぞろ狂おしのわれら将門』ほか。

［二日目］　二〇〇四年二月十五日

個人の内部世界が社会を覆うことの悲劇

今日は『サド侯爵夫人』です。

所
パリ。モントルイユ夫人邸サロン。

時
第一幕　一七七二年秋
第二幕　一七七八年晩夏
第三幕　一七九〇年春

登場人物
ルネ　サド侯爵夫人

モントルイユ夫人　ルネの母親
アンヌ　ルネの妹
シミアーヌ男爵夫人
サン・フォン伯爵夫人
シャルロット　モントルイユ夫人家政婦

まず説明しますと、サド侯爵[*44]というのは、サディズムという言葉がありますよね、その言葉の由来になった人物で、一七四〇年から一八一四年まで生きた人です。その間にフランス革命があったわけです。

三島さんがお書きになったこの芝居の初演は、昭和四十（一九六五）年十一月十四日〜二十九日で、劇団ＮＬＴ[*45]という、文学座から分かれた賀原夏子さん、中村伸郎さん、丹阿弥谷津子さんなどが結成した劇団によっておこなわれました。文学座からの分裂の原因が、三島さんの『喜びの琴』[*46]という作品です。簡単にいうと、この芝居には反共的なせりふがあって、すでに稽古に入っていたのですが、北村和夫さんなどが「こんなせりふはしゃべれない」といって、稽古場の中からいろいろな批判が出てきた。結局、上演中止になるのですが、文学座のそうした決定に対して反撥した人たちが、三島さんの作品を中心に演《や》るために結成したのが劇団ＮＬＴです。『サド侯爵夫人』はそのＮＬＴの代表作です。

＊44　ドナシヤン＝アルフォンス＝フランソワ・ド・サド（一七四〇〜一八一四）。南フランスの王家につながる名門貴族の家に生まれるが、青年時代から放蕩の限りを尽くし、生涯の大半を監獄と精神科病院で過ごす。獄中で精力的な執筆活動を続ける。代表作に『ソドムの百二十日』（一七八二〜八五）、『ジュスティーヌまたは美徳の不幸』（一七九一）、『ジュリエット物語または悪徳の栄え』（一七九七）、など。

＊45　一九六四年、岩田豊雄（獅子文六）と三島由紀夫を顧問に、グループＮＬＴとして活動後、六八年にブールヴァール

わたしはその初演を紀伊國屋ホールで観ました。観て、大変感心しました。感心した理由は後でいいますが、書かれた時期が非常に重要です。

昨日もちょっといいましたが、近代劇というのは、大体ある決まった枠組みをもっています。その枠組みというのは、基本的に言葉と物語でできているということ。つまり、観客はその物語を頼りに筋を追いかけていくわけです。そして筋を追いながら、言葉の面白さ、無力さ、美しさ、醜さ、残酷さ、強さを体験していく。そういう枠組みができていたんですね。

ところが、これも昨日話したように、一九六〇年代頃から世界的に小劇場運動が生まれてきて、イプセンあたりから始まった近代劇の枠組みを次々と破っていく。いまから考えると非常に不思議なことなのですが、思想的に破っていくのではなく、余儀なく破っていくんです。

というのは、その直前の一九五〇年代は、世界的に非常に保守的な時代でした。「芝居は社会を映す鏡」とよくいいますが、そうした保守的な時代には、お金をたくさんかけた大きな劇場の芝居が流行する。この時期の代表的なブロードウェイの芝居というと、『マイ・フェア・レディ』です。三島さんは初めてニューヨークへ行ったときに、この芝居を観て感激しています。『マイ・フェア・レディ』、皆さん、ご存じですよね。原作はバーナード・ショウの『ピグマリオン』で、それをブロードウェイのミュージカルに書き換えたのが『マイ・フェア・レディ』です。

劇を上演する劇団NLTとして賀原夏子を中心に再発足。

＊46　一九六四年五月、日生劇場で初演。演出・制作は浅利慶太。

コックニーというロンドンの下町っ子のしゃべる言葉があって、コックニーをしゃべる範囲はウエストミンスター寺院の鐘が聞こえるところだといわれています。で、コックニー訛りがひどい少女が花売りをしているんですね。それを二人の言語学者が何週間かでちゃんとしたキングズ・イングリッシュに直せるかどうか、賭けをする。直しているうちに教授がその少女に恋してしまうという有名な話です。

そうやって、お金をたくさんかけ舞台装置もしっかりつくっていくというのが主流になると、若くてお金のない人たちは、芝居をやりたいと思っても大がかりな劇場システムには入り込めないので、仕方なしに喫茶店とか空いてる倉庫などで、自分たちがやりたいものをやっていくことになる。その代表的な劇団がリビング・シアター[*47]です。

リビング・シアターは、役者志望の若い夫婦が、自分たちの借りているマンションを劇場にして始まります。「なんだあれは、リビング・シアターでなくてリビングルーム・シアターだ」などと悪口をいわれながらも、少しずつ評判になっていき、お客さんもだんだんと増えていく。場所も、マンションからカフェ、そして倉庫と大きくなっていく。でも、ニューヨークには住宅局と消防局があって、「こんな住宅地で芝居を演っちゃいかん」とか、「火を使うと火事の原因になる」とどんどん規制していくわけですね。結局、ニューヨークでは芝居ができなくな

＊47　一九四七年、ニューヨークでジュリアン・ベックとジュディス・マリーナの夫妻が設立したアメリカの実験劇団。アルトーの演劇論に影響を受け、政治性と芸術性を併せもつ前衛的な試みにより、オフ・オフ・ブロードウェイの活動を牽引した。

って、ヨーロッパへ渡ってしまう。ヨーロッパでは、マンションで演ろうがどこで演ろうが、あまりうるさくないんです。そこで評判を得て、一九六〇年代の初めくらいに、もう一度ニューヨークに戻ってくる。そういう経緯があります。

そうした小劇場運動が世界各地で起こり始め、日本でも昭和三十年代の前半から盛んになっていく。その時期に書かれたというのが、重要なんです。たとえば、当時ニューヨークで当たった前衛劇には、言葉と物語をほとんど使わないというのがあった。ぼくが観たのは、ちゃんとした劇場にかかった大ヒット作ですが、一人の疲れ果てた女性の事務員が、アパートでラジオを聴きながら、ご飯を一人でつくっている。で、ご飯を食べた後、寝室へ行くのですが、そこで銃声が聞こえる。そこには言葉もストーリーもない。死ぬ瞬間はストーリーが出てきますけど、ともかくその女性が唐突に自殺して終わる。こういう芝居がどんどん出始めるんです。

三島さんは、その方向に芝居の未来はない、あくまでも演劇は人間のつくるものであって、言葉なんだ、演劇というのは言葉、言葉、言葉で、その言葉のすごさ、面白さをストーリーに基づいて観せていくのが芝居だよ、と。当時、ぐーっとのしあがってきた日本の小劇場運動へのアンチとしてこの芝居を書いたんです。

そうしてみると、実はこの芝居には物語らしい物語はない。言葉だけです。せりふ、せりふ、せりふ。そういう実験劇なんですね。だから、芝居としてはかかなり窮屈で、考えようによっては、あまり面白くない。芝居の他のいいところを全部捨てて、「芝居はせりふだ」ということをせりふによって証明しようとしている。

ただ、文字になっているせりふを読めば理解できますけど、劇場では音しか聞こえません。観客は次々に俳優の発するせりふを瞬間的に理解していかないと、芝居の流れがなかなか繋がらないんですね。この形式はほんとうに思い切ったものので、昨日取り上げた『鹿鳴館』では、大事な人物については、実際に登場するまでのあいだにその人について説明しておいて、できるだけ後に出すようなかたちになっています。その意味では、この『サド侯爵夫人』はその極端形で、サド侯爵の説明をず――っとやって、さあ、いよいよサド侯爵が出てくるかと思ったら、結局最後までサド侯爵は出てこない。

ぼくからすると、この芝居の一番最後、ここを三島さんは余計に書き過ぎているんですね。最近は日本でも出てきたようですが、「ドラマ・ドクター」といって、脚本に不具合なところがあれば、それを指摘するという役割があります。もし、ぼくが三島さんのドラマ・ドクターになって、「この本で、どこか悪いところがあるとしたら、君の目から見て、それはどこだ」と訊かれたとすると――まあ、訊かれるわけないですけど（笑）――、「一番最後です」と答えます。

シャルロットという小間使いが出てきて、「サド侯爵がお見えでございます。お通しいたしましょうか」といい、侯爵夫人のルネが、どんな様子かと尋ねます。

「あまりお変りになっていらっしゃるので、お見それするところでございました。黒い羅紗《らしゃ》の上着をお召しですが、肱《ひじ》のあたりに継ぎが当って、シャツの衿元《えりもと》もひどく汚れておいでなので、失礼ですがはじめは物乞いの老人かと思いました」と告げます。この「お通しいたしましょうか」から後が余計なんです。「サド侯爵がお見えでございます」で終わるといいんですね。

ぼくの考えでは、シャルロットというのは民衆を代表しています。三島さんは途中で間接的にしか書いていませんが、最初と最後の場面のあいだにフランス革命が起きて、上下関係が全部ひっくり返ってしまう。その線で考えると、シャルロットはもっと強くなっているはずなんでしょうけど、そこが狙いじゃなかったので、こういうふうに書いたのだと思います。

それはともかく、昨日の『鹿鳴館』でもわかるように、三島さんは、大事な人物を出すときに、まずその人についての説明をして、それがある程度行き届いたところで、その人を出してくるんですね。『鹿鳴館』では、杉村春子さんが演った朝子です。『サド侯爵夫人』の場合は、まずルネというサド侯爵夫人を出すために、夫人の母親や友人たちのやりとりがあって、サド侯爵夫人が出てくる。それからいろいろあるのですが、当のサド侯爵が出てくる寸前で終わるのは正しい。これは、三島さんの人物の出し入れの極端な例です。そういう面では面白い。だから、最後はお客さんに任せて、この後、サド侯爵が入ってきてどういうことが起きるのだろうと、観客が想像しながら帰る手もあったと思います。

しかし、ここでは奥さんに決めさせている。ここで、この芝居のテーマが浮かび上がってくるわけですね。奥さんは、先のシャルロットの報告を聞いて、こう言います。

ルネ　お帰ししておくれ。そうして、こう申上げて。「侯爵夫人はもう決してお目にかかることはありますまい」と。

どうして、「もう決してお目にかかることはありますまい」といわせたのか。あの無茶苦茶な旦那さんを、あれほど超人的な貞淑さを発揮して守ってきたあの奥さんが、「もう、会いません」と言い放つ。ここで夫人は、尼さんになる決意をしている。これは一体何なのか。あれほど芝居をよく知っている三島さんが、なぜ蛇足と思われる最後の一ページ半をくっつけたのか。

ぼくはそこを考えていくんです。さきほど申し上げたように、この芝居は、当時起こっていた小劇場の前衛劇に対する三島さんのマニフェストで、せりふによるレーゼ・ドラマ[*48]として成立している。

たとえば、終わりのちょっと前に、ルネの友人であるシミアーヌ男爵夫人が尼さんの恰好をして登場します。ルネが、サド侯爵が獄中で書いた『ジュスティー

＊48　上演するためではなく、読まれることを目的とした戯曲。

＊49　バスティーユ牢獄に収監中のサドは、ジュスティーヌを語り手とする物語『美徳の不幸』を書きあげた。その後大幅に加筆・訂正をおこない、『ジュスティーヌあるいは美徳の不幸』、さらには『新ジュスティーヌあるいは美徳の不幸』と書き直しを重ねる。それら三つを〈ジュスティーヌ三部作〉と呼ぶ。美徳を

ヌ』[*49]を読んで、ここに描かれているジュスティーヌは他ならぬ自分だと。そしてサド侯爵は、牢獄に囚われながらも、想像力をもって「朽ちない悪徳の大伽藍《だいがらん》」を築き上げたのだ、そして「私たちが住んでいるこの世界は、サド侯爵が創った世界」なのだといいます。それを聞いた神様の立場を代表しているシミアーヌは、「まあ何ということを!」と十字を切る。そしてルネが続けます。

ルネ あの人の心にならついてまいりましょう。あの人の肉にならついてまいりましょう。私はそうやって、どこまでもついて行きました。それなりに突然あの人の手が鉄になって、私を薙《な》ぎ倒した。もうあの人には心がありません。あのようなものを書く心は、人の心ではありません。もっと別なもの。心を捨てた人が、人のこの世をそっくり鉄格子のなかへ閉じ込めてしまった。〔後略〕

このせりふがこの作品でいいたいことのすべてなんです。こうして目で読むと素晴らしいせりふなのですが、聴いているときは、ぼくも全然わからなかった。ここには、日本の俳優のせりふ術という問題があるんですね。いわゆる新劇というのができてから、千田是也[*50]さん、田中千禾夫さん、岸田國士[*51]さんなどが、息のつぎ方、声の張り方、調子、緊張感などすべて含めて、こういうふうに発声しな

信奉するジュスティーヌは不運にも貧乏のどん底に突き落とされ、雷に打たれ悲惨な最期を遂げる。

＊50 一九〇四～九四。東京生まれ。演出家、俳優。築地小劇場附属研究所の一期生。二七年渡独。帰国後、ブレヒト『三文オペラ』を紹介。四四年、俳優座を創設、最初の俳優座代表を務める。

＊51 一八九〇～一九五四。劇作家、小説家、評論家、翻訳家、演出家。一九二八年、第一書房より演劇雑誌『悲劇喜劇』を創刊。三七年、久保田万太郎、岩田豊雄と三人で、劇団文学座を創設。代表作に『チロルの秋』『牛山ホテル』他多数。

ければいけないという俳優のせりふのメソッドをいろいろつくってきましたが、決定的なせりふ術というものは、まだないんです。というよりも、劇作家の作品それぞれ文体が違いますからね。ですから、三島さんのこの文体に合ったせりふ術というのは、当時もいまもないでしょう。これ、むずかしいんです。

「人のこの世をそっくり鉄格子のなかへ閉じ込めてしまった」というのが、実はこの作品の根本なんです。そして、ほんとうはここにたどり着くまでのせりふの言い方があるはずなんです。聴いている人が、レトリックがちりばめられたせりふに酔いながら、この決めのせりふがスッと耳に入っているという。でも、NLTには残念ながらそういうせりふの言い方がなかった。というより、他の劇団にもないんですね。

それはともかく、三島さんはここで、文学作品というのは世界全体をその作品の中に閉じ込める力をもっている、といいたいわけですね。サド侯爵をなんとか救い出そうとみんなさんざん苦労したのに、サド侯爵が牢屋で書いた『ジュスティーヌ』という小説の中に、自分たちの苦しみから何からすべて収まってしまった。だから、奥さんのルネは初めて自分の夫と別れる決心をする。「冗談じゃないよ」ということですね。

旦那さんがどんなことをしても疑わないし、離婚なんか言い出さないし、自らサディズムを体験している。そこまで尽くしているのも、自分の夫の中には、何か人間としての大きなやさしさがあると思って、それを信じてきた。しかしなんのことはない、そうした苦しみまでをも含めてすべてたった一冊の本に閉じ込めてしまった。そんなことは許せない、ということなんです。

逆に三島さんからいえば、文学作品は、詩でも小説でも戯曲でも評論でもなんでも、ほんとうにすごいものは、社会すべてを取りこんで現実の社会的世界とイコールになるのだ、と。これは文学宣言ですね。あるいは、三島さんにとってみると、自分は五年後に死んでしまうけれども、自分の作品の中に近代日本を全部閉じ込めたのだ、と。

サド侯爵もまた、みんなの苦しみ、悲しみ、それらすべてはわたしの作品のためにあったのだということになるわけですが、そんなことといわれたら、奥さん、怒りますよね。だから、いくら作家がそんな偉そうにいっても、自分まで閉じ込められるものじゃない、といわせている。

ここはちょっと二律背反で、作品にはそれだけの力があるのだから、いい作品を読んでもらえば、新聞なんかを百年分読むよりも、作家は作品の中にその時代の大事なことを閉じ込めてあるんだよという自信と、どんなすぐれた作家でも、世の中の全部をひとつの作品に閉じ込めることなんてできないかもしれないという諦念とが、同時に出てくるわけですね。

だから、わたしがドラマ・ドクターとして「サド侯爵がお見えでございます。

お通しいたしましょうか」で終わったら、すごく洒落ていますね、といいましたが、これは一回しか読まなかったときの感想で、もう一度読み直してみると、それは実は読み間違いで、あの「お通しいたしましょうか」の後に一ページ付け加え、最後に侯爵夫人が侯爵に「会わない」と決心したことで、そういうことがバッと浮かび上がったわけです。

今回、何十年ぶりかで読み直してみて、大変な作品だと思いました。でも、面白い芝居かどうかといえば、つまらない退屈な芝居ですけどね。これを面白かったという人がいたら、その人は相当すごい（笑）。

この芝居が上演された昭和四十（一九六五）年というのは、ぼくは、『ひょうたん島』[*52]を書き始めて二年目の頃です。「ひょうたん島が終わったら、芝居を書きたいな」と思っていた時期です。もちろん、小劇場運動はいろいろな成果を残しましたけれど、どこかでお客さんに苦痛を強いるんですよね。で、苦痛を受けるのが芝居を観ることだ、それが面白いんだ、という人もいらっしゃるでしょうから、そういう人はそっちへ行っていただいて（笑）。

でも、ぼくの狙いは、楽に観ているうちに、だんだんとその芝居が凄味を増してきて、自分のことのようにのめりこんでくるというものなんです。芝居は基本的に面白くないと駄目だと思っていますから、面白さが保証されたうえで、作者のいいたいことがどれだけお客さんの胸に迫れるかということで勝負しています。

＊52 『ひょっこりひょうたん島』は、一九六四年四月から五年間にわたりＮＨＫで放送された人形劇。最高視聴率四〇％を記録する国民的人気番組だった。台本は井上ひさしと山元護久。人形操作はひとみ座。

まあ、これはあくまでもひとつのやり方で、これが絶対ではなく、いろいろな芝居があって、どれが正しいということはないんですけどね。

ということで、この『サド侯爵夫人』という芝居で三島さんが書こうとした、そして観客として、読者としてフォローすべき道は、いまいった通りです。これほど迷惑をかけた人が、彼に迷惑をかけられた人、救おうとした人全部をひっくるめて、牢獄で書いた作品の中にすべて閉じ込めてしまった。それに対して、奥さんが、「ノー」をいう。もう少し普遍化させると、こういうことです。

三つの同心円があって、一番外側が絶対的な世界、二番目は社会的世界、三番目のもっとも小さい円は個人の世界とします。この図から深読みすれば、マルキシズムもファシズムも個人の世界から生まれたんです。

カール・マルクスという、一人のとんでもない学者がいて、それまでの象牙の塔の中の学者と違い、大英図書館に通いながらある理論を考え出していく。この個人の考えが、ある一時期全世界を覆ったことがあります。このとき、まだソ連は崩壊していません。

ファシズムもそうなんです。ムッソリーニという、もともと社会主義者だった人が、あるとき、自分の頭に出てきた全体主義という考え方を、イタリアじゅうに広めていく。ナチズムもそうですね。ヒトラーという個人の頭の中で考えたことが、ある社会的な世界をすべて塗り潰してしまうわけです。

ここでは、サドという個人の書いた『ジュスティーヌ』という作品が、その後の世界をすべて取り込んでしまう。芸術の作品ではそれが許されるわけです。しかし、社会的世界、政治的世界で一人の人間の思想が全体を覆い尽くすと、必ず悲劇が起こるということを三島さんはいいたかったんだと、ぼくは深読みします。

一人の人間が単独で作った個人的な内部世界を外へ広げていって、社会の大きな部分を覆っていく『ジュスティーヌ』という作品と、その中に入るのを拒否する奥さんという関係で書いているのだと、わたしは読みとりました。

これで終わります。

＊三島由紀夫の作品の引用は左記による。
『鹿鳴館』（新潮文庫、一九八四年）
『サド侯爵夫人』（新潮文庫、一九七九年）

安部公房

二〇〇五年十二月十八日

安部公房の原体験

おはようございます。雪の中、どうもご苦労さんで、ありがとうございます。

わたしはずっと安部公房さんのファンで、ちょうど、わたしが仙台のラ・サール[*1]にいた高校二年生のときに、安部公房さんが芥川賞を受賞されました。[*2]その頃から大好きで、とくに初期の短編小説は原稿用紙に全部書き写したぐらい、熱中していました。

安部公房さんは、芥川賞受賞以後、次々に傑作、名作、問題作となる小説を発表しておいでだったのですが、昭和三十(一九五五)年頃から芝居、戯曲を書き始めて、最初に書いたのが『制服』[*3]という芝居です。これまた夢中になって読みました。実際の舞台はあまり観ていないのですが、戯曲は発表されるたびによく読んで感心をして、中でも、『友達』という芝居が一番の傑作だろうと思っていました。

それほど熱を入れて勉強し、感心していた時期があったのですが、実は、ここ

＊1　一九四九年初秋、井上ひさしと弟の二人は、仙台市郊外にあるカトリック系の児童養護施設「光ヶ丘天使園」(現在は「ラ・サール・ホーム」)に預けられた。この時代については小説『青葉繁れる』(一九七三年)『四十一番の少年』(一九七四年)などに描かれている。

＊2　一九五一年、「壁―S・カルマ氏の犯罪」で第二十五回芥川賞を受賞。

＊3　一九五五年三月、劇団青俳によって初演。『群像』五四年十二月号に発表。敗戦二年前の朝鮮の港町で、チンサアと呼ばれる「制服の男」は、

二十年ほど安部公房さんの戯曲を読んでいません。そこで今回、皆さんと一緒に安部公房さんの戯曲を一緒に読みたいと思い、改めて全戯曲を読んでみたんです。ところが、すべてつまらないんですよね。これはショックでした。

たとえば、三島由紀夫さんは戯曲が限りなく上手ですけれど、安部公房さんの戯曲というのは、上手下手を超えた、時代を新しくつくっていくために必要な新しい演劇だと思ってずっと尊敬していました。安部公房さんとは、十年ぐらいのあいだ、読売文学賞の選考会で毎年一遍は会っていましたし、文壇関係のパーティなどで会えば話をして、話し足りなければ近くの食べ物屋でご飯を食べながらずっと話を聞いたりしていました。わたしは文壇の人との交遊関係はあまりないのですけれども、安部公房さんとはかなり頻繁に付き合ったつもりです。

その間に戯曲を読んでおけばよかったのですが、初期の安部公房崇拝がずっとあったものですから、敬して遠ざけていたというか、まあ、ある関係――別に怪しい関係ではなく（笑）――、敬愛する文壇の先輩というかたちの関係を続けていたわけですね。ところが、今回気合を入れて読み始めたら、『制服』から何から全部空振りです。つまり、小説は別として、芝居に関しては、安部公房さんは〝ニセの前衛〟だったのかもしれない。これが、ぼくの結論です。

ただ、これはあくまでもわたしの意見で、皆さんがどう読まれたのか。それは追々伺っていくことにして、まずは、安部公房さんのすべてが入っているといわ

巡査だったときの退職金を持って船で内地に帰国しようとするが、気がつくと死んで幽霊になっていた。同じく幽霊になった朝鮮の青年と事の成り行きを見守るうちに、事態が明らかになっていく。

れる後期の代表作『友達』から見ていくことにしましょう。

［『友達』の梗概］

三十一歳で独身の商事会社の課長代理が住むアパートの部屋に八人の家族（祖母・父・母、長男・次男、長女・次女・末娘）が突然押しかけ、勝手に上がりこんでくる。男がいくら出ていけといっても「家族」が出て行かないので、警官を呼んで訴えるが、家族は臆することなく警官を相手にして、具体的な被害が見られないと、事件として取り合ってもらえない。「家族」は隣人愛の大切さや共同生活の重要性を男に説きながら、言葉巧みに男の財布を取り上げ、財産管理を任される。さらに、心配して訪ねてきた男の婚約者に対しても「家族」はうまくいいくるめてしまう。どうにもできない男は家を出ることを考えるが、檻に監禁され、最後、男に気があるように思われた次女に毒入りの牛乳を飲まされ、男は毒殺されてしまう。最後に次女は、「さからいさえしなければ、私たちなんか、ただの世間にすぎなかったのに……」とつぶやく。

［登場人物］

男　（三十一歳、商事会社の課長代理）

婚約者　（男と同じ職場に勤めている都会風の娘）

祖母　（八十歳）
父　（一見、宗教家タイプの紳士。くたびれてはいるが、礼儀正しい服装。鞄をかかえている）
母　（オールドファッションの帽子と眼鏡がよく似合う）
長男　（頭は切れるが、病身で陰性。元私立探偵。トランクを二つ持っている）
次男　（アマチュアボクサーで新人賞をとったことがある。ギターを抱え、トランクを下げている）
長女　（三十歳、男におそわれる夢を持ちつづけているオールドミス）
次女　（二十四歳、善意を結晶させたような、清楚で可憐な娘。小さなトランクを持っている）
末娘　（見かけによらぬ小悪魔）
管理人　（女）
元週刊誌のトップ屋
警官たち　（二名）

初演は昭和四十二（一九六七）年三月十五口、青年座、紀伊國屋ホールです。演出は成瀬昌彦さん、美術が安部真知さん――安部公房さんの奥さんです――、音楽は猪俣猛さん――猪俣猛とウエスト・ライナーズというジャズバンドのリーダーです――。そして「男」が大塚国夫さん。おばあさんが森塚敏さん。男優がおばあさんをやっています。野田秀樹[*4]さんの先祖みたいなものですね。野田さんは、おばあさんやるとすごく面白いんですよね。お母さんが東恵美子さんで、次女が今井和子さん、いい役者ですね。そして管理人が山岡久乃さん。

　ここにある一家が出てきます。その家その家には、決まった毎日の暮らしがありますね。そこに、何でもいいのですが、たとえばテレビというものが入ってくることによって、わたしたちの暮らしがだんだんと規制されていく。この頃、わたしが夢中になって観ている「花より男子」[*5]というテレビドラマがあるのですけれど、これ、テンポが良くていいんですよ。そうすると、このドラマが放映される金曜日の十時からは時間を空けておかなきゃいけない。それから土曜日の夜にやっている「ブロードキャスター」[*6]というのもけっこう観ている。「お父さんのためのワイドショー講座」って、なかなかためになりますからね。それから、フィギュアスケートも観たい。そうやって、テレビのほうがこっち側の時間を全部支配していく。あたかもこっちが能動的に働きかけているように見えて、実はテレビのほうがわたしたちの生活を、どんどんどんどん規制していくわけです。

　そこまではまだいいのですが、ある社会的な事件が起こったときに、ニュースを伝えるテレビのアナウンサーが「これでは将来が憂えられます。なんとか善処してもらわないと困る」とか、善意を装ってアナウンスをしていく。もしかする

＊4　一九五五年、長崎県生まれ。劇作家、演出家、俳優。七六年、夢の遊眠社を結成。九三年、NODA・MAPを設立。主な舞台に『キル』『パンドラの鐘』『エッグ』など。

＊5　神尾葉子の同名漫画を原作とした連続テレビドラマ。二〇〇五年十～十二月、TBSテレビ系「金曜ドラマ」で放映。出演：井上真央、松本潤、小栗旬ほか。

＊6　一九九一年四月～二〇〇八年九月、TBSテレビ系列で毎週土曜日に放映されたニュース番組。「お父さんのためのワイドショー講座」は、一週間のワイドショーを

と、この『友達』の一家は、そういう象徴かもしれない。そういう意味では、寓意劇としては非常によくテーマをつかまえていますね。

　何者かが善意の仮面を被って、だんだんと個人の生活に忍び込んでくる。最初のうちは柔らかな感じで来るのですが、やがてものすごいことになってくる。でも、善意であるために「止めて下さい」と否定することができない。『友達』の三十一歳の男は、突然部屋に侵入してきた一家に「止めて下さい」と抗議をしますけれども、直接的な暴力ではなく、巧妙な言葉のレトリックで責められてくると、だんだんと手の出しようがなくなって、最後は搦《から》め捕られて殺されてしまう。

　この「何者か」は、世間かもしれません。要するに、世間体が悪いとか、世間に申し訳がないとか、世間様に向ける顔がないという、その「世間」かもしれない。やさしそうな顔をしながら個人の生活の中へ入ってきて、挙げ句、その生活を取り上げていくというテーマであることは確かなんです。テーマは読みとれます。ここまではいいですね。ただ、安部公房さんの小説も戯曲も、実はパターンはいつも同じなんです。

　これは当然ですね。作家、劇作家には、わたしは世の中をこう見ていますという世界観があるし、こういう世の中だったら、わたしはこういうふうに生きたいという人生観もあります。作家、劇作家は、そこからいろいろなことを考えていきますから、いつもパターンが同じというのはしようがないんです。安部公房さ

タレントの山瀬まみが紹介する人気コーナーだった。

んの小説・戯曲の大きなパターンは、周りの環境、社会、世間といったさまざまなものが個人をどんどん閉じ込めていく。そして最終的には個人が負けてしまうというものです。『制服』もそのパターンで進行していくし、この『友達』はそれが一番よく出ている。だから、安部公房さんの代表作といわれているわけです。

安部公房さんは東京の生まれですけれども、お父さん（安部浅吉。一八九八〜一九四五）は北海道の人で、旭川中学から満洲医科大学に入って、卒業後も同大学の医者として勤務していましたが、東京の国立栄養研究所に出向中の大正十三（一九二四）年に安部公房さんが生まれました。その翌年、父母に伴われて奉天――いまの瀋陽ですね――へ行って、十六歳までそこで暮らします。

皆さんご存じのように、日露戦争の勝利によって日本は関東州という中国の遼東半島南部の租借地の権益をロシアから引き継ぎました。ここが後に〈満洲〉という傀儡《かいらい》国家になるわけですが、中国の人たちにとっては偽国家ですし、世界じゅうからも国家とは認められなかった。日本だけが認めていた、というか、自分でつくったわけですからね。そこへ開拓団という名目でどんどんどん日本人が入っていった。

そのとき、さすがの日本も、ただ土地を奪うだけではいけない、文化的なものも残さなければいけないというのでつくったのが、当時東洋一といわれた奉天満洲医科大学です。そこへ日本の医学関係、衛生関係の人たちが集まったのですが、安部公房さんのお父さんもその一人です。

奉天は面白いですね。山崎正和さんもいたし、赤塚不二夫さんのお父さんは奉天の郊外で警察官をやっていました。同じ漫画家の森田拳次さんとか『釣りバカ日誌』を書いた北見けんいちさんも奉天育ちです。それから、新京には別役実さん[*7]がいたし、大連には三船敏郎さん、ジャズの秋吉敏子さん、ジョージ川口さんといった人たちがいた。このあいだ芝居にしましたが[*8]、円生と志ん生も、戦後ですけれど、大連に六百日いたわけですね。

安部公房さんのお父さんは非常に優れた細菌学者で、細菌学を教えに奉天の医科大学へ赴任したわけです。このお父さんは、昭和二十（一九四五）年に奉天で亡くなります。敗戦時、満洲には、兵隊が六十万、その他に入植したり商売をやっている人たちも合わせると、大体二百五十万人ぐらいの日本人がいたのですが、この人たちが引き揚げを待っているあいだに冬が来るわけですね。その間、食料はないから当然体力が落ちる。そこへ発疹チフスの大流行が襲いかかる。

そうしたときに細菌学者である安部公房さんのお父さんは、大学に泊まりきりで日本人のために二万人分くらいの血清をつくるんですね。しかし、ご自分も発疹チフスにかかって死んでしまう。その瞬間に、安部公房さんは孤児になる。つまり、あれほど確乎としたもののように見えた満鉄[*9]、関東軍[*10]、そして日本国家自体が、一瞬のうちに消えてしまい、個人の希望や望みなども全部踏みにじられて

＊7　一八九ページ脚注40参照。

＊8　『円生と志ん生』。二〇〇五年二月、こまつ座の制作、鵜山仁の演出で初演。慰問先の満洲・大連で敗戦を迎えた落語家二人の六百日にわたる日々を大胆に想像した悲喜劇。

＊9　南満洲鉄道株式会社の略称。日露戦争で得た長春〜旅順間の東清鉄道およびその支線とそれに付属する権益を運用するために一九〇六年に設立された半官半民の国策会社。初代総裁は後藤新平。

＊10　一八四ページ脚注31参照。

しまったわけです。その個人対巨大な運命というものを象徴するものが「砂」であり、「壁」であり、あるいは「隣の人たち」なんです。そうした自分を押し潰そうとしている大きなものを、安部公房さんは常に書き続けた。

そこからいくと、『友達』というのは、たしかに、安部公房さんの生い立ちといいますか、少年時代、青年時代に出くわしたテーマですから、この作品は、他の人には書けない、独自のものだと思います。安部公房さんは、奉天から命からがら引き揚げてきて、東京大学の医学部に通いながら、想像を絶するようなアルバイトをしていく。食べるものといえば、どこからか豚の臓物を集めてきて、みんなでグツグツ煮たり、焼け跡の廃材を組み合わせた小屋に住んだり、苦労しながら医学部を卒業する。その傍ら小説を書き始めます。

そして昭和二十六年、一九五一年に「壁―S・カルマ氏の犯罪」で芥川賞をもらっています。さきほどもいったように、そこには個人を押しつぶす巨大な運命が描かれているのですが、それが、同じ体験をしているぼくらの胸を打ったわけです。

戦前・戦中の日本にあっては、天皇陛下の命令には絶対に逆らえない。国家というか、教師や校長先生から、少年戦車兵になれ、少年飛行兵になれといわれたら、それはもう、自分の運命として引き受けて死ななくてはいけない。一説によれば、昭和二十年の平均寿命は、男が二十三・七歳で、女性は三十二歳ぐらいといわれています。つまり、やたらと人が死ぬ時代で、二十歳を過ぎたら死ぬのが運命、当たり前だと思われていた。

その巨大な運命が、八月十五日でバッとなくなる。これ、ほんとうに不思議なんですよ。ほんとうにポカーンですよね。世の中、こうも簡単に変わっちゃうんだ、と。で、いままでさんざんお国のために頑張れといっていた人たちが、急に頑張るなっていい始めるのは一体どういうことなんだ、ということを、やっぱり突き止めざるをえない。

ぼくは生涯かかって、その原因を突き止めようと思って、いろいろな作品を書いてきたわけです。男はみんな二十三歳くらいで死ぬのが当たり前という、あんな窮屈な世の中を一体誰がつくったのか、誰かが何かをいった瞬間にそれがなくなるのはなぜか——それを死ぬまで考えようと思っているんです。つまり、安部公房さんのこういう原体験、原風景が、少し下のわたしたちの世代にも、確実にあるんです。

巨大なものは幻で、一瞬に消えるように見えるけど、しかし、それは実体をもって必ず個人を追い詰めてくる。『友達』でいえば、主人公の「男」を最後には殺してしまい、そして次の獲物を探しに行く、この巨大な「何者か」は、いろいろなかたちをとってくる。それは、もしかしたら、「煙草は危険だ」という人たちかもしれません。

「あなた、体に悪いですから煙草を止めなさいよ」といわれて、「いや、わたしは止めませんよ」というと、すごい悲しそうな顔をするんですけど、しばらくしてから、新聞の切り抜きなんかをもってきて、「先生、因果関係がわかりました」と、やたらと煙草の害を並べ立てて煙草を止めさせようとする。「別にあなたに煙を吹っかけているわけじゃないんだから、ぼくの好きにさせてくださいよ」と思うんですけどね。これだって、小さいけれども、個人を押し潰す力なんですよ。こういうことって、よくあります。

JRの駅のアナウンスなんか、その最たるものでしょう。「降りるときには忘れ物がないように、ドアはこっち側が開きます、足元にご注意ください」って。一体、何が面白くて、そんなに細かく指図するのだろう。誰も頼んでないのに、親切ごかしに、自分たちのアリバイをつくるために、ああいう責任逃れのアナウンスを次々に流してくる。あれほど喧《やかま》しい駅って、他の国にはない。ギネスブック入りですよね。

まあ、世の中ってのは、次々にいろいろなことが迫ってきて、それによって個人が潰されて、やがて非業の死を遂げていくというのがこの『友達』のテーマで、これは大変素晴らしいテーマなんですね。しかし、いま読むと、なんて下手な書き方なのだろうと思えてならない。冒頭に「友達のブルース」という歌〔後出、二四一ページ〕が出てきますが、「なんですかこの歌は?」というくらいに、稚拙です。

つまり、まだ芝居になっていないんですよ。元は小説[11]で、それを芝居に書き直しているので、小説的な処理をすごくしている。せりふ自体は、面白いところがたくさんある。家族が「男」に仕掛けていく減らず口とか、屁理屈とか、レトリックを逆手に取ってとっちめていくとか、すごく面白いところがたくさんあるのですが、残念ながら芝居になりきっていない。

＊11 『新潮』一九五一年十一月号に掲載した短編小説「闖入者」。

スタニスラフスキー・システムではできない『友達』

安部公房さんで一番印象的なのは、ワープロですね。あるとき、「井上君、君、若いんだし――ま、安部公房さんと比べると、たしかに若いんですけど（笑）――、ワープロ使ってる?」と訊かれたんです。その頃はまだパソコンは一般的じゃなかったんですね。で、「ぼくは、ゲーテじゃないですけど、やはり自分の血潮が万年筆の中へ入っていくような、そういう錯覚がないと力が入らないんです」と答えたら、「君は馬鹿だね。文章を書くのは頭であって、道具じゃないんだよ」っていわれました。

明治の頃を考えてみると、ほとんどの作家がもっぱら筆で書いている。樋口一葉も筆ですね。でも、森鷗外とか夏目漱石といったヨーロッパへ留学した人たちが、いちはやく万年筆を使い始める。当時のイギリスにはオノトというものすごくいい万年筆があり、漱石も丸善から取り寄せたオノトの万年筆を愛用していました。大まかにいうと、漱石のような純文学系といわれる人たちは、みんな万年筆を使っていて、大衆小説家はかなり長いあいだ筆を使っていた。で、筆で書いていた人が万年筆を使うと、文体が変わるかどうかという問題は、やはりそのときにも起きています。

いまは、鉛筆、ボールペン、万年筆からワープロのような電子書記道具がありますけど、安部公房さん曰く、どんな道具を使おうと、使っている頭は自分の頭であり、鉛筆で書こうが、ボールペンで書こうが、結局は印刷されて活字になるわけだから関係ない、と。「君はそういうところにこだわってはいかん。すぐ、ワープロを始めたまえ。この次会うまでワープロをやっていなかったら、君を原始人と見なす」といわれてしまいました（笑）。

それで、わたしもワープロをやってみようかと思ったんです。なぜかというと、わたしは自分の書く字が好きではなかったからです。周りを見てみると、ワープロを使う人というのは、みんな自分の字が嫌いな人なんですね。で、自分の字が好きな人はワープロを使わない。大江（健三郎）さんがそうです。大江さんは、何回も書き直す人ですけど、さすがに決定稿ができて、それでも直す場合は、あらかじめしくじった原稿用紙をとっておき、決定稿の間違った箇所にぴったり合うように鋏で切り抜いて、それを上から貼って直す。だから、大江さんの決定稿は、そういう直しをあちこちに貼っているので、こんなに分厚くなっている。それが大江さんのこだわりです。大江さんは、自分の字が好きなんですよね。

丸谷（才一）さんも自分の字が好きですね。丸谷さんは、ほんとうにいい字を書きます。達筆ではないんですよ。幼稚園の園児みたいな字なんだけれど、なんともいえず温かい、いい字を書く。ぼくの場合は、字はきれいなのですが、ガリ版を切るときの文字のようになっちゃうので、自分の字がいやでした。それでワープロを使い始めたわけです。

たしかに、戯曲を書くときはワープロやパソコンはすごく便利です。ただ、なんでしょうね。手書きでやっていたときの力、迫力が出てこない。頭の中でせりふをつくって、手書きでキリッと書いていくときの力強さが、ワープロやパソコンを使うと消えてしまう。いまの若い作家はみんな、最初からワープロやパソコンを使っていますから、たくさん書くには楽なんですけど、どこか取り止めなくツルツルツルッと書いている感じがする。

ですから、安部公房さんの意見は、半分は当たっていますけど、半分はちょっと違うんじゃないでしょうか。やはり、筆記用具によって文体は変わりうる。ただ、主に頭で書いているというのは、安部公房さんのおっしゃる通りです。いまもわたしは、下書きはまず手で書いて、それをワープロで何回も打ち直し、それをプリントして、それを見ながらさらに打ち直して、それをまたプリントして直す——そういう作業を二回、三回とくり返しながら決定稿をつくっていく。そうすれば、自分の字を見ないで済みますからね。

さっきもいったように、自分の筆跡にナルシシズムをもっている人は手書きです。一方どんなにきれいな字でも、自分の字が気に入らない人もいる。長部日出雄さんはとてもきれいな字なのですが、聞いてみると、自分の字が気に入るときと気に入らないときとがあるらしくて、それがいやだから、長部さんはいち早くワープロ、パソコンに転向したそうです。

編集者がよく嘆きますよね、「字の汚い人がワープロ使ってくれればいいのに、長部さんや井上さんみたいに字がきれいな人が、なぜワープロを使うんですか」って。きれいな字であろうが汚い字であろうが、自分の書いた字をほれぼれと見る人は、絶対にワープロやパソコンには行かないですね。

安部公房さんからそういわれて、ワープロを始めたのですが、考えてみると、ぼくはけっこう新しもの好きで、テレビ時代には、アメリカの作家みたいにタイプライターでものを書けないかと考えていました。その当時、カナタイプというのがありました。カタカナだけで電報を打つみたいな感じで、これがけっこう高かったんですけど、それでメモなんかをカナで打っていた時期がありました。カナでメモを書くというのも、子どもみたいでいやだなと思って、ちょっと止めていたんですが、器械で字を書くのは、好きは好きだったんです。

それはともかくとして、安部公房さんの思い出はたくさんあります。もうひとつご紹介します。渋谷のＰＡＲＣＯ劇場[*12]のこけら落としとして、安部公房さんの『愛の眼鏡は色ガラス』とぼくの『藪原検校[*13]』がかかったのですが、これは完全にわたしの勝ちでした（笑）。

皆さんご存じのように、安部公房さんは、毎年ノーベル文学賞の候補に挙がっていました。とくにソ連での支持が高く、ほとんどの作品がロシア語に訳されていますす。ですから、ソ連は常に安部公房さんをノーベル賞候補に推していて、安部さんは六十八歳で亡くなっていますが、もうちょっと生きていたら、必ずノーベル文学賞をもらっていたと思います。それだけ世界的な作家で、翻訳もたくさんある、日本を代表する小説家、劇作家です。

しかし、実際の脚本を読んでみると、下手ですね。テーマはいいのですけれど、この展開、どうするんですか？　というのがいくつもある。もちろん、実際にテレビや舞台で観て、感動した人も多かったわけですから、ぼくが大きなところを見逃しているのかもしれません。

安部公房さんの演劇活動をほんとうに理解するためには、実はスタニスラフスキー・システムというのを、ちゃんと説明しないとわからないんです。スタニスラフスキー・システムというのは、二十世紀の世界の演劇を代表する俳優術、演技方法です。スタニスラフスキー[*14]というのは、モスクワ芸術座の演出家で、チェ

＊12　当時の名称は西武劇場。

＊13　一九七三年七月、五月舎制作、木村光一の演出で初演。東北の片田舎に生まれた盲目の少年が晴眼者に伍して生きていくため悪事を武器に闘い、検校にのぼりつめていくピカレスク。

＊14　コンスタンチン・セルゲーヴィチ・スタニスラフスキー（一八六三～一九三八）。俳優、演出家。独自に考案した俳優の教育法は、スタニスラフスキー・システムと呼ばれて、日本の新劇やアメリカのアクターズ・スタジオなどにも大きな影響を与えた。

ーホフの四大戯曲（『かもめ』『ワーニャ伯父さん』『三人姉妹』『桜の園』）をすべて演出した人です。チェーホフの講義のときにも説明しましたが[*15]、チェーホフの『かもめ』は、最初ペテルブルクで上演されたのですが、そのときは惨憺たる失敗に終わります。

なぜかといえば、ペテルブルクの劇団が演《や》ったのは従来の芝居、つまり座長芝居だったんです。チェーホフは自分の芝居を梅沢富美男に渡したと思えばいいでしょう。座長芝居というのはスター芝居ですから、お金のことから配役に至るまで、座長がすべて取り仕切る。主役の座長が真ん中に立って、その横に劇団内の偉い順で並んでいって、下っ端は端っこ。そういう劇団が『ハムレット』をやると、主役の座長が舞台の真ん中で観客に向けて、「生きるか死ぬか、それが問題だ」と大見得を切るという芝居になる。当時は、そういう芝居、演劇術しかなかった。それで『かもめ』をやったものだから、大失敗したわけです。

ところが、『かもめ』を読んで感動した若いアマチュアの劇団がモスクワにありました。彼らはまだアマチュアですから、旧来の大見得を切るような芝居はできもしないし、覚えようともしません。ただ直感的に、この台本を普通にやったらどうだろうと考えたわけです。普通のモスクワ市民がふっと舞台に載って、この芝居を演る――そういうコンセプトで演ったらどうだろう、と。で、実際に演ってみたら大成功を収めた。その演出家がスタニスラフスキーとダンチェンコ[*16]で、

＊15　『芝居の面白さ、教えます――井上ひさしの戯曲講座』海外編「チェーホフ」の項。

＊16　ヴラジーミル・ネミロヴィチ＝ダンチェンコ（一八五八～一九四三）。劇作家、演出家。自然主義を徹底させた自由劇場の創設後、スタニスラフスキーと共にモスクワ芸術座を創立。

若い団員には、これまたその後に演劇界に革新を起こすメイエルホリド[*17]もいました。

つまり、アマチュアの演出家と俳優たちの考えが『かもめ』に描かれている世界に一番近かったんですね。既存の劇団では、大見得を切ったり、身振りを大きくしたり、過剰に嘆いてみたりしてしまうので、『かもめ』の世界を描くことができない。逆に、アマチュアの技術のなさが、実は『かもめ』に向いていたわけですね。

このアマチュア劇団、モスクワ芸術座は、『かもめ』を六ヵ月から八ヵ月もかけて一所懸命稽古するのですが、そこで出来上がったのは、いままで見たことのない芝居なんです。スタニスラフスキーは貴族の息子でお金持ちですから、生活の心配がない。思う存分、自分たちが考えた芝居に打ち込むことができた。俳優というのは、自分の技術を見せるのではなく、登場人物の中に入り込まなければいけない。充分な稽古を重ねることで、独自の方法論を確立していく。その方法論をスタニスラフスキー・システムといいます。

ですから、モスクワ芸術座の稽古は、たいてい八ヵ月が標準ですね。八ヵ月間、家へ帰っても、喫茶店に行っても、街を馬車で走っているときも、常にいま自分が演ろうとしている役のことを考えて、ああいう感じかな、こういう感じかなというふうに演技をつくっていく。そういう演技術が、いまから百年ほど前にモス

*17 フセヴォロド・エミリエヴィチ・メイエルホリド（一八七四〜一九四〇）。演出家。ダンチェンコに師事し、モスクワ芸術座の創設に参加。『かもめ』のトレープレフを演じた。一九二〇年にはメイエルホリド劇場を創設。即興劇やサーカスなどの手法を取り入れた斬新な演出を試みた。さらに独創的な俳優術理論ビオメハニカを提唱し、身体を駆使した力強い舞台表現を追求した。

クワで確立したわけですね。

日本においても、小山内薫[*18]さんがモスクワ芸術座の方法論を事細かにノートに書いて、その方法論を活かして、築地小劇場を日本のモスクワ芸術座にしようとしたわけです。つまり、築地小劇場というのは、日本でスタニスラフスキー・システムを実践するとどうなるかという実験場なんですね。結局それが「新劇」になっていく。ひと言でいえば、スタニスラフスキー・システムというのは、徹底的な心理主義です。

でも、『友達』という芝居は、このスタニスラフスキー・システムではできない。主人公の「男」は三十一歳の商事会社の課長代理と書いてありますが、どこで生まれて、どういう学校を出て、いまの会社にどういうふうに入って、具体的にどういう仕事をしているのかがわからない。スタニスラフスキー・システムであれば、みんなで徹底的にこの男について話し合って、可能なら作者を呼んで説明してもらう。そうすることで、この「男」を演じる俳優が、この「男」以上に「男」になっていくという方向を目指す。

ぼくはそれを揶揄《からか》って、「掘り下げ工事屋さん」といっています（笑）。井戸を掘るんじゃないんだから、そんなに掘り下げてもしようがないだろう、と。いくら役者が役に入り込もうと、しょせん他人にはなれないわけですから。

ぼくはスタニスラフスキー・システムにはちょっと反対なんです。でも、二十

＊18　二八ページ脚注25参照。

＊19　マイケル・チェーホフ（一八九一～一九五五）俳優、演出家。スタニスラフスキーの下でモスクワ芸術座で演出等を手がけていたが、政治情勢の悪化のため、一九二八年、ソ連を出国。以後、イギリスを経て米国へ。アクターズ・スタジオでは、「マイケル・チェーホフ・テクニック」と呼ばれた独自の演技術で多くの俳優を育てた。直接の教え子に、マリリン・モンロー、ユル・ブリンナー、ゲイリー・クーパ

世紀前半の世界の演劇はほぼ完璧にこれです。（一九一七年に）ロシアで革命が起きてソ連になりますが、モスクワ芸術座はそのまま残ります。しかし、スタニスラフスキーと一緒に仕事をしていたチェーホフの甥っ子がアメリカへ亡命し、アメリカで参加するのがアクターズ・スタジオです。[*20] そのように、ロシア革命以後、スタニスラフスキー・システムは各国へ散らばっていき、その国の演劇的伝統の中に取り入れられる。それが、アメリカではアクターズ・スタジオになり、日本では「新劇」になっていきます。[*19]

スタニスラフスキー・システムにおいては、役者は完全にその登場人物になり切らなければならない。そうでないと演技はできない。そういう方法論はそれまでなく、その新しさゆえに、世界じゅうにバーッと広まっていったわけです。アメリカでいえば、マーロン・ブランド、ロバート・デ・ニーロがアクターズ・スタジオ出身で、彼らはスタニスラフスキー・システム通りに、その役になり切る。デ・ニーロなんてすごいでしょう、役づくりのためにどんどん食べまくって、体重を三十キロも増やしてしまうんですから。マーロン・ブランドのほうは、アクターズ・スタジオの割には勝手なことをやっていて、どこか役の人物になり切っていないところがある。まあ、『波止場』とか、すごい名作がたくさんありますけれど、ちょっと個性が強過ぎて、アクターズ・スタジオからは消えています。

日本でも映画『楢山節考』のときに坂本スミ子さんが前歯を抜いたでしょ。[*21] あ

ー、クリント・イーストウッドなど。

＊20　ニューヨークにある俳優養成所。一九四七年、エリア・カザン、ロバート・ルイス、シェリル・クロフォードにより創設され、五〇年からリー・ストラスバーグが加わった。スタニスラフスキーの理論をアメリカの演劇に応用したメソッド演技法をもとに指導がおこなわれ、数多くの俳優を輩出した。

＊21　映画『楢山節考』（今村昌平監督、一九八三年）において、当時四十七歳だった坂本スミ子が、六十九歳のおりんを演じるため、前歯四本を抜いて撮影にのぞんだ。

れ、完璧にスタニスラフスキー・システムですね。そんな、歯を抜く必要なんてないんですよ、本当は。でも、登場人物の歯が抜けていたら、そのようにやるというのがスタニスラフスキー・システムなんですね。ともかくこの方式では、まず登場人物の心理を摑まないと演技ができない。

で、こうしたものが主流になると、必ず、それに反撥する動きが出てくる。それがさきほどちょっと名前の出たメイエルホリドで、それからブレヒト[*22]もそうですね。つまり、役者といえども、しょせん他人にはなり切れないわけだから、むしろ、俳優が俳優であることをずうっと意識しながらその役を操作していく――。いわばスタニスラフスキー・システムとは逆の方法論をつくっていく。だから、たとえばブレヒトの『三文オペラ』をスタニスラフスキー・システムで演ったら、大変なことになっちゃうわけですね。

実は、戦後の日本の演劇の流れもそうなんです。宇野重吉[*23]さん、滝沢修[*24]さん、みんなスタニスラフスキーです。つまり、民藝も俳優座も、スタニスラフスキーです。ところが、安部公房さんはブレヒトのほうなんです。しかも、ブレヒトそのものではない。安部公房さんの後半の悲劇は、スタニスラフスキー・システムで育った俳優を使って、スタニスラフスキーではできない芝居をやらせようとしたことなんですね。ぼくはそのことを危惧していたし、面と向かっていったこともありました。

＊22　ベルトルト・ブレヒト（一八九八～一九五六）。ドイツの劇作家、詩人、演出家。一九二八年『三文オペラ』の成功で世界的名声を得るが、三三年にナチスの迫害を逃れて亡命。欧米各地を転々とする。帰国後、四九年にベルリナー・アンサンブルを創設。主な作品に『肝っ玉おっ母とその子供たち』『ガリレイの生涯』など。

＊23　一九一四～八八。福井県生まれ。俳優、演出家、映画監督。新協劇団を経て、五〇年、民藝を創設した。

＊24　一九〇六～二〇〇〇。東京市出身。新劇を代表する俳優。築地小劇

実際、西武の堤清二[*25]さんがバックアップして、安部公房スタジオ[*26]という劇団ができて、そこに安部公房さんが自分の好きな俳優を集めるのですが、それが全部俳優座系だったんですね。仲代達矢さん、井川比佐志さん、それに安部さんの教え子の山口果林さん……。仲代さんと井川さんは俳優座に籍を残したまま安部公房スタジオに入っています。ブレヒト風の自分の芝居を、スタニスラフスキー・システムを学んできた俳優たちに演らせようというのは、どう考えても無理だったんですね。

安部公房さんの有名な『ガイドブック』[*27]という芝居があります。これには台本がなくて、設定だけが書いてある。稽古場にみんな集まって、この第一場はこういう設定です、あなたは男Aです、あなたは男Bです、あなたは女Aです、あなたは女Cです、さあ、芝居を演って下さい――と。これ、スタニスラフスキー・システムでは演りようがない。スタニスラフスキー・システムで育った俳優は、「その男って何歳ですか、どんな会社にいるんですか。奥さんはいるんですか、いないんですか」ってことを、聞かざるをえないですから。

ところが安部公房さんは、「そういうことを考えるから駄目なんだ。とにかく、男、三十一歳なら、三十一歳の男で動いてみてくれ」というわけです。結局、仲代さんも井川さんも、安部公房さんを見限って、俳優座へ戻ってしまう。だから、晩年の安部公房さんは演劇では大変苦労されて、それで命を縮めたのだとぼくは

場、新協劇団などを経て、一九五〇年、宇野重吉らと劇団民藝を創設。重厚で存在感のあるリアリズムを基調とした演技で知られる。主な舞台に『炎の人』『セールスマンの死』『審判』など。

＊25　一九二七～二〇一三。実業家、小説家、詩人。筆名は辻井喬。西武百貨店、西友、パルコをはじめとするセゾングループを形成した。私財でセゾン文化財団を創立、芸術家の活動を支援した。

＊26　一九七三年に発足。メンバーは新克利、井川比佐志、田中邦衛、仲代達矢、山口果林ら十二名。西武劇場を拠点として活動した。

思いますね。

築地小劇場ができたときに、小山内薫さんたちのスタニスラフスキーの心理主義に対抗して、村山知義[*28]という人が、心理なんかわかるもんじゃない、表に出て、見えたところが勝負なんだと、表現主義というのを掲げていくわけです。結局、演劇というのは、この二つの対抗なんですね。つまり、俳優が自分の扮する役に入って行こうとする方法か、それを止めて、その役を自分のできる範囲でまとめ、それを自由に操作して演っていく方法か。

ぼくの場合は、そのどちらともいえない。ぼくの芝居では、一人何役っていうのがずいぶん多いのですが、これはブレヒト流なんです。一人の役者が三役も演るっていうのをスタニスラフスキー・システムではできない。そんなことやったら、役者さん、死んじゃいますよ。わたしの場合は完全にスタニスラフスキーを捨て、俳優が自分の役を自在に使いこなしてしっかりコントロールしていく。そして、むずかしいせりふを見事にこなせる技術を大事にしてほしいと思っています。

そもそも俳優は、心理主義と表現主義の両方をもっている。その二つをどう引き出していくかは演出家の役目になるわけですが、安部公房さんは、俳優が役をコントロールするのも駄目だ、加えて、徹底的に熱くなると同時に、徹底的に冷めてないと駄目だという、矛盾を言い出したわけですよ。

＊27　一九七一年十一月、紀伊國屋書店制作により初演。稽古場には、脚本はなく、俳優にはガイドブックという指示書が与えられ、それに従って即興で演技をおこなう。それを録音テープで記録して台本を作成した。アドリブやハプニングなどの即興性を舞台に取り入れようとした実験劇。

＊28　一九〇一～七七。演出家、小説家、画家、劇作家、舞台装置家。一九二二年にベルリン留学し、帰国後、前衛芸術家として活躍。三四年、新協劇団の創設に参加するが弾圧により解散。戦後に再建し、五九年、中央芸術劇場と合併して東京芸術座を結成。活動分野

は多岐にわたった。

ぼくは、安部公房さんの『ガイドブック』の稽古を観たことがあります。そのときの安部公房さんは、当時はまだ珍しく、テレビ局しかもっていなかったビデオカメラを買い込んで、それで役者さんがまごまごしているのをずうっと撮る。再生した画面を見ながら、あそこはこうしないと駄目だとか指示する。そういう演出でしたね。

それを見て、安部公房さんは大事なものをひとつ捨てたなと思いました。詩だろうが、小説だろうが、戯曲だろうが、そこには共通した大きな要素がある。それは物語、ストーリーなんです。詩でも、良い詩はストーリーがありますよね。宮沢賢治の「雨ニモマケズ」という詩には、すごいストーリーがある。何が起こって、どうなったのか。それを知りたいというのは、人間の本能なんです。安部公房さんは、その大事なものを捨ててしまった。この『友達』も、一人の男がいて、彼には婚約者がいる。結婚のために新しいアパートを見つけたところへ、突然見知らぬ一家が入り込んでくる。はて、これから一体どうなるんだろう……。これ、すごく面白い物語の始まりなんですよ。

ところが、一家の理不尽な要求に、この男は一回も反撃に転じない。ぼくは、乱入してきた連中をこの男が一網打尽にして、追い出すのに成功する寸前までいかないと駄目だと思うんですね。そこでまた反撃されて、最後に殺されてしまう――。そういう流れがないと、芝居とはいいにくい。

もし、「反撃するのは自分の目的じゃない」と安部公房さんがおっしゃるんだったら、国家に対して個人はまったく無力で、圧倒的に攻め尽くされて、結局、殺されて死ぬしかないということを、もっと力強くワクワク、ドキドキするような具合に見せてほしい。この男は力で反撃する余裕はないけれど、レトリックとやさしさ――カッコ付きのやさしさ――とうそくさい善意で、ぐんぐんぐんぐん迫って行くようなことをやってほしかったと思いますね。

こうやって見ていくと、安部公房さんの小説は世界的レベルですけど、どうも演劇というものをほんとうには理解していなかったんじゃないかと思わざるをえません。ぼくはこの『友達』を名作だと思って、安部公房さんなら『友達』を絶対取り上げないと駄目だと思っていたのですが、読み返してみたら……。

もちろん、ぼくの考えが当たっているというわけではありません。ぼくが戯曲を読むときには、実作者として、「安部公房君、おれを参らせてみろ。君とおれはどっちがいい芝居を書けるんだ」みたいな気持ちで読んでますから、つい評価がきつくなるんです。わたしのライバルは全劇作家ですからね（笑）。

いま、ちょうど『兄おとうと』[*29]の書き直しというか、一場面の付け加えをやっていて、わたしの頭は完全に劇作家として働いているんです。この芝居を書き上げて普通人に戻っていれば、また別の評価があったと思いますけれど、いまは「おれは絶対、こういうのは書かないぞ。こんな下手なものは書かないぞ」という

＊29　二〇〇三年五月、こまつ座制作で初演。二〇〇六年一月、一幕ものだった初演台本に、第四場「カードの行方」を加筆し、二幕五場で再演。演出はともに鵜山仁。

劇作家としての見方が非常に極端に出ている。だから、今日の話は八〇パーセントくらい割引いて聞いていていただきたいと思います（笑）。

芝居としては徹底していない

ということで、安部公房さんに失礼とは思いましたが、『友達』は芝居として徹底していないということを指摘させていただきます。ただ、テーマはさすがにすごく大きいですね。個人を潰そう、個人なんかどうでもいい、とくに弱い個人なんかどうなってもいい、生き残れない市町村なんか全部潰れても構わない、生き残ったところだけで日本をつくっていこうじゃないか、というのがいまの小泉（純一郎＝二〇〇一〜〇六年の首相）さんの考えでしょう。そういう動きが、ひしひしと迫っている。それに重ねて読むと、このテーマのすごさがわかってくる。テーマの取り方は、やはり世界的レベルです。

でも、この芝居の実行形態は疑問です。たとえば、この「男」は最後に牛乳を飲んで殺されますが、そこへうまくもっていくためには、次女との関係をもうちょっと書かないと駄目なんです。次女が、一瞬のうちに男に恋をしてしまうという場面があれば、お客さんも読者も、「ああ、この一家は、次女を使って男を仲間にしちゃうのかな」と思うわけですね。どうしてそういうふうにもっていけなかったのでしょう。趣味の問題か、品性の問題か。ぼくにはどうにも合点がいきません。

どうも皆さんの期待に背く結果になってしまいましたが、この芝居が素晴らしいという方も大勢いらっしゃると思います。ぼくの意見は、一人の実作者として安部公房さんと真正面から対決したうえでの結論だと思ってください。心穏やかなときに読めば、やっぱり名作でしたっていうかもしれません（笑）。

ほんとうは、チェーホフやイプセンのときのように、せりふの一行、一行を取り上げながらやろうと思っていたんですね。たとえば、冒頭に出てくる歌は、どういう効果があるのかと、線も引いたりしているうちに、この場面転換はどうも処理が変だな、なぜ同じ舞台なのに、そこで切ってしまうのか、切ることに意味があるのか、と。でも、そうじゃない。それは作者の都合なんです。作者の都合で書いた芝居というのは駄目なんです。こう書いちゃえば簡単だけど、芝居としては駄目だぞと、踏みとどまる力がちょっと足りない気がします。

今回、『砂の女』とか初期の小説をもう一度読んでみましたが、小説はやはり素晴らしいですね。だからこれからは、安部公房さんの戯曲は読まずに小説を読んで余生を送りたいと思いました（笑）。

人間存在に対する根源的な不安

それでは、『友達』についていただいた質問からいくつか取り上げながら進めていきたいと思います。

《『友達』を読んでインターネットの世界を想起させられました。名前のない人たちのバーチャルな友達の世界と現代に合わせてリメーク上演されたら面白いと思いました。》

これはすごい着眼点ですね。逆にいうと、安部公房さんが取り出している主題は普遍的なわけですね。昭和四十二（一九六七）年に書かれた作品のテーマが、実はいまもかたちを変えながらわたしたちの社会を分析する道具に使えるということは、安部公房さんのテーマの設定力の素晴らしさですね。

ぼくは、インターネットはまったくやっていません。誤解かもしれませんが、ぼくはインターネットにろくな情報があるはずがないと思っています。逆に、インターネットに載っていない情報こそ大事だと思っています。こう考えるのは、ものを書く人間の宿命ですね。もの書きというのは、みんなの知っている情報じゃない情報をなんとか探そうとするわけですから。

それに、ぼくはインターネットでものを買う気もありません。たとえば、この靴を買っちゃうと、もう一生靴がいらないなとか、この背広を買うと、もう背広は一生買うことはないだろうな――。自分の寿命があとどのくらい残っているのかわかりませんが、そういうことを考えてしまうのは、老年のつらさですね。歳を取るのは、なかなか大変ですよ。お釈迦様が「生老病死《しょうろうびょうし》」といいましたが、生まれてきて、若い頃はいろいろなことがありますけど、「老・病・死」の三つは、一度に来るんです。これはかなりの重量感がありますね。わたしは、いまそれを非常に身に沁みて感じています。歳を取るというのは大事業で、歳を取って死んでいくというのは、さらに大事業だと思いますね。

次の質問です。

《とても不思議な物語だと感じました。最後に次女が「さからいさえしなければ、私たちなんか、ただの世間にしかすぎなかったのに」と語っているところにドキリとさせられました。「男」自身の人生がいつの間にか自分では決められない状態にさせられ殺されてしまう。この男の人も予想しなかっただろう展開になっていること。そしてこれは男の人だけではなくこれまでも、そしてこれからも同じようにくり返されることを暗示している。このことに恐ろしさを感じています。いまの世の中、いつの間にか自分を縛り、動けなくしてしまうことが多いのではないかと考えさせられました。父親が「みんなが、われわれを待っているのです」と語るけれども、ほんとうに皆が望んでいるのか、世間に逆らわずに生きていくことを望んでいるのかと。そんなはずはないと思いながらも気がつかないうちにその方向に引きずられてしまうのではないかと思います。》

これも素晴らしい意見だと思います。きちっと作者のテーマを読み取っていらっしゃる。この芝居の中では、具体的には世間が、隣人たちが、友人たちが「男」の世界に突然入ってきて、だんだんと善意のうちにその男を金縛りにして、やがて死までもって行ってしまうというふうになっている。そして、再三お話ししているように、その後ろには、組織とか国家というものは、善意で動いてはいても、徐々に個人の自由を縛っていくという、人間社会の基本的構造がある。この質問者の方は、この基本をちゃんと汲み取っていらっしゃると思います。

こういう質問もあります。

《もしこの『友達』のテーマで井上さんが芝居をつくるならどんなストーリーですか。》

わたしはこのテーマで芝居をつくるつもりはありませんので、お答えのしようがない（笑）。それに、安部公房さんのテーマを借りてぼくが書いてもなんにもならないですよね。

最初に安部公房さんの生い立ちをちょっとお話ししましたけれど、安部公房さんは、ほんとうの意味での無政府主義なんですね。つまり、根無し草です。一番多感な高校から大学時代に、大日本帝国の崩壊を体験して、しかもお父さんが奉天で足止めされた日本人のために献身的に尽くしたうえで死んでいく。そして自分は、奉天の街へ放り出されて、転々としながらなんとか生き延びていく。そのときに、国家というものはなんの役にも立たないということを身に沁みて感じている。

結局、東京でも北海道でもどこにも根を下ろすことができない。つまり、砂ですよね。砂は風によっていろいろにかたちを変えるけれども、植物も生えない。自分はそういう砂の世界に生きている、という実感があったと思います。

この世界に根っこがなく、風次第でどうなるかわからないという、非常にラディカルといいますか、人間存在に対する根源的な不安感と、自分をそういうところに落とし込んでくる周りに対する強烈な敵意。これはもう、安部公房さん以外にもちえないもので、他の人がこのテーマで書くのはむずかしいですね。

次の質問です。

《演劇論的に青年団[*30]のあの「静かな舞台」はどの流れですか、教えてください。》

実をいって、ぼくは青年団の芝居って、観たことがないんですよね。というか、他人《ひと》の芝居はほとんど観ないようにしています。観れば影響を受けますし、良ければ腹が立つし（笑）、悪ければ時間の損だと思う。それに、自分の世界を大事にもっていくためには、他の芝居を観て勉強をしないほうがいい。そこが評論家と違うところです。ですから、この質問には答える力がありません。青年団の舞台を観ていませんので。

ただ主宰の平田オリザ[*31]さんの作品が最初に活字になって現れたときには、非常に不思議な面白い形式を取っているなと思いました。というのは、あの人はいろいろな記号を使うんですよね。△の印のところは同時にいうとか、○のところは一秒あいだを空けるとか。そして、全編話し言葉で、しかもむずかしい言葉を絶対使わずに、挨拶程度の言葉をずうっと積み重ねていくと、やがて大きな状況が遠くに見えてくる――。

たとえば、美術館やホテルのロビーで、人びとが普通の挨拶や世間話をしていて、それがだんだんと積み重なっていくうちに、その芝居の世界がどういう世界なのか明らかになっていき、やがて遠くでとんでもないことが起きていることが

＊30　一九八二年、平田オリザを中心に、国際基督教大学の学生劇団として旗揚げ。五反田団、サンプル、ままごと、東京デスロックなどの劇団が生まれる母体にもなった。二〇二〇年、東京のこまばアゴラ劇場から兵庫県豊岡市の江原河畔劇場へ拠点を移した。

＊31　一九六二年、東京生まれ。劇作家、演出家、青年団主宰。「現代口語演劇理論」を提唱。主な作品に『ソウル市民』『東京ノート』『北限の猿』など。二一年、芸術文化観光専門職大学の学長に就任。

わかる。むしろこれは、チェーホフのやり方だと思います。チェーホフのすごさは、大事件は舞台上では扱わずに、すべて舞台の外で起きていることです。これは、芝居の鉄則を大胆に破っている。大事なことはお客さんの前で演るというのが、それまでの芝居の鉄則です。

その他にも、大事なことは三回いえというのもあります。「火事だ」「どこが火事だ」「神田だ」「えっ！　神田でか」「そう、神田で火事だ」というふうに、火事と神田を三回くらいいわないと、お客さんは聞き逃すというのもあります。まあ、商業演劇の教えで、変なヘマをする人物を出したらそのヘマを三回くり返す。

その一回ごとに違うシチュエーションを設定して、そのあいだに芝居の流れに大きな影響が出るように三回使っていく。最初はさりげなくバナナの皮で滑って転ぶ。それ一回だけでは駄目なんです。もう一度その登場人物に滑らせて転ばさないといけない。でも、転ぶことによって何かが変わる。で、三回目はもっと大きく変わる、というふうに三回使う。昔から、そうした芝居のつくり方があるわけですね。で、そういう方法を一番うまく使ったのがシェイクスピアです。

長いあいだ芝居をやっているうちにできてきた経験的なルール、あるいは芝居のコツというのでしょうか。それを充分に使ったシェイクスピアが一方にいるとすると、チェーホフはその反対なんです。同じことを三回いうなんて、チェーホフからすれば馬鹿なことなんですね。決闘のシーンでもなんでも、すべて舞台の外で起きたことにしていますから、お客さんが観ている舞台は割と静かなんです。

おそらく、平田さんはチェーホフをうんと勉強しているはずです。チェーホフを日本に置き換えるとこうなるんだぞ、というつくり方をしていると思いますね。ただ演技の方法としては、どうもスタニスラフスキーではなく、むしろブレヒトといいますか、メイエルホリドといいますか、割と記号論的な感じがする。というのは、平田さんは固有名詞をつくらずに、「あの男」「教授」「学生」というふうに普通名詞で書いていますから。ぼくなぞは、学生にも名前があるはずだという、実に古いつくり方をしています。

だから、平田さんの劇作の方法は、チェーホフを平田オリザという青年が読み解いて、それを日本に移し替えると、こういうせりふのかたちになるに違いない、ということをおそらくやっているのだと思います。それを演技で実現するときには、スタニスラフスキーではなくて、俳優が自分の役柄を、男なら男、学生なら学生、教授なら教授を使いこなすという、ブレヒト流の演技論でやっていると思います。そこを除けば、「静かな舞台」というのは完全にチェーホフですね。

シェイクスピアとチェーホフは時代が違いますが、並べて考えると面白いんですね。シェイクスピアは、人間の感情と情念をどういうふうに処理していくかということで、たくさんの芝居を書いている。情念がもっとも高まったところを描いたのが『ロミオとジュリエット』ですね。たったの四日のあいだに、若い男の子と若い女性が一瞬のうちに恋をして、人生を急いで死んでしまう。情念というか、恋の感情で人間がこうも動くということを力一杯やっていく。それを一方の代表だとすると、チェーホフはその逆を行っている。だからチェーホフを演るのはむずかしいんです。

シェイクスピアは、割と気合を入れて演ればなんとか成立するんですね、ちゃんと台本ができているから。でも、チェーホフは気合を入れて演っても駄目です。気合を入れて演れば変な芝居になるし、ならばクールで行けばいいだろうと思っても、そうも行かない。なかなか大変な戯曲なんです。そこをなんとか解決したのは、もうその人になり切るしかないという、さきほどからいっているスタニスラフスキーの方法論です。

だから青年団のあの「静かな舞台」は、流れからいうとチェーホフです。そして演技の方法は、チェーホフ／スタニスラフスキーの路線ではなく、メイエルホリド／ブレヒトの方向で、機能的に役者さんを使う。平田オリザさんは、そういうむずかしいことをやっていると思います。

「友達のブルース」と芝居の展開の齟齬

次の質問です。

《テーマは良し、ストーリーに問題がありということでした。葛藤の不足。ほかに問題があるなら挙げて下さい。》

芝居の冒頭に「友達のブルース」という歌が出てきますね。

夜の都会は
糸がちぎれた首飾り
あちらこちらに
とび散って
あたためてくれたあの胸は
どこへ行ってしまった
迷いっ子　迷いっ子

これ、いい加減な歌だと思うんですね（笑）。要は、この歌がこの芝居の本当のテーマをつかまえているかどうかです。この芝居は、友達のふりをした「世間」が主人公の「男」を追い詰めていくわけですが、この主題歌はおそらく世間ではなく、男のほうへくっついていると思います。男には婚約者がいますけれど、やっぱり寂しいんですよ。結局、反抗しながらも世間というのを受け入れていく。

で、受け入れた結果、世間に取り潰されてしまう。この歌は、そういう男の気持ちを歌ったように思えます。

みんな勤めに出たり、恋人をつくったりしているけれど、糸がちぎれた首飾りの宝石のようにあちこち飛び散って、本質的には孤立している。これが安部公房さんの人生観だと思います。大日本帝国という、絶対切れないと思っていた糸が、敗戦によって切れてしまい、その糸で数珠のように繋がっていた人たちがばらばらになってしまった。

それが安部公房さんの原体験ですよね。なんだ、国家というのは首飾りの糸に過ぎなかったんだ、と。いったんその糸が切れた以上は、国家という幻想をもっていた人たちがみんなバラバラに投げ飛ばされてしまう。そのことを歌っているわけですが、どうもこの芝居の流れに合わないんですよ。

ぼくだったら、むしろ世間のほうをテーマにした歌を書きますね。世間というもののやさしさ、そこにある押し付けがましさ、さらには残酷さ、そういうものをもったテーマソングをつくったと思います。でも、安部公房さんは、「男」のテーマソングにした。もしこの曲を使うなら、惨めたらしく殺されていく男を中心に演出しないと駄目ですね、この歌は完全に男の胸の内を書いているわけですから。婚約者がいようがいまいが、結局人間というのは一人で生まれて一人で死んでいく存在なんだ、頼るものは何もない。国家という糸も、会社という糸も、隣近所という糸も、家族という糸も、全部頼ることができない。全部バラバラになっている――。

そして、この男は家庭を築いてその糸をつくり直そうとしている。それがこの芝居の始まりですよね。だからこのテーマソングを聴くと、人間というのは一人ひとりバラバラで孤独だという気持ちをもった、商事会社の課長代理である三十一歳の男が、新しく家族という糸をつくろうとしている、そういうテーマとしか読めないですね。このテーマソングがある限り、この芝居は男の側から演っていかないと駄目なんです。

芝居を観るお客さんは、大体最初に出てきた人に付く。これは当然ですね。ぼくはいつも逆手で、一番大事な人は第二幕ぐらいからしか出さないという方法をとっています。『友達』の場合も、まず「友達のブルース」という甘い誘惑的なメロディに乗って幕が開く。

舞台には、中央でV字型に合わさった、衝立風の二枚の大きな壁。その上に、音楽のリズムに合わせて、左右から四人ずつの人影が現われ、次第に大きくなり、ついには客席にのしかかる巨人のようになる。

歌が終ると同時に、両袖からそれぞれ、影の主たちが姿を現わす。計八人の、きわめて平均的なくせに、どことなく怪しげな家族たちだ。誰もがまだ無表情な、機械的な動作であること。

簡単に書いてありますが、このト書きを読んだ演出家は腹が立つでしょうね。そんな簡単に「無表情な、機械的な動作」を表現できるか、と。で、その中から次女が一人中央に進み出てくる――ヒロインは絶対的に次女なはずなんですよ。八人の中から一人をギュッと抽出するわけですからね。

メロディはまだ続いています。ここで次女に続いて、祖母、父、母、次男、長男が出てきてせりふをいう。この歌が流れているあいだに家族全員を出したというのは、ひょっとしたら、この家族自体が糸の切れた首飾りでバラバラになっている、そのバラバラになった寂しい人たちが擬似家族をつくってひとつの首飾りになって、標的である「男」をどんどん追い詰めて、殺すところまで行くぞということを暗示しているのかもしれない。

曲が流れているあいだに家族が出てくるということは、このテーマソングが家族のほうにくっついているわけですよね。この家族自体も、バラバラになった人たちの集まりで、簡単にいうと、これは一種の詐欺の集団に過ぎないかもしれない。そういう人たちが一人の男を追い詰めていく話なのか。

というふうに、「友達のブルース」とこの芝居の構造を読んでいくと、安部公房さんはこのところをいい加減に書いていますね。岸田賞[＊32]とかの選考の際には、こ

＊32　岸田國士戯曲賞。劇作家・岸田國士（一八九〇～一九五四）の遺志を顕彰すべく、株式会社白水社が主催する戯曲賞。新人劇作家の奨励と育成を目的に、一九五五年に新劇戯曲賞として設置され、数度の改称を経て今日に至る。井上ひさしは『道元の冒険』で第十七回の同賞を受賞（一九七二年）。第二十三回（一九七九年）より選考委員を務めた。

こが問題になります。安部公房という名前を伏せて、初めてこれを読むと、「やあよく書けて面白いよね、テーマもいいし、すごいテーマだね。だけどもさ」なんてことになるわけです。

というのも、「友達のブルース」という歌が流れた後、「音楽のリズムに合わせて、左右から四人ずつの人影が現われ」てくる。リズムに合わせるということは、この四人の人たちの歌にしかならない。もしリズムに合わせていなければ、これは違うなとわかります。でも、この辺の計算がどうも曖昧なんですよね。

もちろん、いい演出家がここをうまく整理すれば、非常に感動的な舞台ができる可能性がありますけれど、戯曲を書く劇作家の立場でいくと、意図がはっきりしていないことに不満があります。しかも、「夜の都会は　糸がちぎれた首飾り」という一曲しか入っていない。もしひとつしか出ないのなら、その歌がくり返しいろいろなかたちで展開していかないと駄目なんですね。でも、この「友達のブルース」は、ムードをつくるだけになっているきらいがある。

で、次女が「あたためてくれたあの胸は／どこへ行ってしまった／迷いっ子迷いっ子」と歌うと、

母　まあ、まあ、可哀そうに。（一同に、非難がましく）早く、どこかに落着かなけりゃ、もうおっつけ十時になるのよ。

次男　まったくだ。（これ見よがしに、あくびをして）おれも、お喋りはもう沢山だね。

長男　（鋭く）馬鹿を言うな。仕事じゃないか。

長女　（無表情に）そうよ、仕事よ。

と続きます。そうするとお客さんは——読者もそうですけれど——完全に、この人たちは糸の切れた首飾りで、バラバラになった人たちを捜し出して、愛のメッセンジャーとして幸せを届けるのが仕事なんだというふうに思ってしまう。この芝居のテーマはこのプロローグですべて決まってしまうわけですよね。この大都会に孤独な人たちがいる。彼らは、みんな糸が切れて本来所属すべき場所を失っている。

この場合の「糸」は、イデオロギーでもいいですし、生活信条でもいいですし、家族の愛でも会社への愛でもなんでもいい。その人たちを繋ぎとめる共同体のキーポイントになるもので、その糸が切れている。そのバラバラな人たちのところへ仕事として愛と友情を届けなきゃいけない——そういうふうにこの戯曲は書かれていることが、お客さんにもだんだんわかってきます。そういう歌が流れているわけですから。

そして、仕切り壁が左右に開いて男の部屋になると、男が電話を掛けている。

次の給料日には引越しをしようと、電話に向かってしゃべっている。まあ、ぼくも困ると電話を使いますけど、電話を使うのは一番イージーな手なんですよね。電話を使えばなんでも解決しちゃうから。作家精神としてこの辺は弱いなと思います。

それはともかく、一人でいる男のところへ八人家族が入ってくることになるのですが、ただ、この待ち方が非常にまずいですね。男に電話を掛けさせて状況を説明するというのはちょっと安直です。よほどの演出家がいてよほどの俳優がいないと、なかなか成立しにくいと思います。

上手、手前に、台所に通ずるドア。下手、奥に、別の部屋に通ずるドア。下手、手前に、玄関のドア。玄関わきに、格子状の靴箱。〔この靴箱は、後で檻として使われるので、実際に格子でなければならない。（後略）〕

安部公房さんは、檻が大好きなわけですよ（笑）。いろいろな芝居に出てきます。『榎本武揚』[*33]などは舞台そのものが檻ですし、最初の戯曲の『制服』も、最後はこういう檻みたいな小屋へ行ってしまう。安部公房さんの基本に、人間というのは誰かから檻に押し込まれる存在だという観念がこびりついていたのだと思いますね。

＊33　長編小説版は『中央公論』（一九六四年一月号～六五年三月号の全十四回）に連載し、七月に単行本化。同年九月に安部自身が戯曲化し、劇団雲が芥川比呂志演出で初演。

男が電話を掛けているうちに、最初に登場した八人家族が入ってくるのですが、ぼくは、この芝居は男から始めるべきだと思います。まず男を出して、男のところへ一家が来るわけですが、ぼくだったら全員一度に出しません。八人それぞれ時差を付けながら入ってきて、それを積み重ねていく面白さ、面白さというか怖さを狙っていく。でも、プロローグの甘いメロディに引きずられたために、団体で出してしまった。一人ずつ出していって、気がついたら一家そろっている。その一家が何をするのだろうというふうにもっていく面白さってあるんですよね。まあ、安部公房さんから見れば、そりゃあ大衆演劇の手だよとか、あまりにもストーリーが勝ちすぎるということになるかもしれませんけれど。

さきほどもいいましたが、一方的にやられるのではなく、この男はもうちょっと闘わないと駄目ですね。この八人がびっくりするようなことを男がもっていないと駄目だと思います。何でもいいんですけど、ものすごい吃音だったとか、たまたま目の手術をして目が見えなかったとか、耳栓をしているのを忘れて対応したとか（笑）。ともかく、やさしいふりをしてずかずか入り込んでくる人たちが、一度は敗北しないと駄目なんです。それをまた八人が押し返して、結局男をやっつけるとかね。

要するに、この八人をプロローグとして出してしまう、その計算自体が安直だと思います。安部公房さんの芝居全部にいえるのですが、登場人物の出し入れがすごく下手なんです。『制服』も、制服の男の登場は一回で済むのに、二回ぐらい出入りさせている。これは意図的に出入りの面白さを狙っているわけではなくて、小説家的発想です。でも、劇作家にとって人の出し入れというのは、すごく大事なんです。

たとえば、出し入れを徹底的にやった『ボーイング、ボーイング』[*34]という面白い芝居があります。主人公は国際線のパイロットで、イタリア、ドイツ、アメリカ、それぞれの航空会社にCAの愛人がいるという女たらしです。彼女たちのフライトスケジュールをうまい具合に調整していたのですが、あるとき天候の都合で飛行機が飛ばなくなったためにスケジュールが狂って、三人の愛人がパイロットのパリのアパートに集まっちゃうんですね（笑）。アパートにはいろいろな部屋がある。広間、寝室、第二の寝室とか風呂場とか、それぞれのドアを利用してその三人がかち合わないように、すれすれのタイミングで出入りしていく（笑）。

そういう芝居ならドアもいいんですけど、芝居の場合、不必要なことをやったら絶対駄目なんです。お客さんはそこへ意味を見つけますから。なんであの人は一回で済むのに二回も出入りしているんだ。これには意味があるのだろう、と。芝居というのは情報量が少ないですから、簡単なことを無意識にやらせると駄目なんです。

ドアを使うのだったら、この場はドアの開閉が意味をもつんだというくらい思

＊34　一九六〇年、パリのコメディ・コーマルタン劇場で初演。マルク・カモレッティの喜劇。六五年にはジョン・リッチ監督により映画化された。

い定めてドアを使わないと、それは演劇のドアにならない。主人公にたまたまハンカチをもたせたとすれば、そのハンカチを徹底的に使わないと駄目なんです。お客さんはなんであの人はハンカチをもって出てきたんだろうというふうに必ず見てますから。その期待に応えないと駄目なんです。

シェイクスピアは、一枚のハンカチで『オセロー』を書いているでしょ。[*35]これは、舞台の上に出るものはすべて意味をもつということをシェイクスピアがよく知っているからです。だから劇作家がある小道具を書いたら、それに徹底的に意味をもたせてドラマの中へ繰り込んで、実はそれがドラマを動かすくらいのものにしないといけない。そういう芝居独特の人の出し入れや小道具の使い方ができていないところが、安部公房さんはまだ小説家ですね。

芝居というのは潔癖な形式なんです。作者や演出家や俳優の雑念は絶対に寄り付けないぐらいの独特の時間が流れていくわけです。それを逆用しないとなかなかいい芝居はできない。それでも、安部公房さんでないと書けないようなせりふがたくさんあります。ただ、おばあちゃんのせりふは駄目ですね。つまらないことばかりいっている。「待てば海路の日和あり」「無理がとおれば道理ひっこむ」「旅は道づれ、世は情け」とか（笑）。

もうちょっと徹底すればいいんですよ。この人は諺しかいわない、くだらない常識論的な諺レベルの善意の持ち主だとか、そういう位置付けをするべきなんで

＊35　オセローを快く思わないイアーゴーは、オセローの妻デズデモーナが副官キャシオーと密通しているとうそを吹き込む。その証拠としてオセローが妻に贈った最初の記念品のハンカチをキャシオーが持っていたと告げるが、実際は、デズデモーナに仕えるイアーゴーの妻が無断で持ち去ったものだった。一枚のハンカチが生み出す疑いが、やがてオセローを破滅に追いやる。

す。それに比べて、お父さんのレトリックはなかなか面白いですね。

で、先にもいいましたが、次女のポジショニングは、大問題です。最後、牛乳に毒を入れて男を殺しちゃうわけですが、その前に男に近付いて行く。男は婚約者を諦めて、次女と結婚する可能性もちょっと出てくる。もし次女とこの男が結婚したら、他の七人の関係がどう壊れるのかというところをもうちょっと展開してほしかった。もっというと、この次女は、八人家族の共同体のルールを壊すかもしれないというところまでもっていかないと駄目なんです。

つまり、この次女は、男を幸せにしてあげようとか、愛を吹き込むことを仕事としてやってくるのですが、仕事じゃなくなってほんとうにこの男と恋を始めたら、他の「家族」と称する人たちがどういう動きをするかというところまで踏み込むべきなんです。そうしないと最後に牛乳に毒を入れて殺すところが全然生きてこない。そうしないと単なるお仕事で終わってしまう。その辺の処理も小説家風ですね。

構造設計に問題あり！

次の質問です。

《安部公房さんの大正十三年三月生まれと同じ年の六月生まれです。何かの縁か昔の奉天、今の瀋陽の街も昭和二十年七月頃通過したことがあります。戯曲『友達』のもとになった創作「闖入者」のこともお聞きしたいと思います。何か日本の民主主義と関係があるんでしょうか。》

これは非常に深い重要な質問です。頭のほうで申し上げたように、この『友達』という戯曲は、「闖入者」という小説をもとにしています。ぼくも失敗していますけど、最初に散文で書いたものをもとに芝居に書いたときには、必ず散文時代の尻尾が残ってしまうんです。それは、『友達』の暗転の仕方によく現れています。暗転じゃないところを暗転にしたり。

それから舞台にしか流れない時間、舞台にしか現れない空間があるんですね。劇作家がまず考えるべきことは、これから書く作品で、どうやって舞台でしかできない時間と空間を生み出すかということなんです。舞台でしか生まれない瞬間があるはずだと確信できないうちは、書いても書いてもそのシーンが来ないことがある。いやあ、そのうち来るだろうと思っていても、それが結局要らなくなってきた場合には筆を止めないと駄目ですね。

それを劇形式の小説として発表してもいいかもしれませんが、舞台に載せるべきではない。ただストーリーがあって、会話があって、こんなの台本を読んでいればいいという芝居がよくありますよね。安部公房さんも、これを書いたとき、完全には舞台の頭になっていないようなところが感じられます。

次の質問です。
《読みとれなかった、この作品のテーマを教えてもらって感謝します。下記のことを教えて下さい。ラストの「家族たちの笑いだけが、闇の中にくっきりと浮んで残る」の笑いを演出家はどんなふうな笑いとして演出するのでしょうか。テーマにあった笑いとは商人の笑いでしょうか。》

これは芝居を終わらせるための笑いです。で、そのためには、芝居の始まりでも笑わないと駄目なんです。でもこの場合は、安部公房さん自身、芝居をなんとか終わらせなきゃいけないので笑いでごまかす、これなんですね(笑)。芝居の終わりでニヤッと笑って消えるなんて、浅草の軽演劇でもやらないですよ。ぼくが日本の前衛劇が嫌いなのは、こういうので金を取るからです。すみません、だんだん安部公房さんのこき下ろしになっている(笑)。

日本の前衛劇に対しては、「お前らのは学芸会だろうが。そんなの身内を集めてやってろ。金を取るな」っていうのがぼくの基本的な姿勢なんです。大きな船に乗ったお客さんが揺られながら皆ひとつになって、泣いたり、笑ったり、感動する。そして三日くらい経ってから、「えっ、あのテーマはゾーッとする」と思い返す。そう思わせるのがプロの手柄なんです。

そうじゃなくて、なんだかむずかしい字幕が出てきて、むずかしいことをいっているというので金を取ろうというのは無理ですよ。お客さんは勉強に来たわけではないですからね。役者が、人間の体のすごさ、声のすごさ、そして書かれたせりふがお客さんの胸の中にビンビン打ち込んでくるすごさ。そういうプロの仕事を観にきているんです。

日本の演劇で新しいことを始める人たちは、往々にしてその辺をみんな勘違いしている。たとえば、役者がお客さんの中へ入っていって、お客さんに声を掛けたりするというのがありますけれど、それで喜ぶお客さんなんてよっぽど特別の人で、ほとんどのお客さんはそんなのやってほしいとは思っていない。

芝居の基本は、観ることに集中することです。集中することで芝居に参加していくんです。皆さん、経験あるでしょ。いい芝居を観ていると、どんなに遠くで観ていても、思わず舞台に首をつっこんでいるような感じになる。それがお客さんの参加なんです。

それを勘違いして、舞台と客席を取っ払ったり、町中に出て行ったりするのが新しい演劇だと思いこんでしまう。でも、芝居ってのはそういうものじゃないんです。それぞれ別の関心をもっている人たちがたまたま同じ場所に集まって、観ているうちに一体となって芝居の中に入り込んでいく。

ぼくは、これが芝居の真骨頂だと思います。もちろん、ぼくの考えとは別の芝居のかたちがあってもいいんです。だけど、むずかしいからいいとか、変わってるからいいとか、そういうのはやめてもらいたいですね。すみません。安部公房さんをダシにして前衛劇の悪口をいってしまいました（笑）。

「どんな笑いですか」という質問でしたね。この笑いは、作家が芝居を終わらせるための笑いです。もし、芝居としてこの笑いが必要なら、ラストじゃなくて、頭にもってくるとか、別のところで何度か使わないと駄目です。闇の中で、家族たちがニヤッと笑うというのは、客席から観たら素晴らしいシーンですから、最後に使うのじゃなくて、ちょっとした小さな勝利があったときに効果的に使うことでリズムをつくっていく。そういうふうに使えば非常に効果的だと思いますけど、最後にもってきてそのまま引っ込んでしまっては駄目です。

それから、幕間で管理人のおばさんが観客にビラを渡すでしょ。どうしてこういうバカなことをするんですかね。休憩ぐらい休ませてあげなさいよって。トイレへ行く人もいれば、煙草を吸う人もいれば、背伸びをする人もいる。そういう時間をたっぷりあげて、第二幕でまた面白いことを起こせばいいんですよ。

テアトル・エコー[*36]なども、休憩時間にお菓子を出したり、お茶を出したりしていたんですが、ぼくは「そういうの止めなさい、そりゃ、サービスと違うんだ。芝居を観るという行為の中に違うものを入れて、邪魔しちゃ駄目だ」といって文

＊36　国内外のコメディ作品を専門に上演する劇団。代表・熊倉一雄の依頼で書き下ろした『日本人のへそ』で、井上ひさしは一九六九年、演劇界デビュー。その後、座付き作者として五本の戯曲を書き下ろした。

句をいいました。まあ、その他いろいろあって、結局、ぼくはテアトル・エコーを飛び出したわけですが。

サービスというものを勘違いしているんですね。いい芝居を観せることが最高のサービスなんです。だから、休憩時間にビラを渡せばちょっと面白いだろうと思ったのかもしれませんが、そんなのは面白くもなんともない。芝居の中にうまく埋め込んできちっとやりなさい、ということですね。

次の質問です。

《安部公房さんの小説は好きなのですが――私もそうです――、現実にありえないと思えることをありうることのように書かれていて引き込まれて読んでしまいます。この想像力の源はどこから来ているのでしょうか。》

非常に模範的な聴講生ですね。作家の場合、想像力の源というのはいろいろあります。安部公房さんになり代わってコメントすることはできませんが、ぼく自身もわかりません。こんな真面目な人間が、どうして原稿用紙に向かうと、こううそをつきたがるのかはわからない。でも、うそだけ書いていては絶対駄目です。調べまくってうそのつけるところを探すわけですね。でも、源というのはわからない。安部公房さんも、どこから来るのかというのはご自分でもわからないと思います。

「現実にありえないと思えることをありうることのように書かれているのに引き込まれて読んでしまいます」。これは大問題ですよね。ぼくのモットーは、誰にも書けないことを誰にもわかるように書くことなんですね。ぼくにしか書けないだろうはずのことをぼく以外の人が読んで、全員にわかるように書くというのが理想なんです。ここが想像力の原点といえばそうかもしれません。

あることを思いついた瞬間に小説か戯曲に書きたいなと思う。それをぼくでしか書けない方法で——うまいへたは全然別です——、しかも誰もが読めばわかるように、観ればわかるように。テーマは何かがわかったうえで、戯曲だったら、芝居を観ているあいだはとにかく面白くて楽しくて、あっという間に三時間過ぎた——そういうのを書きたいんです。

最後の質問です。

《ト書きが多すぎて演出家の介入がずいぶん制限されているようです。ト書きの量や内容について伺いたいです。作者の不信が背景でしょうか。》

これは、安部公房さんが小説家だからです。チェーホフの戯曲には、ト書きがほとんどないといっていいくらいです。チェーホフはすごい小説家なんですけれど、芝居を書くときには、本当に必要なト書きしか書いていない。それに、ト書きを書き過ぎると、作品自体が古くなるんです。ト書きには、その当時のいろいろなことを書き込んでいくわけですね。だからこそ、時間が経つと古びてくる。たとえば、ブルースが全盛のときに書いたト書きが、時代を経ると「いまどきブルースかよ」となってしまう。

電話を使うというのも古くなるんですよ。いまのように固定電話を見たことのない人が多くなっている時代では、電話に託された作者のそのときの重要なメッセージが全部消えてしまい、ただ珍しい、昔あんなことをやっていたんだというほうへずれてしまう。だから、なるべく時間の浸食にさらされそうなものは書かない。つまり、いいせりふだけを書いて、なるべくト書きを書かずに、後はそのときの演出家と俳優、そして後の時代の演出家と俳優に任せる。

で、安部公房さん――三島さんもそうですけど――のように、「わたしは小説家でございい」という人は、ト書きが多過ぎるんですね。おそらく、現場では「ト書きは無視していいですよ」とおっしゃっていたんじゃないかと思います。なぜなら、台本に「上手《かみて》から」と書いてあっても、上手から出られないということが起きるわけですね。実際、稽古場に立って人間の身体でやってみると、「これは下手《しもて》だよな」というのが出てくる。

戯曲という建造物のプランをつくるのが、劇作家の仕事なんです。そのプランさえあれば、時代によって新しい人たちが材料を変えていく。つまり、きっちりいいせりふを並べる必要がありますが、ト書きは少なければ少ないほうがいい。そうすると、自然に稽古場で、演出家も俳優もト書きの意味をよく考えてくれる。あまり細かく書いてあると、逆にト書きの意味が薄れてくるわけですね。

わたしも初期はト書きが長かったんです。小説家になったのがうれしくて、芝居を小説家のかたちで書いた。そういうのは、大体、失敗します。だから、ト書きはギリギリ必要なだけにする。それには、チェーホフを手本になさるといいです。チェーホフのト書きは、ギリギリギリギリ、考えて考えて、削って削って、もうこれしかないというものになっていますから。とくに四大戯曲（『かもめ』『ワーニャ伯父さん』『三人姉妹』『桜の園』）ですね。パラパラとめくっただけで、ヒントがたくさんあります。

ぼくにも覚えがありますけど、ト書きって、変に自己満足で書くんですよね。「おれ、芝居を書いてるんだ。場所まで決められる」と思って、自分に惚れ惚れとして書いちゃうんですよ。でも、それはプロの仕事じゃない。今度『天保十二年のシェイクスピア』を書き直したの[*37]ですが、最初のは、入りにやたらとト書きが書いてあるんです。あの頃は、ト書きに酔って、「おれが運命を全部決めちゃう」という感じでやっていましたから、大いに反省して、もうどんどん、ト書きを削りました。ほんとうに必要なことだけにしてみると、かえって現場にはバーッと

＊37　二〇〇五年、シアターコクーンで『天保十二年のシェイクスピア』が蜷川幸雄演出で上演される際、井上自ら戯曲を全面改訂した。

伝わっていく。これは、芝居を書いていくうちに身に沁みて実感したことです。
時間になりましたので、突然ですが、これで終わります（笑）。

結論としては、安部公房さんの小説に関しては、読み返すたびにいい小説家、すばらしい小説家だと思います。でも、かつてあれほど感動した戯曲が、いま読み返すと実に駄目である。テーマとかせりふの端々にすごいところがありますけど、戯曲の構造設計士としては決して一級の評価は上げられない。二級ぐらいですね。構造設計の計算ができていません。

今回、すべての芝居を読み返してみましたが、「これはいい芝居だなと思った」のは『榎本武揚』でした。後は小説家の尻尾をずうっと残していることがわかりました。ある時期、ぼくはそれがすごく好きだった時代があったのですが、芝居に徹して、芝居、芝居、芝居と考えていくと、構造設計に問題があり、という感じですね。以上です。

皆さん良いお年を。

＊『友達』の引用は左記による。
『安部公房戯曲全集』（新潮社、一九七〇年）

解題

赤間亜生

一九九八（平成十）年四月に仙台文学館の初代館長に就任した井上ひさしは、二〇〇七（平成十九）年三月まで館長を務めて退任したが、その後も、仙台文学館との縁は途切れることはなかった。当時、一学芸員であった自分は、日本を代表する劇作家・小説家の井上ひさしを前に、何を話したらいいのか緊張して臆することもあったが、二十数年を経た今、井上館長との九年間には、様々な場面があったと思い出される。

一九九九年一月　どんと祭

仙台文学館の無事開館を祈願し、私たち学芸員と他数名が、一九九九年の一月に大崎八幡宮の裸参りに参加した。ちなみに、上司も含め職員のほとんどが女性だったのだが、その時白装束で撮影した記念写真を、井上館長に送ろうと上司が思いつき、バレンタインデーのチョコに添えてご自宅に送った。

ちょっと芝居がかっていたし、そこまでやるの？　と思わなくもなかったが、鎌倉に在住して普段なかなか顔を合わせることのない井上館長は、職員にとってはまだ少し遠い存在であり、少しでもその距離を縮め、仙台文学館の印象を強くしたいという思いが、そこにはあったと思う。

井上館長はこの写真をいたく気に入り、以後ずっと学芸員たちに親愛の情をしめしてくれた。

講演依頼

井上館長には様々なところから講演依頼が舞い込んだものである。文学館での講座や講演会の際に、直接市民から依頼されたりすると、「ちょうど新作戯曲を書き終える頃なので大丈夫です」と無謀にも引き受けようとしたりもした。こちらですかさず引き取って日程を確認しては、お断りさせていただくのが常であったが、そんな中で日程調整が実現した、母校である仙台市立東仙台中学校での講演は、当時の同級生も駆けつけ和やかなものになった。中学生たちに同年代の頃に感銘を受けたディケンズの『デヴィッド・カッパフィールド』を紹介し、自分の生い立ちを交えた話はこの地ならではのもので体育館の熱量が上がるのを感じた。

仙台一高

文学館の館長を退いた後、歌人の小池光新館長との「新旧館長対談」を企画したのだが、そのために来仙した際、母校の仙台第一高等学校に立ち寄る機会を得た。校長室を訪問した後、写真家の佐々木隆二氏による屋外での撮影を快諾いただき、校庭に置かれた机の前に座る姿や、周囲をめぐる桜並木（秋口だったため花はなかったが）を歩く様子等をカメラに収めた。この日のために登校していたらしい応援団や文芸部の生徒たちとは特に親しく談笑し、『青葉繁れる』のエピソードなどを語っていた。

文学館の館長を引き受ける際のインタビューで、「わたしは仙台で人になった、その恩返しができれば」という趣旨のことを語っていたが、その核となる日々が垣間見えたひとときであった。

定宿

連続講座など、仙台に二日以上滞在する時は決まって、今はもう廃業した駅前の老舗・仙台ホテルに宿泊した。特に文章講座の添削はほぼ徹夜だったようで、無精ひげのまま添削原稿を携えて文学館にやってくることも多かった。また、ホテル滞在中に、仙台ホテルの用箋を用いて、講座で配付するレジュメを作成したこともある。受講生の優秀作品を発表する際には、甲乙つけがたく、ホテルのボーイさんに抽選してもらって決めて来たと語り（もちろん冗談であるが）、ホテルのスタッフからも親しまれていた。

在仙演劇人とのかかわり

仙台の街中を劇場に！　というフレーズのもと、仙台の演劇人たちが企画した「杜の都の演劇祭」の二〇〇九年企画では、「井上ひさしセレクション」としてカフェやレストランなどの空間を舞台に、井上ひさし選りすぐりの名作を演劇仕立てのリーディングで楽しむイベントに全面的な協力をいただいた。宮沢賢治や太宰治などの作品に加えて

『あくる朝の蟬』『イサムよりよろしく』等の井上作品も上演。「演劇には、見えないものを見えるものに変える力がある。その力強さ、楽しさ、美しさを、俳優さんたちの身体を通して直感してもらえる」との言葉通り、観客を惹きつけた。

展示

井上ひさしを仙台文学館の展示で紹介したのは館長を退いてからのことだったが、二〇〇九年の開館十周年記念特別展「井上ひさし展　吉里吉里国再発見」では、まさに芝居の大道具や小道具、舞台装置を作るようなやりかたで、展示室に吉里吉里国を再現(?)した。私たちは吉里吉里国立病院のトイレの金隠しまでも、小説の表現通りにきっちりと作ったのだが、そこに立った井上は「よくこんな馬鹿なものを作りましたねぇ」と満面の笑みを浮かべていた。

展示には、原稿やプロットなど自筆資料はもちろんのこと、戯曲執筆に欠かせない「紙人形」も多数寄せられた。ドリンク剤の空き箱に役者の顔を張り付け三角に折ったもので、常に執筆中の机に置かれていたものである。観覧者にも「これは井上先生ならではの展示資料だね」と大変好評であった。

明日一人しか来なくても

「吉里吉里国再発見」の展示では、展示室にしつらえた「吉里吉里国立劇場」で在仙の演劇人が井上作品をリーディングしたり寸劇風に演じたりする「展示室劇場」を開催した。井上ひさしの講演を予定していた五月四日の午前中には『新釈遠野物語』のリーディングがあり、前日から仙台入りしていた井上は、早めに来館して展示室劇場の客席に何食わぬ顔をして着席した。この日は客席は大入りとなり非常に賑わった。

終演後に俳優をねぎらった井上は、「今日はたくさんのお客さんが来ましたが、明日は一人しか来ないかもしれない。でも、明日も今日と同じようにやってくださいね」と声をかけた。

当時は気に留めなかったこの言葉を、その後何度も思い出すようになった。若き演劇人へのこの上ないエールであるこの言葉に、まだ世に出る前の若き日から、井上ひさしが生涯持ち続けたであろう作家としての芯の部分が込められているのを感じ、胸が熱くなるとともに、自分自身も励まされるのである。

最後の仙台

先述した二〇〇九年の「吉里吉里国再発見」の展示で、井上ひさしは会期初日の三月二十八日の対談（聞き手：今村忠純氏）と五月四日の講演のための二度来館した。

この日は講演終了後に、文学館の新旧職員で、井上を囲む食事会を仙台ホテルで開いたが、その時にこれまでの感謝の気持ちを込めて何かプレゼントを贈ろうということになった。いろいろ考えたが、日ごろ睡眠時間を削って執筆している井上に、少しでもゆっくり休んでもらえたらば、という思いから、生地の良いパジャマを選び、それにいつも執筆の時に愛飲しているというドリンク剤をセットにして贈った（睡眠のためのものと、覚醒を促すものを一緒に贈るのは、矛盾しているのだが）。井上はこのプレゼントも大変喜び、気に入ってくれた（と思っている）。

秋に、松本清張に関するホールイベントを予定しており、それに出演してもらうことを約束して別れたが、それが叶うことはなく、この日が私たちが井上ひさしと直接言葉を交わした最後になった。

資料

現在、紙人形の資料も含め、当館には井上家からご寄贈いただいた原稿や芝居プロットが数多く保存されている。館長在任時代から評伝劇の人物年表や関係資料を随時お預かりすることがあり、その都度資料リストを作成し、収蔵庫に保管していった。館長退任後にも『ロマンス』と『ムサシ』の自筆原稿・創作資料が届いたのだが、やや大きめの買い物用の紙の手提げ袋に味わいのある字で『ロマンス』あるいは『ムサシ』と書かれたそのなかに一切合切詰め込まれ、紐で括って、郵送されてきた。その無造作な感じに思わず笑みがこぼれたのを覚えている。

これらの資料については、ささやかではあるが、展示公開をしていき、井上ひさしが寄せてくれた仙台への親愛の気持ちに応えていきたいと考えている。

戯曲講座の始まり

井上ひさしのスケジュールは多忙をきわめ、執筆の合間を縫って来館し、講演会や講座で来館者と言葉を交わしたり、職員と事業の打ち合わせも行った。

それらは主に、次回来館の際の事業の打ち合わせなどであったが、その合間に、あるいは打ち合わせが終わってから時々開かれた食事の席などでこんな冗談みたいな話をすることもあった。

「常設展示室で、僕が座って原稿を書いてその姿を展示する〔動く展示〕というのはどうでしょう。そしてついでにその原稿を売りませんか」

「グッズを作るなら、わたしの歯形をデザインした栓抜きはどうでしょうか」

また、当時、仙台文学館に隣接する場所に、使われなくなった倉庫のような建物があったが、井上館長はその建物を見て「あのまま中を改修して芝居小屋にして、そこで芝居を上演したいですね。ちょうど良い手ごろな大きさです」と話したりした。ちなみに、別の場面では「文学館の横の倉庫を稽古場に改造し、仙台の街中にある使われなくなった建物を劇場に再利用することで、仙台の街をブロードウェイのようにできたらいい」と話していたそうである。

仙台市では二〇〇二年から「仙台劇のまち戯曲賞」という公募の戯曲賞を設けていたが（二〇〇六年まで実施した後、せんだい短編戯曲賞としてリニューアルし現在も継続）、井上館長はその選考委員の一人でもあった。演劇にかかわる人びとを育成するという意味では、作家だけでなく観客も大事であり、仙台の街に「見巧者」を育てたい、ということもしばしば口にしていた。仙台が、演劇の街として充実していくことを夢想していたのではないか、と思う。

井上ひさしの館長就任以降、定期的に開催していた企画展示に関連する「館長講演会」や「井上ひさしの文章講座」は参加者に好評であった。しかし、スタッフの間では、「講演会」はある意味定番の催しであり、また「文章講座」も、館長就任以前からすでにいろいろな主催者により各地で開催されてきたスタンダードな企画で、それらももちろん大切なのだが、もっと新機軸の企画ができないだろうか、という声もあった。当時のスタッフの中に舞台が好きな職員がいたこともあり、井上ひさしは日本を代表する劇作家の一人なのだから、なにか戯曲に関する企画ができないだろうかと考え、ある時打ち合わせで提案してみた。その時の詳しいやり取りは、もはや記憶に残っていないが、こちらの投げかけに対して、井上館長が「それは良いですね」と乗り気になったのを覚えている。

どのような企画にするか、打ち合わせの中で決めた骨子は、「毎回一人の劇作家を取り上げ、その作品について語る」というごくシンプルなものであった。井上は、戯曲講座で取り上げたい劇作家の名前として「イプセン、チェーホフ、シェイクスピア、あとはニール・サイモンもいいですね、それから……」と、最初の段階である程度の作家の名前をあげた。戯曲講座初回はイプセン、次回はチェーホフ、ということまでは決めたように記憶している。こうして「井上ひさしの戯曲講座」は二〇〇一(平成十三)年十二月にスタートした。

講座終了後の打ち合わせで、次回の作家は誰にするかを決めるのだが、こちらからも多少の提案はしたような気がするが、基本的に井上館長が名前をあげて決めていった。三回目のシェイクスピア、四回目のニール・サイモンと進んだ後、次の候補として当初テネシー・ウィリアムスの『ガラスの動物園』をあげていたのだが、井上館長はここから日本の劇作家を取り上げるとして、菊池寛を選び、その後三島由紀夫、安部公房まで、全七回を開催した。
戯曲を書くときに地図を書いたり年譜を作成したりするのが井上ひさし流であるが、この講座でも綿密なレジュメを作成してくることがあった。その時々の執筆のスケジュールによって、レジュメを作成する余裕がある時とない時があるので、毎回というわけではなかったが、このレジュメも、参加者にとっては参加の記念となったと思われる。

第一回
二〇〇一（平成十三）年十二月二十二日（土）、二十三日（日）
時間：午後一時〜四時
題材：イプセン『ヘッダ・ガーブレル』『人形の家』
参加者：二百十名

第二回
二〇〇二（平成十四）年二月十六日（土）、十七日（日）
時間：午後一時〜四時
題材：チェーホフ『三人姉妹』
参加者：三百十名

第三回
二〇〇二（平成十四）年十二月二十二日（日）、二十三日（月・祝）
時間：午後一時〜四時
題材：シェイクスピア『ハムレット』『リア王』
参加者：百七十三名

第四回
二〇〇三（平成十五）年二月十五日（土）、十六日（日）
時間：午後一時〜四時
題材：ニール・サイモン『おかしな二人』
参加者：百四十六名

第五回
二〇〇三（平成十五）年十二月二十三日（火・祝）
時間：午前十時〜午後四時三十分
題材：菊池寛『父帰る』
参加者：百五名

第六回
二〇〇四（平成十六）年二月十四日（土）、十五日（日）
時間：午後一時～四時
題材：三島由紀夫『鹿鳴館』『サド侯爵夫人』
参加者：二百五十八名

第七回
二〇〇五（平成十七）年十二月十八日（日）
時間：午後一時～四時
題材：安部公房『友達』
参加者：百二十二名

このうち、本書「日本編」には第五回～第七回を収めた。

第五回「菊池寛」

本文にもあるとおり、ボローニャから帰って来たばかりという日程での開催であった。これまで戯曲講座は二日間の日程で組んでいたが、この回は日程的にも厳しく、一日のみの開催となった。井上館長は現地で盗難の被害にも遭い、慌ただしい中での来館であったので、配付資料は用意されていなかった（盗難に遭った鞄の中に、菊池寛に関する資料が入っていたと講座では話している）。ボローニャ旅行の体験を織り込みながら菊池寛の話をする、といったかたちであったが、盗難に遭ったいきさつを語る話がこの上なく面白おかしく、その場面で笑い声があがったりもしていた。

第六回「三島由紀夫」

三島由紀夫全集から「サド侯爵夫人」「鹿鳴館」創作ノート「芝居日記」の抜粋を資料として配付している。

第七回「安部公房」

この回も、一日のみの日程での開催であった。この時、とても忙しそうな雰囲気をまとって来館したという印象が残っている。配付資料も非常に簡素で、何か大きな執筆を抱えながらの来館だったのかと思う。

六回・七回ともに井上館長は講座の中で参加者とのやり取りに時間を割いている。本書では割愛している部分もあるが、井上館長は一方的に話すのではなく、講座の中でいつも参加者へ問いかけたり、話しかけたりしており、また参加者から質問を受ける時間も設けるなど、それぞれの作家・作品について参加者と対話するというスタイルをとっていた。

戯曲講座の最初の頃はテキストを一行一行読み解くことに重きを置いていたが、次第に劇作家の生涯、歴史的背景から説明し、ときに大きく迂回しながら講座を進めることが多くなり、予定したテキストの半分まで行きつかずに終了となってしまうことが常となった。これには様々な要因があったと思うが、参加者の幅が広く、在仙の演劇人が参加する一方で、戯曲に触れるのは初めてだが、熱烈な井上ひさしのファンである、という参加者も多い中で、井上館長自身が会場の反応・雰囲気を感じながら話をしたということも一因であったと思われる。

なお、本書には、真山青果と宮沢賢治についての講義録も掲載されているが、この二つについては戯曲講座としてではなく、それぞれ仙台文学館の別な催しとして開催されたものである。

仙台文学館プレオープニング企画
講座「真山青果を語る」
一九九八（平成十）年十一月八日（日）
時間：午後一時三十分～三時三十分
会場：仙台国際センター大ホール

文学館開館の前年に、プレイベントとして、仙台出身の劇作家・小説家の真山青果をテーマにした講座を企画した。井上館長は、真山青果は小説も書いたが、とにかく戯曲が優れており、その魅力を話すには一回では足りないといい、二日連続の講座とすることになった。題して〔連続講座「真山青果を語る」〕。日程は八月二十九日（土）・三十日（日）、会場は仙台市博物館ホールだった。

しかし、この時期が戯曲『貧乏物語』の執筆と重なり、当初八月末には脱稿している予定がずれ込んでしまい、予定した日に来仙することができなくなってしまった。

十一月なら確実に書きあがっているだろうということで、急遽再調整して開催したのが、先述の企画である。十一月八日の午前中に、真山青果原作の映画『元禄忠臣蔵』後編のビデオ上映、午後に講座という内容とした。

井上ひさしが多忙であることはわかっていたつもりだったが、初の催しにおけるこの出来事に、ある種の洗礼を受けたような気分であった。しかし、午前中のビデオ上映の参加者こそ多くはなかったが、午後の講座には、多くの聴衆が参加した。当日の記録写真には、真剣に耳を傾ける人、笑みを浮かべて聞き入る人、哄笑して楽しんでいる人など、参加者の様々な表情が残されている。

終了後、講座の内容を記録集（仙台文学館ブックレット№2）として発行する予定だったが、井上館長から文字起こし原稿の確認の返事が届かず発行できずにいた（ブックレット№2は欠番のままである）。今回、このような形で活字にすることが果たせて、安堵している。

特別展「宮沢賢治展inセンダード～永久の未完成」関連企画
井上ひさし講座「奇人・変人・聖人　宮沢賢治」
二〇〇四（平成十六）年四月二十四日（土）、二十五日（日）
時間：各午前十一時～午後三時三十分

開館五周年の記念特別展として開催した宮沢賢治展の関連イベントの文学講座。宮沢賢治全般についての講座なので、内容も生涯や歴史的事項はもちろん、作品についても戯曲だけに特化するのではなく詩や童話にも触れながら話している。『イーハトーボの劇列車』の戯曲もある井上館長は、この講座のために念入りな資料を作成し、二日間、延べ九時間にわたって賢治について語った。戯曲を執筆するときに作成する年譜と同様の詳細な年譜、そして花巻の地図を配付した。

初日の二十四日には、旧知の間柄でもある宮沢賢治研究者の原子朗氏が、翌日に花巻で開かれる会議への出席前に仙台に立ち寄り、講座に参加した。途中で原氏が飛び入りでスピーチをするというサプライズもあった。

宮沢賢治展を案内した後、花巻に向かう原氏が、いつも花巻に行くのが楽しみだ、というようなことを言ったところ、それに対し井上館長は「わたしも仙台の仕事のときは、普段の仕事の喧騒から離れて、とても自由な気持ちになるんです。鎌倉に電話されたら仙台にいます、と答え、仙台に電話したら鎌倉に戻りました、と答え、行方不明になったりして（笑）」と答えていた。それは、劇作家・小説家として井上ひさしがいかにハードな日々を送っていたかということのあらわれであったと、今となればわかるのである。

厳しい創作の現場にあっても、仙台での井上ひさしは穏やかだった。とりわけ仙台文学館では開館したばかりのこの施設と来館する市民、そして当時はまだ経験も浅く、若かったスタッフを愛し、守ってくれた。その仙台文学館で開催した戯曲講座は、受講者との間に一種独特の信頼、親愛の情が流れていたと思う。そんな会場の雰囲気も、この講義録から感じとっていただければ幸いである。

なお、今回の書籍に収めた講座の記録について、真山青果についての講座以外はすべて、地元で小説執筆と聞き書きの活動を続けていた作家の方や、講座の参加者の方などが最初の活字起こしを手掛けてくださった。すでに鬼籍に入られた方もいるが、この場を借りて、心より感謝を申し上げたい。

（あかま・あき／仙台文学館副館長）

協力　仙台文学館・遅筆堂文庫

構成　増子信一

テープ起こし　佐佐木邦子・大益克彦・福田誠

校正　尾澤孝・宮野一世

井上ひさし いのうえ・ひさし

一九三四年山形県東置賜郡小松町（現・川西町）に生まれる。一九六四年、ＮＨＫの連続人形劇『ひょっこりひょうたん島』の台本を執筆（共作）。六九年、劇団テアトル・エコーに書き下ろした『日本人のへそ』で演劇界デビュー。翌七〇年、長編書き下ろし『ブンとフン』で小説家デビュー。以後、芝居と小説の両輪で数々の傑作を生み出した。小説に『手鎖心中』、『吉里吉里人』、主な戯曲に『藪原検校』、『化粧』、『頭痛肩こり樋口一葉』、『父と暮せば』、『ムサシ』、〈東京裁判三部作〉（『夢の裂け目』、『夢の泪』、『夢の痂』）など。二〇一〇年四月九日、七五歳で死去。

芝居の面白さ、教えます　井上ひさしの戯曲講座　日本編

二〇二三年七月二五日 初版第一刷印刷
二〇二三年七月三一日 初版第一刷発行

著者　井上ひさし
発行者　青木誠也
発行所　株式会社作品社
〒一〇二-〇〇七二東京都千代田区飯田橋二-七-四
TEL 〇三-三二六二-九七五三／FAX 〇三-三二六二-九七五七
振替口座 〇〇一六〇-三-二七一八三
https://www.sakuhinsha.com

本文組版　有限会社マーリンクレイン
印刷・製本　中央精版印刷株式会社

ISBN978-4-86182-988-8 C0074 Printed in Japan